苏东坡词全集

[宋] 苏东坡 著

曾枣庄 编著

长江出版传媒

长江文艺出版社

图书在版编目（CIP）数据

苏东坡词全集 /（宋）苏东坡著；曾枣庄编著. --
武汉 ：长江文艺出版社，2024. 10
ISBN 978-7-5702-3590-2

Ⅰ. ①苏… Ⅱ. ①苏… ②曾… Ⅲ. ①宋词—选集
Ⅳ. ①I222.844

中国国家版本馆 CIP 数据核字 (2024) 第 104169 号

苏东坡词全集
SU DONGPO CI QUANJI

责任编辑：张远林　　　　　　　　责任校对：毛季慧
封面设计：周　佳　　　　　　　　责任印制：邱　莉　丁　涛

出版： 长江出版传媒　 长江文艺出版社
地址：武汉市雄楚大街 268 号　　　邮编：430070
发行：长江文艺出版社
http://www.cjlap.com
印刷：武汉科源印刷设计有限公司

开本：880 毫米×1230 毫米　　1/32　　　印张：9.625
版次：2024 年 10 月第 1 版　　　　2024 年 10 月第 1 次印刷
字数：246 千字

定价：38.00 元

前　言

　　以东坡词为代表的豪放词，在北宋中叶的形成不是偶然的。它是当时国内阶级矛盾和民族矛盾尖锐化的产物，是苏轼少年得志、坎坷一生的产物，也是词自中唐产生以来长期发展的产物。北宋中叶内外矛盾的激化，已不允许"奋厉有当世志"的苏轼，像宋初太平宰相晏殊那样雍容典雅，"一曲新词酒一杯"了；也不可能再像潦倒放荡的柳永那样"偎红倚翠"，"浅斟低唱"了。而苏轼一生坎坷不平的复杂经历，也为他创作豪放词提供了广阔的生活基础。但是，如果没有词自中唐以来的长期发展，苏轼要创立豪放词也是不可能的。

　　清人刘熙载说："太白《忆秦娥》，声情悲壮；晚唐五代，唯趋婉丽；至东坡始能复古。后世论词者或转以东坡为变调，不知晚唐五代乃变调也。"（《艺概·词曲概》）这话是颇有道理的。词的发展经历了三个阶段，走了一个"之"字路，来了一个否定之否定。

　　词在中唐初兴的时候，因为来自民间，虽然形式短小，还不成熟，但内容还比较广泛，格调也较清新。其中有声情悲壮的"伤别"，如传说李白所作的《忆秦娥》；有轻松愉快的渔歌，如张志和的《渔歌子》；有雄浑旷远的边塞风光，如韦应物的《调笑令》；有情景交融的江南风光，如白居易的《忆江南》。这时的词并非专写儿女情长。

词言情，词为艳科，是在晚唐，特别是五代，经过封建文人的所谓"提高"之后。这时，词的内容越来越狭窄，几乎到了专写女人风姿的地步；格调越来越低下，充满了寄情声色的脂粉气；语言越来越华艳，剪翠裁红，铺金缀玉，着重雕饰。晚唐的温庭筠，五代的"花间词"，就是这种词风的代表，被称为婉约词。一时间，它似乎成了词的正宗。

宋初的词基本上承袭了晚唐五代"绮丽香泽""绸缪婉转"的风气，直至苏轼以前没有根本转变。但苏轼以前的词人也为苏轼创立豪放词创造了条件。一是经过他们的努力，使词这种形式日趋成熟，他们陆续创造了很多成功的词调，使苏轼能够运用自如。二是他们中的一些人，对词的题材、内容也做了一些开拓工作，如李煜以词抒写亡国的悲痛，范仲淹以词抒写苍凉悲壮的边塞生活。特别是柳永以词抒写个人的怀才不遇（如《鹤冲天》）、羁旅离情（如《雨霖铃》）和城市繁华（如《望海潮》），无论在内容上和形式上，都好像把婉约词发展到了登峰造极的地步。

物极必反，苏轼在前人成就的基础上另辟蹊径，创立了词风迥然不同的豪放词，把似乎"不可复加"的以柳永为代表的婉约词远远地抛到了后面。正如胡寅所说：柳永"掩众制而尽其妙，好之者以为不可复加；及眉山苏轼，一洗香罗绮泽之态，摆脱绸缪婉转之度，使人登高望远，举首高歌，而逸怀浩气，超然乎尘垢之外。于是《花间》为皂隶（奴仆），而柳氏为舆台（奴隶）矣。"（《酒边集后序》）

苏轼是自觉地要在柳词之外别树一帜。苏门四学士之一的秦观作《满庭芳》词，其中有"销魂，当此际，香囊暗解，罗带轻分。漫赢得青楼，薄幸名存"语。秦观自会稽入京见苏轼，苏轼对秦观表示不满说："不意别后，公却学柳七作词！"秦观回答道："某虽不学，亦不如是。"苏轼反问道："'销魂，当此际'，非柳七语乎？"（《高斋诗话》）由此可见，苏轼不愿其门人写柳永式的艳词。

他在《与鲜于子骏书》中说："近却颇作小词，虽无柳七郎风味，亦自是一家。呵呵，数日前，猎于郊外，所获颇多。作得一阕，令东州壮士抵掌顿足而歌之，吹笛击鼓以为节，颇壮观也。"这封信写于熙宁八年密州任上，信中所说"作得一阕"即指著名的《江城子·密州出猎》，这是一首典型的豪放词，是苏轼本人豪放词风形成的重要标志。李清照的《词论》，强调词"别是一家"，词要写得与诗不同；苏轼强调他的词"自是一家"，写得与北宋前期把婉约词发展到登峰造极的柳永不同。这"自是一家"显然就是他在《答陈季常书》中所说的豪放一家。柳七郎的词是写给酒筵上的歌女唱的，苏轼的词却是供"东州壮士抵掌顿足而歌之，吹笛击鼓以为节"。苏轼在黄州作《哨遍》，"使家僮歌之，时相从于东坡，释耒而和之，扣牛角而为之节"，并感到"不亦乐乎"。这就难怪幕士说他的词"须关西大汉"演唱，人以为讥，他却"为之绝倒"。过去的词多以婉丽为美，他却以自己的词"颇壮观"自豪。这封信无可置疑地证明苏轼创作豪放词并非偶尔心血来潮，而是相当自觉的；苏、秦论词的故事，即使是后人杜撰，但其观点至少与这封并非杜撰的书信是一致的。

豪放词与婉约词有什么不同？苏轼有一趣事颇能说明这个问题。苏轼曾问一位善歌的幕士："我词何如柳七（柳永）？"幕士回答说："柳郎中词，只合十七八女郎，执红牙板，歌'杨柳岸，晓风残月'；学士词，须关西大汉，铜琵琶，铁绰板，唱'大江东去'。"（俞文豹《吹剑录》）苏轼听后，笑得前俯后仰。这位"善歌"的幕士，用非常形象的语言，道出了以柳永为代表的婉约词和以苏轼为代表的豪放词的不同的特点，婉约词香而软，豪放词粗而豪。

在苏轼看来，词就是"古人长短句诗"（见苏轼《与蔡景繁书》。其《答陈季常书》亦云："又惠新词，句句警拔，诗人之雄，非小词也。"）无论赞颂或讥刺苏词的人都说苏轼"以诗为词"："退之以文为诗，子瞻以诗为词"（陈师道《后山诗话》）；"少游（秦观）诗似小词，先生（苏轼）小词似诗"（胡仔《苕溪渔隐丛话》前集卷四二引《王直方诗话》）；东坡词"皆句读不葺之诗耳"（李清照《词论》）。所谓苏轼"以诗为词"究竟是什么意思呢？从内容方面看，主要是指苏轼大大扩大了词的题材。诗的内容几乎是无所不包的，东坡词的内容也几乎是无所不包的。他以词的形式记游咏物，怀古伤今，歌颂祖国的山川景物，描绘朴实的农村风光，抒发个人的豪情与苦闷，刻画各阶层的人物。在他的笔下，有"雄姿英发，羽扇纶巾"的豪杰（《念奴娇·赤壁怀古》）；有"帕首腰刀"的"投笔将军"（《南乡子·旌旆满江湖》）；有"垂白杖藜抬醉眼"的老叟，也有"旋抹红妆看使君，三三五五棘篱门，相挨踏破蒨罗裙"的农村少女群像（《浣溪沙·徐门石潭谢雨》）。苏轼的词确实做到了"无事不可入，无意不可言"（刘熙载《艺概·词曲概》）。

历代文人往往只以诗的形式来抒写自己的理想、怀抱、志趣，而词似乎是不能登这大雅之堂的。但苏轼打破了"诗言志，词言情"的传统藩篱，到了他的手里，词也可以言志了。他经常用词抒写他那激昂排宕、不可一世的气概和壮志难酬、仕途多艰的烦恼，充满了理想同现实的矛盾。苏轼的《江城子·密州出猎》抒发了渴望驰骋疆场、为国立功的豪情；《水调歌头·丙辰中秋》抒发了"我欲乘风归去，又恐琼楼玉宇，高处不胜寒"，既希望回到朝廷，又怕朝廷难处的矛盾心情；《念奴娇·赤壁怀古》更充满了美妙的理想同可悲的现实的矛盾。他希望像"千古风流人物"，三国时的"多少豪杰"，特别是像"公瑾当年"那样，建立功名；但是，可悲的现实却是"早生华发"，一事无成，反被贬官黄州。全词无论是状景写人，还是怀古伤今，都写得苍凉悲壮，慷慨激昂，是豪放词的代表作。

苏轼在词的发展史上的主要贡献是创立了豪放词，但他并不排斥婉约词，在现存三百五十余首东坡词中，真正堪称豪放词的并不多，东坡词的绝大多数仍属婉约词。他在《答陈季常书》中说："豪放太过，恐造物者不容人如此快活。"

苏轼对柳永词风是不满的，决心另辟蹊径。但苏轼不满柳词，并非不满婉约词，而是不满柳词中的淫词艳语。柳永也有一些格调较高的作品，苏轼却十分推崇。柳永的《八声甘州》无疑是婉约词的代表作，苏轼认为其中的"渐霜风凄紧，关河冷落，残照当楼"等语，"不减唐人高处"。

苏轼也不要求自己的门人走自己的路，苏门四学士之一的秦观，词风就与苏轼迥然不同，显然是婉约词的名家。秦观的"多少蓬莱旧事，空回首、烟霭纷纷"就为东坡所激赏，取其首句，称秦观为"山抹微云君"。秦观去世时，苏轼感慨道："少游已矣，虽万人何赎。"（《魏庆之词话·秦少游》）由此可见，苏轼并不因为自己另创豪放词，就贬低婉约词。

相反，就艺术水平看，苏轼不仅豪放词写得好，他的婉约词也不亚于任何婉约词人。王士禛评苏轼《蝶恋花·花褪残红青杏小》说："恐柳屯田缘情绮靡未必能过。孰谓彼但解'大江东去'耶？"（《花草蒙拾》）张炎认为苏轼《水龙吟·似花还似非花》等词，"周（邦彦）秦（观）诸人所不能到"。（张炎《词源》）陈廷焯也说："东坡词寓意高远，运笔空灵，措语忠厚，其独到处，美成（周邦彦）、白石（姜夔）亦不能到。"（《白雨斋词话》）柳永、秦观、周邦彦、姜夔均是南北宋婉约词的名家，苏轼某些以婉约见长的词，不但不逊于他们，而且时有过之。

有些论者往往只看到苏轼对豪放词形成的巨大作用，而忽视了他对婉约词发展的影响。其实，不仅辛弃疾等豪放派词人深受苏轼的影响，姜夔等婉约派词人也深受苏轼影响。在苏轼以前咏物词不多，苏轼成功地创作了一些咏物词，其后姜夔等人大量创作咏物词，这与苏轼的影响，显然是分不开的。因此，无论就苏轼婉约词的数量、质量还是就它对后世的影响看，苏轼对婉约词的发展都不容忽视。

苏轼对词的革新除创立了豪放词，发展了婉约词以外，还在于他使词摆脱了附属于音乐的地位，使词发展成为独立的抒情诗。

刘熙载的《艺概·词曲概》指出："乐歌，古以诗，近代以词。如《关雎》《鹿鸣》，皆声出于言也，词则言出于声矣。故词，声学也。"这段话阐明了诗、词与音乐的关系：古代以诗为乐歌，唐宋则以词为乐歌；古代的乐歌是"声出于言"，即按词谱曲，唐宋的乐歌是"言出于声"，即按谱填词；"故词，声学也"，词是附属于音乐的。

苏轼作词虽然也遵守词律，但他又敢于不受词律束缚。贬抑苏词的人常说它"不入腔"，"不协律"，是"句读不葺之诗"。苏轼自己也说："平生不善唱曲，故间有不入腔处。"（胡仔《苕溪渔隐丛话》后集卷二六）所谓"不善唱曲"，并非不能唱曲。据晁以道说，哲宗绍圣初"与东坡别于汴上，东坡酒酣，自歌《阳关曲》"（《历代诗余》卷一一五）。这是讲的"自歌"。苏轼贬黄州期间，作《临江仙·夜归临皋》，"与客大歌数过而散"（叶梦得《避暑录话》）。显然，苏轼是参与了"大歌"的。

所谓"间有不入腔处"，说明他的词一般还是入腔的，只是偶尔不入腔。偶尔不入腔，并非因为不懂音律所造成。相反，许多材料证明苏轼是精通音律的。例如，太常博士沈遵作《醉翁操》，节奏疏宕，音韵华畅，知琴者以为绝伦；但有其声而无其词。欧阳修曾为之作词，可惜"与琴声不合"。后来苏轼为《醉翁操》重新填词，音韵谐婉。郑文焯说："读此词，髯苏之深于律可知。"（《东坡乐府笺》卷二）再如，苏轼知定州，宴席间有人唱《戚氏》，"调美而词不典"。苏轼为之重新填词，"使歌妓再歌之，随其声填写，歌竟篇就，才点定五六字而已"（吴曾《能改斋漫录》）。这不仅说明苏轼文思敏捷，而且也说明他精通音律。以上两例都是倚声填词。

此外，苏轼还常常改词以就律。他在《哨遍》中说，陶渊明赋《归去来辞》，"有其词而无其声"，他就把陶词"稍加隐括（改写），使就声律"。苏轼还曾"取退之诗（指韩愈的《听颖师弹琴》）稍加隐括，以就声律"（《东坡乐府笺》卷二《水调歌头·昵昵儿女语》）。若不懂音律，就不可能改词以就律。

苏轼既通音律，为什么他的词又"间有不入腔处"呢？这是因为苏轼历来主张文贵自然，不愿以声律害意。正如陆游所说："公非不能歌，但豪放，不喜剪裁以就声律耳。"（《历代诗余》卷一一五）或如晁补之所说："居士词横放杰出，自是曲中缚不住者。"（《苕溪渔隐丛话》后集卷三三）苏轼的"不喜剪裁以就声律"，在当时虽然遭到很多非议，连苏门六君子之一的陈师道都说："子瞻以诗为词，如教坊雷大使之舞，虽极天下之工，要非本色。"（《后山诗话》）但是，从词的发展史看，却使词逐渐发展成为一种独立的新的抒情诗体。特别是在词谱失传之后，更只能走苏轼之路，一直到现在仍为词家所袭用。

正因为苏词颇富创新，故为历代文学爱好者所喜爱。但从研究角度看，前人对苏词的研究远远落后于对苏诗的研究。从宋代起，苏诗就既有分类注（旧题王十朋《集百家注分类东坡先生诗》），又有编年注（施元之、顾景繁《注东坡先生诗》）。清人更是评注苏诗成风，如查慎行《补注东坡先生编年诗》、纪昀《苏文忠公诗集》、翁方纲《苏诗补注》、冯应榴《苏文忠诗合注》、王文诰《苏文忠公诗编注集成》等。而苏词注本，长期以来就只有傅干《注坡词》的抄本传世，而且抄本也甚少，直至1993年巴蜀书社出版了刘尚荣整理的《傅干注坡词》，此书才易见。此外虽有南宋顾景繁的《补注东坡长短句》（见陈鹄《耆旧续闻》卷二)、元人孙镇的《东坡乐府注》(见《元遗山文集》卷三六《东坡乐府集选引》)、黄虞稷的《千顷堂书目》卷三二),但均早已失传。但近数十年来,对苏词的整理研究取得较多的成果,有龙榆生的《东坡乐府笺》,郑向恒的《东坡乐府校订笺注》,唐玲玲的《东坡乐府编年笺注》,薛瑞生的《东坡词编年笺证》,邹同庆、王宗堂的《苏轼词编年笺注》。这些书的功夫是在为苏词编年、笺注,重点不在收集苏词资料。而为研究苏词,确实需要全面掌握前人对苏词的评论。本书目的,在于为苏词研究者和苏词爱好者提供尽可能全的有关苏词的资料,以省大家的翻检之劳。章学诚《文史通义》卷五《诗话》云:"诗话之源,本于钟嵘《诗品》。然考之经传,如云:'为此诗者,其知道乎?'又云:'未之思也,何远之有?'此论诗而及事也。又如'吉甫作诵,穆如清风''其诗孔硕,其风肆好',此论诗而及辞也。事有是非,辞有工拙,触类旁通,启发实多。""论诗而及事"偏重于背景资料;"论诗而及辞"偏重于评论资料。二者对研读诗、词、文都是很重要的。故本书名之曰《苏东坡词全集(名家汇评本)》,所收不限于评论资料,有关背景资料也一并收录。有一则资料评及数首苏词者,短者在各首之下皆收。过长者,则涉及各篇之评语重收,所举词则仅收该篇,不作参见,以免读者前后翻检。有的资料,层层相因,后出而全无新意者不收。因苏词字数不多,故即使没有资料的原作也一并收录,以使读者有一部完整的苏词。所收苏词原文文字,以《全宋词》中的《苏轼词》为准,编排则按词牌略作调整。不涉及单篇而泛论苏词者,皆附于单篇作品之后,作为附录一,谓之《苏词总评》。

苏轼对词的看法，想必对理解苏词亦很有用，故把苏轼论词的诗文及诗话、笔记中苏轼论及他人词的记载也予以收录，作为附录二，谓之《东坡论词》。本书目的虽在于尽可能全地汇总有关苏词的资料，但限于见闻，遗漏一定很多，容后续补。本书所辑评论以尊重底本为原则，很多字词没按现代汉语使用规范改正。（如"惟"，没有改成"唯"）祈望读者理解。

　　本书的台湾版，我曾请四川大学古籍所的刁忠民先生审读过；四川文艺出版社出版大陆繁体字版，又由四川大学古籍所吴洪泽先生重新审读一遍，改正了台湾版的一些错误；这次出简体字版，我又通读通校了一次，并作了一些修订。四川大学古籍所的王蓉贵先生为此书的历次排版付出了不少劳动；先后参与录入、校对此书的还有不少人，特此一并表示谢意。

曾枣庄

目录

名
家
汇
评
本

名
家
汇
评
本

名家汇评本

附　录

苏词篇评

水龙吟

昔谢自然欲过海求师蓬莱，至海中，或谓自然："蓬莱隔弱水三十万里，不可到。天台有司马子微，身居赤城，名在绛阙，可往从之。"自然乃还，受道于子微，白日仙去。子微著《坐忘论》七篇，《枢》一篇，年百余，将终，谓弟子曰："吾居玉霄峰，东望蓬莱，尝有真灵降焉。今为东海青童君所召。"乃蝉蜕而去。其后李太白作《大鹏赋》云："尝见子微于江陵，谓余有仙风道骨，可与神游八极之表。"元丰七年冬，余过临淮，而湛然先生梁公在焉。童颜清澈，如二三十许人，然人亦有自少见之者。善吹铁笛，嘹然有穿云裂石之声。乃作《水龙吟》一首，记子微、太白之事，倚其声而歌之。

古来云海茫茫，道山绛阙知何处。人间自有，赤城居士，龙蟠凤举。清净无为，坐忘遗照，八篇奇语。向玉霄东望，蓬莱暗霭，有云驾、骖风驭。　　行尽九州四海，笑纷纷、落花飞絮。临江一见，谪仙风采，无言心许。八表神游，浩然相对，酒酣箕踞。待垂天赋就，骑鲸路稳，约相将去。

邵博《邵氏闻见后录》卷一六又序："谢自然欲过海求师，或谓蓬莱隔弱水三万里，不可到。天台有司马子微，身居赤城，名在绛阙，可往从之。自然可，还受道于子微，白日仙去。"按子微以开元十五年死于王屋山，自然生于大历五年，至贞元十年仙去，是子微死四十三年，自然始生。乃云"自然受道于子微"，亦误矣。"东坡信天下后世者，宁有误邪？"予应之曰："东坡累误千百，尚信天下后世也。"童子更曰："有是言，凡学者之误亦许矣。"予曰："尔非东坡，奈何？"

水龙吟

咏笛材。时太守闾丘公显已致仕，居姑苏。后房懿卿者甚有才色，因赋此词。一云赠赵晦之。

楚山修竹如云，异材秀出千林表。龙须半剪，凤膺微涨，玉肌匀绕。木落淮南，雨晴云梦，月明风袅。自中郎不见，桓伊去后，知孤负、秋多少。　　闻道岭南太守，后堂深、绿珠娇小。绮窗学弄，《梁州》初遍，《霓裳》未了。嚼微含宫，泛商流羽，一声云杪。为使君洗尽，蛮风瘴雨，作《霜天晓》。

《孔氏谈苑》：朝士赵昶有两婢善吹笛，知滕州日，以丹砂遗子瞻，子瞻以薪笛报之，并有一曲，其词甚美，云："木落淮南，雨晴云梦，日斜风袅。"又云："自桓伊不见，中郎去后，知孤负、秋多少。"断章云："为使君洗尽，蛮风瘴雨，作《霜天晓》。"昶曰："子瞻骂我矣。"昶，南雄州人，意谓子瞻以蛮风讥之。

胡仔《苕溪渔隐丛话》后集卷二六：苕溪渔隐曰：《后山诗话》谓"退之以文为诗，子瞻以诗为词，如教坊雷大使之舞，虽极天下之工，要非本色"。余谓后山之言过矣，子瞻佳词最多，

（略）"楚山修竹如云，异材秀出千林表"（咏笛词）；（略）凡此十余词，皆绝去笔墨畦径间，直造古人不到处，真可使人一唱而三叹。若谓以诗为词，是大不然。子瞻自言"平生不善唱曲，故间有不入腔处"，非尽如此。后山乃比之教坊司雷大使舞，是何每况愈下？盖其谬耳。

傅藻《东坡纪年录》：（熙宁八年乙卯）赠晦之吹笛侍儿，作《水龙吟》。

龚明之《中吴纪闻》卷五：阊丘孝终字公显，东坡谪黄州时，公为太守，与之往来甚密，未几，挂其冠而归，与诸名人为九老之会。东坡过苏必见之，今苏集有诗词二篇，皆为公作也。公后房有懿卿者，颇具才色，诗词俱及之。东坡尝云："苏州有二丘，不到虎丘，即到阊丘。"

曾敏行《独醒杂志》卷三：东坡《水龙吟》笛词，高云翔云："后之笺释者，独谓'楚山修竹如云'，是蕲州出笛竹；至'异林秀出千林表'之语，不知是东坡叙取材法也。凡竹，林生，后长者必过前竹，其不能过者，多死。一林内特一竹可材，或伐取数十百竿，错乱终不可识。蔡邕仰视柯亭屋椽得奇材，不待如此求之，而邕后无至鉴，独有此法可求耳。"

张端义《贵耳集》卷下：东坡《水龙吟》笛词，八字谥。"楚山修竹如云，异材秀出千林表"，此笛之质也；"龙须半剪，凤膺微涨，玉肌匀绕"，此笛之状也；"木落淮南，雨晴云梦，月明风袅"，此笛之时也；"自中郎不见，将军去后，知孤负、秋多少"，此笛之事也；"闻道岭南太守，后堂深、绿珠娇小"，此笛之人也；"绮窗学弄，《凉州》初试，《霓裳》未了"，此笛之曲也；"嚼徵含宫，泛商流羽，一声云杪"，此笛之音也；"为使君洗尽，蛮烟瘴雨，作《霜天晓》"，此笛之功也。五音已用其四，乏一"角"字，"霜天晓"歇后一"角"字。

《拙轩词话·李诗苏词》：李义山《锦瑟》诗云："锦瑟无端五十弦（略）。"读此诗俱不晓。苏文忠公云："此出《古今乐志》。锦瑟之为器也，其弦五十，其柱如之。其声也，适怨清和。考李诗"庄生晓梦迷蝴蝶"，适也。"望帝春心托杜鹃"，怨也。"沧海月明珠有泪"，清也。"蓝田日暖玉生烟"，和也。孙仲益为锡山费茂和说苏文忠公《水龙吟》，曲尽咏笛之妙。其词曰："楚山修竹如云，异材秀出千林表"，笛之地也。"龙须半剪，凤膺微涨，绿肌匀绕"，笛之材也。"木落淮南，雨晴云梦，月明风袅"，笛之时也。"自中郎不见，桓伊去后，知孤负、秋多少"，笛之怨也。"闻道岭南太守，后堂深、绿珠娇小"，笛之人也。"绮窗学弄，《梁州》初遍，《霓裳》未了"，笛之曲也。"嚼徵含宫，泛商流羽，一声云杪"，笛之声也。"为使君洗尽，蛮烟瘴雨，作《霜天晓》"，笛之功也。予恐仲益用苏文忠读《锦瑟》诗，以释《水龙吟》耳。

张炎《词源》卷下《杂论》：东坡词如《水龙吟》咏杨花，咏闻笛，又如《过秦楼》《洞仙歌》《卜算子》等作，皆清丽舒徐，高出人表。

黄升《唐宋诸贤绝妙词选》卷二：太守闾丘公显致仕，居姑苏，公饮其家，出后房佐酒。有懿卿者，善吹笛，公因赋此以赠（略）。

《草堂诗余》卷五杨慎评：结在岭南太守上，妙。

又沈际飞评：笛制取良干，首存一节，间留纤枝剪而束之，节以下若膺处则微涨，而全体皆须白净，"龙须"三句善状。五十余字堪与《马赋》并传，修语清远，《马》似不逮。用许多故事，不为事用。结岭南太守上，妙。

《类编草堂诗余》卷四李星垣评：玉骨冰心，千秋绝调，"霜天晓"隐角字，与上徵宫商羽合。

杨慎《词品》卷三《东坡咏吹笛》：岭南太守闾丘公显致仕，居姑苏，东坡每过必留连。坡尝言，过姑苏不游虎丘，不谒闾丘，乃二欠事。其重之如此。一日出其后房佐酒，有懿卿者，善吹笛，坡作《水龙吟》赠之，"楚山修竹如云"是也。词见《草堂诗余》，而不知其事，故著之。

沈雄《古今词话·词辨》上卷《水龙吟》：《鹤林玉露》曰：
闾丘太守致仕居姑苏，东坡过之，必流连信宿。常自言，不游虎
丘，不谒闾丘，乃二欠事。一日，出后房善吹笛者名懿卿佐酒，
东坡作《水龙吟》，咏笛材以遗之。

先著、程洪《词洁辑评》卷五：非无字面芜累处，然丰骨毕
竟超凡。玉田云"清丽舒徐"，未敢轻议也。

王文诰《苏文忠公诗编注集成总案》卷一一：（熙宁七年甲
寅五月）赠懿卿，作《水龙吟》。按：傅藻《东坡纪年录》系此
词于熙宁八年，误，当以《总案》为是。

黄氏《蓼园词评·水龙吟（楚山修竹如云）》：石崇妾绿珠，
善笛。

水龙吟 次韵章质夫杨花词

似花还似非花，也无人惜从教坠。抛家傍路，思量
却是，无情有思。萦损柔肠，困酣娇眼，欲开还闭。梦
随风万里，寻郎去处，又还被、莺呼起。　　不恨此花
飞尽，恨西园，落红难缀。晓来雨过，遗踪何在，一池
萍碎。春色三分，二分尘土，一分流水。细看来，不是
杨花点点，是离人泪。

章楶《水龙吟》：燕忙莺懒花残，正堤上，柳花飘坠。轻飞
点画青林，谁道全无才思。闲趁游丝，静临深院，日长门闭。傍
珠帘散漫，垂垂欲下，依前被，风扶起。　　兰帐玉人睡觉，怪
春衣、雪沾琼缀。绣床旋满，香球无数，才圆却碎。时见蜂儿，

仰粘轻粉，鱼吹池水。望章台路杳，金鞍游荡，有盈盈泪。

苏轼《与章质夫》（《苏轼文集》卷五五）：承喻慎静以处忧患，非心爱我之深，何以及此，谨置之座右也。柳花词妙绝，使来者何以措词。本不敢继作，又思公正柳花飞时出巡按，坐想四子，闭门愁断，故写其意，次韵一首寄去，亦告不以示人也。

杨湜《古今词话·毛稚黄论词》：又《水龙吟》"细看来，不是杨花，点点是离人泪"，调则当是"点"字断句，意则当是"花"字断句。文自为文，歌自为歌，然歌不碍文，文不碍歌，是坡公雄才自放处。他家间亦有之，亦词家一法。

朱弁《曲洧旧闻》卷五：章质夫作《水龙吟》咏杨花，其命意用事，清丽可喜。东坡和之，若豪放不入律吕，徐而视之，声韵谐婉，便觉质夫词有织绣功夫。晁叔用云："东坡如毛嫱西施，净洗却面，与天下妇人斗好，质夫岂可比耶？"

姚宽《西溪丛语》卷下：杨柳二种，杨树叶短，柳树叶长。花初发时，黄蕊。子为飞絮，今絮中有小青子，着水泥沙滩上，即生小青芽，乃柳之苗也。东坡谓絮化为浮萍，误矣。

《魏庆之词话·章质夫》：章质夫咏杨花词，东坡和之。晁叔用以为东坡如毛嫱西施，净洗却面，与天下妇人斗好，质夫岂可比，是则然矣。余以为质夫词中，所谓"傍珠帘散漫，垂垂欲下，依前被，风扶起"，亦可谓曲尽杨花妙处。东坡所和虽高，恐未能及。诗人议论不公如此耳。

曾季貍《艇斋诗话》：东坡《和章质夫杨花词》云："思量却是，无情有思。"用老杜"落絮游丝亦有情"也。"梦随风万里，寻郎去处，依前被、莺呼起"，即唐人诗云"打起黄莺儿，莫教枝上啼。几回惊妾梦，不得到辽西"。"细看来，不是杨花，点点是离人泪"，即唐人诗云"时人有酒送张八，惟我无酒送张八。君有陌上梅花红，尽是离人眼中血"。皆夺胎换骨手。

张炎《词源》卷下《句法》：词中句法，要平妥精粹，一曲之中，安能句句高妙，只要拍搭衬副得去，于好发挥笔力处，极要用功，不可轻易放过，读之使人击节可也。如东坡杨花词云："似花还似非花，也无人惜从教坠。"又云："春色三分，二分尘土，一分流水。"（略）此皆平易中有句法。

又卷下《杂论》：词不宜强和人韵，若倡者之曲韵宽平，庶可赓歌；倘韵险又为人所先，则必牵强赓和，句意安能融贯？徒费苦思，未见有全章妥溜者。东坡次韵章质夫杨花词《水龙吟》韵，机锋相摩，起句便合让东坡出一头地，后片愈出愈奇，真是压倒古今。我辈倘遇险韵，不若祖其元韵，随意换易，或易韵答之，是亦古人"三不和"之说。

又：东坡词如《水龙吟》咏杨花、咏闻笛，又如《过秦楼》《洞仙歌》《卜算子》等作，皆清丽舒徐，高出人表。

《草堂诗余》正集卷五杨慎评：坡公词潇洒出尘，胜质夫千倍。

又沈际飞评：此词更进柳妙处一层矣。读他文字，精灵尚在文字里面，坡老只见精灵，不见文字。

《草堂诗余》别集卷一沈际飞评：叶道卿《贺圣朝·留别》（满斟绿醑留君住）：东坡有二分尘土，一分流水之句，各道得我辈心死。

宋濂《跋东坡寄章质夫诗后》（《宋学士文集》卷二三）：质夫乃高州刺史、检校太傅、西北面行营仔钧诸孙。非惟立功边徼，为国家保障，至于辞章，亦非人所易及。尝咏柳花，撰《水龙吟》寄子瞻，子瞻叹其妙绝，来者无以措辞，则其尊尚为何如。所以善谑者，特出于相爱之至情耳，非若后人流连狎亵而不知止者也。论二公者当以濂言为不诬。子瞻之书此诗，年已五十又二，实元祐二年丁卯，故其老气尤森然云。

王世贞《艺苑卮言》：至咏杨花《水龙咏慢》，又进柳妙处一层矣。

沈谦《填词杂说·东坡杨花词直是言情》：东坡"似花还似非花"一篇，幽怨缠绵，直是言情，非复赋物。

先著、程洪《词洁辑评》卷五：《水龙吟》末后十三字，多作五四四，此作七六，有何不可？近见论谱者于"细看来不是"及"杨花点点"下分句，以就五四四之印板死格，遂令坡公绝妙好词不成文理。起句入魔，"非花"矣而又"似"，不成句也。"抛家傍路"四字欠雅。"缀"字趁韵，"晓来"以下，真是化工神品。

李调元《雨村词话》卷一《春色三分》：宋初叶清臣字道卿，有《贺圣朝》词云："三分春色二分愁，更一分风雨。"东坡《水龙吟》演为长句云："春色三分，二分尘土，一分流水。"神意更远。

许昂霄《词综偶评·宋词》：与原作均是绝唱，不容妄为轩轾。（思量却似，无情有思）贯下文六句。（"晓来雨过"三句）公自注云："旧说杨花入水为浮萍，验之信然。"

又：（张炎"杨花点点是春心，替风前万花吹泪"）较坡公"点点是离人泪"，更觉纤新。

邓廷桢《双砚斋词话·东坡词高华》：东坡以龙骧不羁之才，树松桧特立之操，故其词清刚隽上，囊括群英。（略）和章质夫杨花《水龙吟》之"晓来雨过，遗踪何在，半池萍碎。春色三分，二分尘土，一分流水"，（略）皆能簸之揉之，高华沉痛，遂为石帚导师。譬之慧能肇启南宗，实传黄梅衣钵矣。

徐釚《词苑丛谈》卷四：资政殿大学士章粢字质夫，以功名显，诗词尤见称于世，尝作《水龙吟》咏杨花，东坡与之帖云："柳花词妙绝，使来者何以措手。"

况周颐《蕙风词话续编》卷一《黄雪舟水龙吟》：黄雪舟词，清丽芊绵，颇似北宋名作。唯传作无多，殊为憾事。其《水龙吟》云："柔肠一寸，七分是恨，三分是泪。"盖仿东坡"春色三分，二分尘土，一分流水"之句。所不逮者，以刻镂稍著痕迹耳。其歇拍："待问春、怎把千红，换得一池绿水。"亦从"一分流水"句引申而出。

吴衡照《莲子居词话》卷一《词品笃论》：杨升庵《词品》云："词人语意所到，间有参差，或两句作一句，或一句作两句。惟妙于歌者，上下纵横取协。"此是笃论，如曲子家之有活板眼也。东坡"小乔初嫁了，雄姿英发"，"细看来，不是杨花，点点是离人泪"等处，皆当以此说通之。若契舟胶柱，徐虹亭所谓髯翁命宫磨蝎，身后又硬受此差排矣。

刘熙载《艺概》卷四：邻人之笛，怀旧者感之；斜谷之铃，溺爱者悲之。东坡《水龙吟·和章质夫咏杨花》云"细看来，不是杨花，点点是离人泪"，亦同此意。

又：东坡《水龙吟》起云："似花还似非花。"此句可作全词评语，盖不离不即也。时有举史梅溪《双双燕·咏燕》、姜白石《齐天乐·赋蟋蟀》令作评语者，亦曰："似花还似非花。"

《蓼园词选》：首四句是写花形态，"萦损"以下六句，是写见杨花之人之情绪。二阕用议论，情景交融，笔墨入化，有神无迹矣。

李佳《左庵词话》卷上《东坡词》：东坡词如《水龙吟·咏杨花》《水调歌头·丙辰中秋作》，皆极清新。

又卷下《翻东坡词》：东坡词："春色三分，二分尘土，一分流水。"叶清臣词："三分春色二分愁，更一分风雨。"蒙亦有句云："十分春色，欣赏三分，二分懊恼，五分抛掷。"用意不同而同。

邹只谟《远志斋词衷·词不宜和韵》：张玉田谓词不宜和韵（略）。其余名手多喜为此，如和坡公杨花诸阕，各出新意，篇篇可诵。

陈廷焯《白雨斋词话》卷一《东坡词别有天地》：词至东坡，一洗绮罗香泽之态，寄慨无端，别有天地。（略）《水龙吟》诸篇，尤为绝构。

郑文焯《大鹤山人词话》：煞拍画龙点睛，此亦词中一格。

王闿运《湘绮楼评词》："是离人泪"，"是"原作"似"；

"欲开还殢"，"殢"原作"闭"。章韵本是"闭"，迁就韵耳，殊不成语，故改之。

王国维《人间词话·东坡和杨花似原唱》：东坡《水龙吟》咏杨花，和韵而似原唱。章质夫词，原唱而似和韵。才之不可强也如是。

又《白石咏梅无一语道着》：咏物之词，自以东坡《水龙吟》为最工，邦彦《双双燕》次之。白石《暗香》《疏影》格调虽高，然无一语道着，视古人"江边一树垂垂发"等句何如耶？

蔡嵩云《柯亭词话·咏物词贵有寓意》：咏物词贵有寓意，方合比兴之义。寄托最宜含蓄，运典尤忌呆诠，须具手挥五弦、目送飞鸿之妙，方合。如东坡《水龙吟》咏杨花而写离情。

又《水龙吟句法》：填词，一调有一调之体例，一调有一调之气象，即一调有一调之作法。《水龙吟》本非难调，亦无难句。唯前后片中四字组成之六排句，太整太板，不易讨好。词中遇此等句法，须于整中寓散，板中求活。换言之，即各句下字时，须将实字、虚字、动字、静字，分别错综组成，以尽其变。前言字法须讲佽色揣称，此其一端也。细玩东坡"似花还似非花"一首，稼轩"楚天千里清秋"一首，于此前后六排句，手法何等灵变。又此调二二组成之四字句太多，故讲究作法者，末尾四字句，多用一三句法，亦无非取其变化之意。词之句法，故不嫌变化多方也。东坡之"是离人泪"，稼轩之"搵英雄泪"，即其一例。

陈菲石《宋词举》：东坡词如天马行空，其用意、用笔及取神遗貌，最不可及。此词咏杨花耳，许多话又被质夫说过。观其起句"似花还似非花"，从空处着想，却觉其他之花借用不得。杨花未辞树前，无可玩赏，无人爱惜；及其飘坠，始动人情感。"也无人惜从教坠"七字，实与上句同一天生妙文。以下便从"坠"字说入。"抛家傍路"是"坠"。"思量却是，无情有思"，由无情说到有情，"坠"后思量，又为"也无人惜"下一转语。

"萦损"八字，杨花之动人处，将"有思"二字坐实。"欲开还闭"，又写"坠"时情态，为"有思"之由。"梦随风万里"四句，再以杨花神魂申说情思，而飞去飞还、忽起忽落之致，虽描写入微，却极浑化，此他人所不能也。前片杨花正面说完，故过片即说"开尽"。先以"不恨此花开尽"作一曲笔，而恨"落红难缀"，又以衬笔作转笔。以下转入杨花去路。"晓来"三句，用"柳花入水，经宿化萍"故实，着"遗踪何在"一语，便令人黯然魂断。"春色"三句，承化萍说。沾泥入水，归途无定，而溷入泥土者较多。意既补足，语亦名隽超脱，为千古绝唱。特由一气卷舒，町畦化尽，故仍有浑灏之象，否则作算博士语，一挑半剔，非伤薄，即伤纤。东坡此等处，即不许人捧心也。"细看来"以下，以翻为收，更进一层说法。"离人"之"泪"，近承"流水"，遥应"寻郎"，于法极密，而意亦悠悠不尽。张炎曰："后段愈出愈奇，压倒今古。"晁叔用曰："毛嫱、西施，净洗却面，与天下妇人斗好。"愚谓此固东坡妙处，然统观全篇，格律精细，固不容豪放者借口；而紧着题融化不涩，亦咏物之正法眼藏。谁谓才大者不受羁勒哉！

水龙吟

闻丘大夫孝直公显尝守黄州，作栖霞楼，为郡中胜绝。元丰五年，余谪居于黄，正月十七日，梦扁舟渡江，中流回望，楼中歌乐杂作。舟中人言，公显方会客也。觉而异之，乃作此词。公显时已致仕在苏州。

小舟横截春江，卧看翠壁红楼起。云间笑语，使君高会，佳人半醉。危柱哀弦，艳歌余响，绕云萦水。念故人老大，风流未减，独回首，烟波里。　　推枕惘然不见，但空江、月明千里。五湖闻道，扁舟归去，仍携西子。云梦南州，武昌南岸，昔游应记。料多情梦里，端来见我，也参差是。

郑文焯《大鹤山人词话》：突兀而起，仙乎仙乎。"翠壁"句奇崚，不露雕琢痕。上阕全写梦境，空灵中杂以凄丽。过片始言情，有沧波浩渺之致，真高格也。"云梦"二句，妙能写闲中情景，煞拍不说梦，偏说梦来见我，正是词笔高浑，不犹人处。

姚宽《西溪诗话》卷上《吴越春秋》云："吴国西子被杀。"杜牧之诗云："西子下姑苏，一舸逐鸱夷。"东坡词云："五湖闻道，扁舟归去，仍携西子。"予问王性之，性之云："西子自下姑苏，一舸自逐范蠡，遂为两义。不可云范蠡将西子去也。"

傅藻《东坡纪年录》：（元丰五年壬戌）正月（略）十七日，梦扁舟渡江，中流回望，栖霞楼中歌乐杂作，舟中人言公显方会客，觉而异之，乃作《水龙吟》。

叶申芗《本事词》卷上：闾丘，盖子瞻之旧交，居苏州日，子瞻每过之，必为留连数日。且尝言：过姑苏，不游虎丘，不谒闾丘是二欠事，其倾倒可知矣。

王文诰《苏文忠公诗编注集成总案》卷二一：（元丰五年壬戌正月）十七日梦扁舟渡江，中流回望，栖霞楼中歌乐杂作，舟人言闾丘公显方会客。觉而异之，作《水龙吟》词。

水龙吟

小沟东接长江，柳堤苇岸连云际。烟村潇洒，人闲一哄，渔樵早市。永昼端居，寸阴虚度，了成何事。但丝莼玉藕，珠粳锦鲤，相留恋，又经岁。　　因念浮丘旧侣，惯瑶池，羽觞沉醉。青鸾歌舞，铢衣摇曳，壶中天地。飘堕人间，步虚声断，露寒风细。抱素琴，独向银蟾影里，此怀难寄。

郑文绰《大鹤山人词话》：有声画，无声诗，胥在其中。

水龙吟

露寒烟冷蒹葭老，天外征鸿寥唳。银河秋晚，长门灯悄，一声初至。应念潇湘，岸遥人静，水多菰米。乍望极平田，徘徊欲下，依前被，风惊起。　　须信衡阳万里，有谁家，锦书遥寄。万重云外，斜行横阵，才疏又缀。仙掌月明，石头城下，影摇寒水。念征衣未捣，佳人拂杵，有盈盈泪。

满庭芳

元丰七年四月一日，余将去黄移汝，留别雪堂邻里二三君子。会李仲览自江东来别，遂书以遗之。

归去来兮，吾归何处，万里家在岷峨。百年强半，来日苦无多。坐见黄州再闰，儿童尽、楚语吴歌。山中友，鸡豚社酒，相劝老东坡。　　云何，当此去，人生底事，来往如梭。待闲看，秋风洛水清波。好在堂前细柳，应念我，莫剪柔柯。仍传语，江南父老，时与晒渔蓑。

傅藻《东坡纪年录》：（元丰七年甲子）四月一日，将自黄移汝，留别雪堂邻里，作《满庭芳》。

李调元《雨村词话》卷一《暾》：陈同甫亮《彩凤飞》词云："——旧时香案，暾经惯。"暾宜作煞，音暾，忒煞也。暾则为旧晒字，东坡词"时与暾渔蓑"（《全宋词》作"晒"）是也。

王文诰《苏文忠公诗编注集成总案》卷二三：（元丰七年甲子）四月一日将自黄移汝，留别雪堂邻里二三君子，作《满庭芳》词。会李仲览自江东来别，遂书以遗之。

满庭芳

香雾雕盘，寒生冰箸，画堂别是风光。主人情重，开宴出红妆。腻玉圆搓素颈，藕丝嫩，新织仙裳。双歌罢，虚檐转月，余韵尚悠飏。　　人间，何处有，司空见惯，应谓寻常。坐中有狂客，恼乱愁肠。报道金钗坠也，十指露、春笋纤长。亲曾见，全胜宋玉，想像赋《高唐》。

费衮《梁溪漫志》：程子山敦厚舍人跋东坡《满庭芳》词云："予闻之苏仲虎云：一日，有传此词以为先生作。东坡笑曰："吾文章肯以藻绘一香篆槃乎？'然观其间，如'画堂别是风光'及'十指露'之语，诚非先生肯云。"子山之说，固人所共晓。

贺裳《皱水轩词筌·陆务观点铁》：陆务观《王忠州席上作》曰："欲归时司空笑问，微近处丞相嗔狂。"笑啼不敢之致，描勒殆尽。较东坡"司空见惯，应谓寻常。座中有狂客，恼乱柔肠"，岂惟出蓝，几于点铁矣。升庵以为不减少游，此几于以乐令方伯仁也。

满庭芳

蜗角虚名，蝇头微利，算来著甚干忙。事皆前定，谁弱又谁强？且趁闲身未老，尽放我，些子疏狂。百年里，浑教是醉，三万六千场。　　思量，能几许，忧愁风雨，一半相妨。又何须，抵死说短论长。幸对清风皓月，苔茵展、云幕高张。江南好，千钟美酒，一曲《满庭芳》。

《能改斋漫录》卷二《兀兀陶陶词》：豫章云："'醉醉醒醒'一曲，乃《醉落魄》也。"其词云（略）。此词亦有佳句，而多斧凿痕，又语高下不甚入律。或传是东坡语，非也。与"蜗角虚名""解下痴绦"之曲相似，疑是王仲父作。

《苏诗纪事》卷上：东坡《满庭芳》词，碑刻遍传海内，使竞进之徒读之可以解体，恬淡之徒读之可以娱生。达人之言，读之使人心怀畅然。

《草堂诗余》卷四杨慎评：先生此词在唤醒世上梦人，故不作一深语。

满庭芳

有王长官者，弃官三十三年，黄人谓之王先生。因送陈
慥来过余，因赋此。

三十三年，今谁存者，算只君与长江。凛然苍桧，
霜干苦难双。闻道司州古县，云溪上、竹坞松窗。江南
岸，不因送子，宁肯过吾邦？　　拟拟，疏雨过，风林
舞破，烟盖云幢。愿持此邀君，一饮空缸。居士先生老
矣，真梦里，相对残缸。歌舞断，行人未起，船鼓已
逢逢。

郑文焯《大鹤山人词话》：健句入词，更奇峰郁起，此境匪
稼轩所能梦到。不事雕凿，字字苍寒，如空岩霜干，天风吹堕颁
黎地上，铿然作碎玉声。

王文诰《苏文忠公诗编注集成总案》卷二二：（元丰六年癸
亥五月）作《满庭芳》词。

满庭芳

三十三年，飘流江海，万里烟浪云帆。故人惊怪，
憔悴老青衫。我自疏狂异趣，君何事、奔走尘凡？流年
尽，穷途坐守，船尾冻相衔。　　巉巉，淮浦外，层楼

翠壁，古寺空岩。步携手林间，笑挽撒撒。莫上孤峰尽处，萦望眼、云海相搀。家何在，因君问我，归步绕松杉。

杨绘《时贤本事曲子集》：子瞻始与刘仲达往来于眉山，后相逢于泗上，久留郡中，游南山话旧而作。

王文诰《苏文忠公诗编注集成总案》卷二四：（元丰七年甲子十二月）公少与刘仲达善，忽相遇于泗上，乃同至都梁山中话旧，作《满庭芳》词。

满庭芳

余谪居黄州五年，将赴临汝，作《满庭芳》一篇别黄人。既至南都，蒙恩放归阳羡，复作一篇。

归去来兮，清溪无底，上有千仞嵯峨。画楼东畔，天远夕阳多。老去君恩未报，空回首，弹铗悲歌。船头转，长风万里，归马驻平坡。　　无何，何处有，银潢尽处，天女停梭。问何事人间，久戏风波。顾谓同来稚子，应烂汝、腰下长柯。青衫破，群仙笑我，千缕挂烟蓑。

傅藻《东坡纪年录》：（元丰八年乙丑）二月，（略）蒙恩放归阳羡，复作《满庭芳》。

朱冠卿《宜兴续编图经四事》（卞永誉《书画汇考》卷一）：黄土去县五十五里，东坡与单秀才步田至焉。地主以酒见饷，谓坡曰："此红友也。"坡言："此人知有红友而不知有黄封，真快活人也。"邑人旧传此帖，今亡。

东坡初买田黄土村，田主有曹姓者，已鬻而造讼，有司已察而斥之。东坡移牒，以田归之。

邑人慕容辉嗜酒好吟，不务进取，家于城南。所居有双楠，并植如盖，东坡访之，目为双楠居士。王平甫亦寄以诗。

周必大《书东坡宜兴事》（《庐陵周益国文忠公集·省斋文稿》卷一九）：《满庭芳》词作于元丰八年初许自便之时，公虽以五月再到常州，寻赴登州守，未必再至阳羡也。军中谓壮士驰骏马下峻坂为注坡，其云"船头转，长风万里，归马注平坡"，盖喻归兴之快如此。印本误以"注"为"驻"。今邑中大族邵氏园临水，有天远堂，最为奇观，取名于此词云。

曾从龙《跋满庭芳词》（卞永誉《书画汇考》卷一）：坡老墨迹，三尺童子亦知敬之重之，不待赘语。惟其处羁困流落之余，而泰然不以穷达得丧累其心，此坡老之所以深可敬重者，予故表而出之。壬戌季夏中浣，清源曾从龙君锡书。

庄夏《跋满庭芳词》（卞永誉《书画汇考》卷一）：谢太傅东山之志始末不渝，逼于委寄，怅然自失。李文正公辞荣鼎轴，便欲为洛中九老之会，竟以事夺。苏文忠公亦欲买田阳羡，种橘荆溪，南归及门，赍志以殁。士大夫出为时用，虽致位通显，皆有归营菟裘之心。然羁縻于君恩，推荐于私爱，获遂其初志者几人？余蒙同官董掾出示先世所藏《楚颂》帖，三复而有感焉，敬书其末。嘉定辛未闰月七日，温陵庄夏子体书于江宁馆。

赵孟頫《跋满庭芳词》（卞永誉《书画汇考》卷一）：东坡公欲买园种橘于荆溪之上，然志竟不遂。岂造物者尚有所靳耶？而《楚颂》一帖，传之后世，为不朽，则又非造物者所能靳也。孟頫题。

刘熙载《艺概》卷四：词以不犯本位为高。东坡《满庭芳》"老去君恩未报，空回首，弹铗悲歌"，语诚慷慨，然不若《水调歌头》"我欲乘风归去，又恐琼楼玉宇，高处不胜寒"，尤觉空灵蕴藉。

冯煦《蒿庵论词·论苏轼词》：兴化刘氏熙载所著《艺概》，于词多洞微之言，而论东坡尤为深至。（略）又云："词以不犯本位为高，东坡《满庭芳》'老去君恩未报，空回首，弹铗悲歌'，语诚慷慨，然不若《水调歌头》'我欲乘风归去，又恐琼楼玉宇，高处不胜寒'，尤觉空灵蕴藉。"观此可以得东坡矣。

王文诰《苏文忠公诗编注集成总案》卷二五：（元丰八年乙丑正月）告下，仍以检校尚书、水部员外郎、汝州团练副使不得签书公事、常州居住，再作《满庭芳》词。

水调歌头<small>快哉亭作</small>

　　落日绣帘卷，亭下水连空。知君为我新作，窗户湿青红。长记平山堂上，攲枕江南烟雨，渺渺没孤鸿。认得醉翁语，山色有无中。　　一千顷，都镜净，倒碧峰。忽然浪起，掀舞一叶白头翁。堪笑兰台公子，未解庄生天籁，刚道有雌雄。一点浩然气，千里快哉风。

惠洪《跋东坡平山堂词》（《石门文字禅》卷二七）：东坡登平山堂，怀醉翁，作此词。张嘉甫谓予曰："时红妆成轮，名士堵立，看其落笔。置笔目送万里，殆欲仙去尔。"余衰退，得观此于祐上座处，便觉烟雨孤鸿在目中矣。

方勺《泊宅编》卷六："山色有无中"，王维诗也。欧公平山堂词用此一句，东坡爱之，作《水调歌头》，乃云："认取醉翁语，山色有无中。"

《魏庆之词话》：欧阳永叔送刘贡父守维扬，作长短句云：

"平山栏槛倚晴空，山色有无中。"平山堂望江左诸山甚近，或以为永叔短视，故云。东坡笑之，因赋快哉亭道其事云："长记平山堂上，欹枕江南烟雨，杳杳没孤鸿。认得醉翁语，山色有无中。"盖山色有无，非烟雨不能然也。

曾季貍《艇斋诗话》：东坡平山堂词云："认取醉翁语，山色有无中。"然"山色有无中"，本王维诗："江流天地外，山色有无中。"

胡仔《苕溪渔隐丛话》后集卷二六：苕溪渔隐曰：《后山诗话》谓"退之以文为诗，子瞻以诗为词，如教坊雷大使之舞，虽极天下之工，要非本色"。余谓后山之言过矣，子瞻佳词最多，（略）"落日绣帘卷，亭下水连空"（快哉亭词）；（略）凡此十余词，皆绝去笔墨畦径间，直造古人不到处，真可使人一唱而三叹。若谓以诗为词，是大不然。子瞻自言"平生不善唱曲，故有不入腔处"，非尽如此。后山乃比之教坊司雷大使舞，是何每况愈下？盖其谬耳。

《能改斋漫录》卷七《事实》：东坡《水调歌头》云（略）。"认得醉翁语，山色有无中"，盖欧阳文忠长短句云："平山栏槛倚晴空，山色有无中。"东坡盖指此也。然王摩诘《汉江临眺》诗已尝云："江流天地外，山色有无中。"欧实用此，而东坡偶忘之耶？

陆游《老学庵笔记》卷六："水流天地外，山色有无中"，王维诗也。权德舆《晚渡扬子江》诗云："远岫有无中，片帆烟水上"已是用维语。欧阳公长短句云："平山阑槛倚晴空，山色有无中。"诗人至此盖三用矣。然公但以此句施于平山堂为宜，初不自谓工也。东坡先生乃云"记取醉翁语，山色有无中"，则似谓欧阳公创为此句，何哉？

傅藻《东坡纪年录》：（元丰六年癸亥）是年快哉亭作《水调歌头》赠张偓佺。

《草堂诗余》正集卷四杨慎评：结句雄奇，无人敢道。

黄氏《蓼园词评·水调歌头（落日绣帘卷）》：前阕从"快"字之意入，次阕起三语，承上阕写景。"忽然"二句一跌，以顿出末二句来。结处一振，"快"字之意方足。

　　沈雄《古今词话·词辨》上卷《朝中措》：《艺苑雌黄》曰：欧阳公送刘贡父守扬州，为《朝中措》词云："平山栏槛倚晴空，山色有无中。手种堂前杨柳，别来几度春风。　　文章太守，挥毫万字，一饮千钟。行乐直须年少，尊前看取衰翁。"平山堂望江左诸山甚近，或以公短视，故云。东坡笑之，因赋快哉亭《水调歌头》以道其事，有云："尝记平山堂上，欹枕江南烟雨，杳杳没孤鸿。认取醉翁语，山色有无中。"盖指烟雨而然也。

　　又《词品》卷下《语病》：《艺苑雌黄》曰：欧阳公："平山阑槛俯晴空，山色有无中。"东坡赋《水调歌头》记其事："长记平山堂上，欹枕江南风雨"，盖以"山色有无"，非烟雨不能然也。然以"平山阑槛俯晴空"为起句，已成语病，恐苏公不能为之讳也，则是以欧阳公为短视者为是。"俯"一作"倚"。

　　王奕清《历代诗话》卷四《欧阳修平山堂》："山色有无中"，欧阳公咏平山堂句也。或谓平山堂望江南诸山甚近，公短视故耳。东坡为公解嘲，乃赋快哉亭词云："记得平山堂上（略）。"盖"山色有无"，非烟雨不能也。然公词起句是"平山阑槛倚晴空"，安得烟雨？恐东坡终不能为公解矣。

　　又《历代诗话》卷六二《有无中》：按平山堂望江左诸山甚近，或以欧公为短视，故有此句。东坡笑之，因赋《快哉亭》云："长记平山堂上，欹枕江南烟雨，杳杳没孤鸿。认得醉翁语，山色有无中。"盖永叔用摩诘语以致诮，而东坡犹且笑之，惟正甫用作《春阴》诗，可免短视之诮。

　　王文诰《苏文忠公诗编注集成总案》卷二二：（元丰六年癸亥六月）张梦得营新居于江上，筑亭，公榜曰"快哉亭"，作《水调歌头》词。

　　郑文绰《大鹤山人词话》：此等句法，使作者稍稍矜才使气，便入粗豪一派，妙能写景中人，因生出无限情思。

水调歌头

　　余去岁在东武，作《水调歌头》以寄子由。今年子由相从彭门百余日，过中秋而去，作此曲以别余。以其语过悲，乃为和之。其意以不早退为戒，以退而相从之乐为慰云耳。

　　安石在东海，从事鬓惊秋。中年亲友难别，丝竹缓离愁。一旦功成名遂，准拟东还海道，扶病入西州。雅志困轩冕，遗恨寄沧洲。　　岁云暮，须早计，要褐裘。故乡归去千里，佳处辄迟留。我醉歌时君和，醉倒须君扶我，惟酒可忘忧。一任刘玄德，相对卧高楼。

　　苏辙《水调歌头》（徐州中秋）：离别一何久，七度过中秋。去年东武今夕，明月不胜愁。岂意彭城山下，同泛清河古汴，船上载《凉州》。鼓吹助清赏，鸿雁起汀洲。　　坐中客，翠羽帔，紫绮裘。素娥无奈西去，曾不为人留。今夜清尊对客，明夜孤帆水驿，依旧照离忧。但恐同王粲，相对永登楼。

　　傅藻《东坡纪年录》：（熙宁十年丁巳）子由过中秋而别，作《水调歌头》。

　　王文诰《苏文忠公诗编注集成》卷一五：（熙宁十年丁巳八月）十五日同子由泛舟吕洪，作《水调歌头》送别。

水调歌头

丙辰中秋，欢饮达旦，大醉，作此篇，兼怀子由

明月几时有，把酒问青天。不知天上宫阙，今夕是何年。我欲乘风归去，又恐琼楼玉宇，高处不胜寒。起舞弄清影，何似在人间！　　转朱阁，低绮户，照无眠。不应有恨，何事长向别时圆。人有悲欢离合，月有阴晴圆缺，此事古难全。但愿人长久，千里共婵娟。

《铁围山丛谈》卷三：歌者袁绹，乃天宝之李龟年也。宣和间供奉九重，尝为吾言：东坡公昔与客游金山，适中秋夕，天宇四垂，一碧无际，加江流沩湧，俄月色如昼，遂共登金山顶之妙高台，命绹歌其《水调歌头》曰："明月几时有，把酒问青天。"歌罢，坡为起舞，而顾问曰："此便是神仙矣。"吾谓文章人物，诚千载一时，后世安所得乎？

袁文《瓮牖闲评》卷五：苏东坡在黄州，有词云："我欲乘风归去，又恐琼楼玉宇，高处不胜寒。"惟高处旷阔则易于生寒耳，故黄州城上筑一堂，以"高寒"名之，其名极佳。今士大夫书问中，往往多用"高寒"二字，虽云本之东坡，然既非高处，二字亦难兼也。

胡仔《苕溪渔隐丛话》前集卷五九《长短句》：先君尝云：坡词"低绮户"，当云"窥绮户"。二字既改，其词益佳。

又后集卷二六《东坡一》：苕溪渔隐曰：《后山诗话》谓"退之以文为诗，子瞻以诗为词，如教坊雷大使之舞，虽极天下之工，要非本色"。余谓后山之言过矣，子瞻佳词最多，（略）

"明月几时有，把酒问青天"（中秋词）；（略）凡此十余词，皆绝去笔墨畦径间，直造古人不到处，真可使人一唱而三叹。若谓以诗为词，是大不然。子瞻自言"平生不善唱曲，故有不入腔处"，非尽如此。后山乃比之教坊司雷大使舞，是何每况愈下？盖其谬耳。

又后集卷三九《长短句》：苕溪渔隐曰：中秋词自东坡《水调歌头》一出，余词尽废。

张炎《词源》卷下：词以意趣为主，要不蹈袭前人语意。如东坡中秋《水调歌头》云："明月几时有（略）。"

赵彦卫《云麓漫钞》卷四：《水调歌头》版行者末云："但愿人长久。"真迹云"但得人长久"。以此知前辈文章为后人妄改亦多矣。

傅藻《东坡纪年录》：（熙宁九年丙辰）中秋，欢饮达旦，作《水调歌头》。

李冶《敬斋古今黈》卷八：东坡《水调歌头》："我欲乘风归去，只恐琼楼玉宇，高处不胜寒。起舞弄清影，何似在人间。"一时词手，多用此句。如鲁直云："我欲穿花寻路，直入白云深处，浩气展虹霓。只恐花深处，红露湿人衣。"盖效东坡语也。近世闲闲老人亦云："我欲骑鲸归去，只恐神仙官府，嫌我醉时真。笑拍群仙手，几度梦中身。"

陈元靓《岁时广记》卷三一引《复雅歌词》：是词乃东坡居士以丙辰中秋，欢饮达旦，大醉，作《水调歌头》兼怀子由，时丙辰熙宁九年也。元丰七年，都下传唱此词。神宗问内侍外面新行小词，内侍录此进呈。读至"又恐琼楼玉宇，高处不胜寒"，上曰："苏轼终是爱君。"乃命量移汝州。

《类编草堂诗余》卷三李星垣评：深情远韵与赤壁桂棹之歌同意。

《草堂诗余》卷四杨慎评：此等词翩翩羽化而仙，岂是烟火人道得只字。中秋词，古今绝唱。

先著、程洪《词洁辑评》卷三：凡兴象高，即不为字面碍。此词前半，自是天仙化人之笔。惟后"悲欢离合""阴晴圆缺"等字，苟求者未免指此为累。然再三读去，抟挖运动，何损其佳？少陵《咏怀古迹》诗云："支离东北风尘际，漂泊西南天地间。"未尝以天地、西南、东北等字窒塞，有伤是诗之妙。诗家最上一乘，固有以神行者矣，于词何独不然？题为中秋对月怀子由，宜其怀抱俯仰，浩落如是。录坡公词若并汰此作，是无眉目矣。亦恐词家疆宇狭隘，后来用者，惟堕入纤秾一队，不可以救药也。后村二调亦极力能出脱者，取为此公嗣响，可以不孤。

沈雄《古今词话·词品》上卷《藏韵》：沈雄曰："《水调歌头》间有藏韵者。东坡明月词"我欲乘风归去，惟恐琼楼玉宇"后段"人有悲欢离合，月有阴晴圆缺"，谓之偶然暗合则可，若以多者证之，则问之笺体家，未曾立法于严也。

又《词辨》上卷《苏轼东坡词》：《尧山堂外纪》曰：东坡备历危险，中秋作《水调歌头》以怀子由。神宗读至"惟恐琼楼玉宇，高处不胜寒"，乃叹曰："苏轼终是爱君。"量移汝州。

又《词辨》下卷《水调歌头》：《词统》曰："明月几时有"一词，画家大斧皴，书家劈窠体也。后有海璚子一词，"一叶飞何处，天地起西风"为起句，"铁笛一声晓，唤起五湖龙"为卒章，此岂胸中有烟火，笔下有纤尘者所能仿佛其一二耶？且读此老《嫭翁赋》，冰纨火布，错列交陈，直令馋眼为醉。

沈雄曰：东坡中秋词，前段第三句作六字句，后段"不应有恨，何事长向别时圆"，又似四字七字句，《词品》所谓语意参差也。稼轩席上作"何人为我楚舞，听我楚歌声"与"人间万事，毫发常重泰山轻"类是。余俱整肃，能使神宗读至"惟恐琼楼玉宇，高处不胜寒"，叹曰："苏轼终是爱君。"但前后六字句，"我欲乘风归去"二句，"人有悲欢离合"二句，似有暗韵相叶，余人失之。然每观张于湖《观雨》、辛稼轩《观雪》、杨止济《登楼》、无名氏《望月》，固不如东坡之作，陈西麓所以品其为"万古一清风"也。

王文诰《苏文忠公诗编注集成总案》卷一四：（熙宁九年丙辰八月十五日）是夜欢饮达旦，兼怀子由，作《水调歌头》词。

黄氏《蓼园词评·水调歌头（明月几时有）》：东坡自序云："丙辰中秋，欢饮达旦，大醉，作此篇，兼怀子由。"按通首只是咏月耳。首阕，是见月思君，言天上宫阙，高不胜寒，但仿佛神魂归去，几不知身在人间也。次阕，言月何不照人欢洽，何似有恨，偏于人离索之时而圆乎？复又自解，人有离合，月有圆缺，皆是常事，惟望长久共婵娟耳。缠绵惋恻之思，愈转愈曲，愈曲愈深。忠爱之思，令人玩味不尽。

张惠言《词选》卷一：忠爱之言，恻然动人。神宗读"琼楼玉宇，高处不胜寒"之句，以为"终是爱君"。

冯煦《蒿庵论词·论苏轼词》：又云："词以不犯本位为高，东坡《满庭芳》'老去君恩未报，空回首，弹铗悲歌'，语诚慷慨，然不若《水调歌头》'我欲乘风归去，又恐琼楼玉宇，高处不胜寒'，尤觉空灵蕴藉。"观此可以得东坡矣。

陈廷焯《白雨斋词话》卷一《东坡词别有天地》：词至东坡，一洗绮罗香泽之态，寄慨无端，别有天地。《水调歌头》（略）尤为绝构。

又卷六《比与兴之别》：所谓兴者，意在笔先，神余言外，极虚极活，极沉极郁，若远若近，可喻不可喻，反复缠绵，都归忠厚。求之两宋，如东坡《水调歌头》（略）等篇，亦庶乎近之矣。

端木埰《续词选批注》："字"与"去"，"缺"与"合"均是一韵。坡公此调凡五首，他作亦不拘。然学者终以用韵为好，较整炼也。

李佳《左庵词话》卷上《东坡词》：东坡词如《水龙吟·咏杨花》《水调歌头·丙辰中秋作》，皆极清新。

又卷下《东坡水调歌头》：东坡《水调歌头》："明月几时有

（略）。"此老不特兴会高骞，直觉有仙气缥缈于毫端。

江顺诒《词学集成》卷一引徐鼒《水云楼词序》：诗余之作，盖亦乐府之遗。孤臣孽子，劳人思妇，吁阍阖而不聪，继以歌哭；惧正容之莫悟，矢以曼音。其体卑，其思苦，其寄托幽隐，其节奏啴缓。故为之者，必中规中矩，端如贯珠；宜宫宜商，较之累黍。太白、飞卿，实导先路；南唐、两宋，蔚为巨观。玉宇高寒，子瞻将其忠爱；斜阳烟柳，寿皇识为怨悱。

刘熙载《艺概》卷四：《水调歌头》"我欲乘风归去，又恐琼楼玉宇，高处不胜寒"，尤觉空灵蕴藉。

张德瀛《词徵》卷一《词叶短韵》：苏子瞻《水调歌头》前阕云："我欲乘风归去，又恐琼楼玉宇。"后阕云："月有阴晴圆缺，人有悲欢离合。"宇、去、缺、合，均叶短韵，人皆以为偶合。然检韩无咎词赋此调云："放目苍崖万仞，云护晓霜成阵。"仞、阵是韵。后阕云："落日平原西望，鼓角秋深悲壮。"望、壮是韵。蔡伯坚词赋此调云："灯火春城咫尺，晓梦梅花消息。"尺、息是韵。后阕云："翠竹江村月上，但要纶巾鹤氅。"上、氅是韵。乃知《水调歌头》实有此一体也。

王闿运《湘绮楼评词》：通篇妥帖，亦恰到好处。（略）大开大合之笔，亦他人所不能。才子才子，胜诗文字多矣。

又评张孝祥《念奴娇》（洞庭青草）：飘飘有凌云之气，觉东坡《水调》有尘心。

汪光铺《棕窗杂记》：《湘绮楼词选》三卷，湘潭王壬秋闿运纂。于古人词多所纂改。如（略）苏子瞻之"不应有恨，何事长向别时圆"，谓"与下二'有'字犯"，改"有"作"惹"，不及"有恨"浑成。

郑文焯《大鹤山人词话》：发端从太白仙心脱化，顿成奇逸之笔。湘绮诵此词，以为"此难全"韵，可当"三语掾"，自来未经人道。

陆以谦《词林纪事序》：窃惟词源于诗，诗源于三百篇。三百篇无非事者，故孔子以为可以兴、可以观、可以群、可以怨，且推诸事父事君之重。后代诗人，或仅以工声偶，务绮靡。降而倚声，则直以为弄月嘲风，供浅斟低唱以娱心而已。试取宋、金、元词考之，不尽然也。其事关伦纪者正多。如东坡水调歌头"琼楼玉宇，高处不胜寒"，神宗以为苏轼终是爱君。

金应珪《词选后序》：乐府既衰，填词斯作。三唐引其绪，五季畅其支；两宋名公，尤工此体，莫不飞声尊俎之上，引节丝管之间。然乃琼楼玉宇，天子识其忠言；斜阳烟柳，寿皇指为怨曲。造口之壁，比之诗史；太学之咏，传其主文。举此一隅，合诸四始，途归所会，断可识矣。

王国维《人间词话》卷下：长调自以周、柳、苏、辛为最工，美成《浪淘沙慢》二词，精壮顿挫，已开北曲之先声。若屯田之《八声甘州》，东坡之《水调歌头》，则伫兴之作，格高千古，不能以常调论也。

陈菲石《声执·夹协》：一词之中，平仄韵互见，谓之夹协。《水调歌头》东坡"明月几时有"一首，前后遍五六两句，另换仄韵自协，宋元人或仿之。

水调歌头

欧阳文忠公尝问余：琴诗何者最善？答以退之《听颖师琴》诗最善。公曰："此诗最奇丽，然非听琴，乃听琵琶也。"余深然之。建安章质夫家善琵琶者，乞为歌词。余久不作，特取退之词，稍加隐括，使就声律，以遗之云。

昵昵儿女语，灯火夜微明。恩冤尔汝来去，弹指泪和声。忽变轩昂勇士，一鼓阗然作气，千里不留行。回首暮云远，飞絮搅青冥。　众禽里，真彩凤，独不鸣。跻攀寸步千险，一落百寻轻。烦子指间风雨，置我肠中冰炭，起坐不能平。推手从归去，无泪与君倾。

　　韩愈《听颖师琴》：昵昵儿女语，恩怨相尔汝。划然变轩昂，勇士赴敌场。浮云柳絮无根蒂，天地阔远随尽扬。喧啾百鸟群，忽见孤凤凰。跻攀分寸不可上，失势一落千丈强。嗟予有两耳，未肯听丝簧。自闻颖师弹，起坐在一旁。推手遽止之，湿衣泪滂滂。颖师尔诚能，无以冰炭置我肠。

　　苏轼《与朱康叔》（《苏轼文集》卷五九）：章质夫求琵琶歌词，不敢不呈。

　　胡仔《苕溪渔隐丛话》后集卷一〇《韩退之》：《古今诗话》云：“‘昵昵儿女语（略）。’曲名《水调歌头》，东坡居士听琵琶而作也。旧都野人曰：此词句外取意，无一字染着，后学卒未到其阃域。反复味之，见居士之文采窃处：‘昵昵儿女语’，取白乐天‘小弦切切如私语’意；‘忽变轩昂勇士，一鼓阗然作气，千里不留行’，便是‘银瓶乍破水浆迸，铁骑突出刀枪鸣’；‘携手从归去，无泪与君倾’，则又翻‘江州司马青衫湿’公案也。子瞻凡为文，非徒虚语。‘寸步千险，一落百寻轻’之句，皆自喻耳。后人吟咏，患思而不得，既得之，为题意缠缚，不解点化者多矣。”苕溪渔隐曰：东坡尝因章质夫家善琵琶者乞歌词，亦取退之《听颖师琴》诗，稍加隐括，使就声律，为《水调歌头》以遗之。其自序云：欧公谓退之“此诗最奇丽，然非听琴，乃听琵琶耳。余深然之。”旧都野人乃谓此词自外取意，无一字染着。彼盖不曾读退之诗，妄为此言也。又谓居士之文采窃处，取白乐天《琵琶行》意，此尤可绝倒也。

　　刘克庄《跋东坡颖师听琴水调及山谷帖》（《后村先生大全集》卷一〇二）：隐括他人之作，当如汉王晨入信、耳军，夺其旗鼓，盖其作略气魄，固已陵暴之矣，坡公此词是也。他人勉强为之，气尽力竭，在此则指麾呼唤不来，在彼则颉颃偃蹇不受令，勿作可矣。坡词前云："弹指泪纵横。"后云："无泪与君倾。"或以为复。余曰：前句雍门之哭也，后句昭文之不鼓也。结也，非复也。

沈雄《古今词话·词辨》下卷《水调歌头》：《古今词谱》曰：此不与艳词同科者，仄韵即《花犯念奴》。琵琶词，东坡所制。公旧序云："欧阳公尝问余琴诗（略）。"

王文诰《苏文忠公诗编注集成总案》卷二八：（元祐二年丁卯四月）听章楶家琵琶，作《水调歌头》词。诰案：此词无年月可考，据《续资治通鉴长编》，元祐二年正月，章楶为吏部郎中。四月出知越州。时楶正在京也，因附载于此。

满江红

忧喜相寻，风雨过，一江春绿。巫峡梦，至今空有，乱山屏簇。何似伯鸾携德耀，箪瓢未足清欢足。渐粲然，光彩照阶庭，生兰玉。　　幽梦里，传心曲。肠断处，凭他续。文君婿知否，笑君卑辱。君不见《周南》歌《汉广》，天教夫子休乔木。便相将，左手抱琴书，云间宿。

杨元素《时贤本事曲子集》：董毅夫名钺，自梓漕得罪归鄱阳，遇东坡于齐安，怪其丰暇自得。曰："吾再娶柳氏，三日而去官，吾固不戚戚，而忧柳氏不能忘怀于进退也。已而欣然同忧患，如处富贵，吾是以益安焉。"乃令家童歌其所作《满江红》，东坡嗟叹之，次其韵。

邵博《邵氏闻见后录》卷一九：东坡为董毅夫作长短句，"文君婿知否，笑君卑辱"，奇语也。"文君婿"犹"虞姬婿"云，今刻本者不知，有自改"文君细知否"，可笑耳。

王文诰《苏文忠公诗编注集成总案》卷二一：（元丰五年壬戌三月）和董钺《满江红》词。诰案：董义夫因朱寿昌纳交于公，不一年以病没，见本集《与蔡景繁书》中。至公与蔡、朱书及《满江红》词叙，均作义夫，独《哨遍》词叙作毅夫，义略可通毅，似两用之者。今为一之，庶无歧出耳。

满江红

江汉西来，高楼下，蒲萄深碧。犹自带，岷峨云浪，锦江春色。君是南山遗爱守，我为剑外思归客。对此间、风物岂无情，殷勤说。　　《江表传》，君休读。狂处士，真堪惜。空洲对鹦鹉，苇花萧瑟。不独笑书生争底事，曹公黄祖俱飘忽。愿使君，还赋谪仙诗，追黄鹤。

满江红 东武会流杯亭

东武南城，新堤固，涟漪初溢。隐隐遍，长林高阜，卧红堆碧。枝上残花吹尽也，与君更向江头觅。问向前，犹有几多春，三之一。　　官里事，何时毕？风雨外，无多日。相将泛曲水，满城争出。君不见兰亭修禊事，当时坐上皆豪逸。到如今，修竹满山阴，空陈迹。

杨湜《古今词话》：东坡自禁城出守东武，适值霖潦经月，黄河决流，漂溺钜野，及于彭城。东坡命力士持畚锸，具薪刍，万人纷纷，增塞城之败坏者。至暮水势益汹，东坡登城野宿，愈加督责，人意乃定，城不没者一板。不然，则东武之人尽为鱼鳖矣。坡复用僧应言之策，凿清冷口积水入于古废河，又东北入于海。水既退，坡具利害屡请于朝，筑长堤十余里以拒水势，复建黄楼以魇之。堤成，水循故道，分流城中。上巳日，命从事乐成之。有一妓前曰："自古上巳旧词多矣，未有乐新堤而奏雅曲者，愿得一阕歌公之前。"坡写《满江红》曰（略）。俾妓歌之，坐席欢甚。

胡仔《苕溪渔隐丛话》后集卷二六：苕溪渔隐曰：《后山诗话》谓"退之以文为诗，子瞻以诗为词，如教坊雷大使之舞，虽极天下之工，要非本色"。余谓后山之言过矣，子瞻佳词最多，（略）"东武城南，新堤固，涟漪初溢"（宴流杯亭词）；（略）凡此十余词，皆绝去笔墨畦径间，直造古人不到处，真可使人一唱而三叹。若谓以诗为词，是大不然。子瞻自言"平生不善唱曲，故有不入腔处"，非尽如此。后山乃比之教坊司雷大使舞，是何每况愈下？盖其谬耳。

《拙轩词话·诗文词用君不见三字》：凡作文须是有纲目，如"君不见"三字，苏文忠公《满江红》、辛待制《摸鱼儿》用之。

傅藻《东坡纪年录》：（熙宁九年丙辰）上巳日，流觞于南禅小亭，作《满江红》。

王文诰《苏文忠公诗编注集成总案》卷一四：（熙宁九年丙辰）三月三日流觞于南禅小亭，作《满江红》词。

满江红 怀子由作

清颍东流，愁目断，孤帆明灭。宦游处，青山白浪，万重千叠。孤负当年林下意，对床夜雨听萧瑟。恨此生，长向别离中，添华发。　　一尊酒，黄河侧。无限事，从头说。相看恍如昨，许多年月。衣上旧痕余苦泪，眉间喜气添黄色。便与君，池上觅残春，花如雪。

王文诰《苏文忠公诗编注集成总案》卷三四：（元祐七年壬申二月）遂罢（知颍州）任，赵令畤饯饮湖上，舟中对月，并和令畤送陈传道诗，有怀子由，作《满江红》词。

满江红 正月十三日送文安国还朝

天岂无情，天也解，多情留客。春向暖，朝来底事，尚飘轻雪。君过春来纡组绶，我应归去耽泉石。恐异时，杯酒忽相思，云山隔。　　浮世事，俱难必。人纵健，头应白。何辞更一醉，此欢难觅。欲向佳人诉离恨，泪珠先已凝双睫。但莫遣，新燕却来时，音书绝。

归朝欢

　　我梦扁舟浮震泽，雪浪摇空千顷白。觉来满眼是庐山，倚天无数开青壁。此生长接淅，与君同是江南客。梦中游，觉来清赏，同作飞梭掷。　　明日西风还挂席，唱我新词泪沾臆。灵均去后楚山空，澧阳兰芷无颜色。君才如梦得，武陵更在西南极。《竹枝词》，莫摇新唱，谁谓古今隔。

　　苏轼昔在九江与苏伯固唱和，其略曰："我梦扁舟浮震泽，雪浪横空千顷白。觉来满眼是庐山，倚天无数开青壁。"盖实梦也。昨日又梦伯固手持乳香婴儿示予，觉而思之，岂复与伯固相见于此耶？今得来书，知已在南华相待数日矣。感叹不已，故先寄此诗。《苏轼诗集》卷四四：扁舟震泽定何时，满眼庐山觉又非。春草池塘惠连梦，上林鸿雁子卿归。水香知是曹溪口，眼净同看古佛衣。不向南华结香火，此生何处是真依。

　　曾季貍《艇斋诗话》：东坡词中《归朝欢·和苏伯固》者，为送伯固往澧阳。故用灵均、梦得等事。今词中但云"和伯固"，而不言往澧阳也。

　　王文诰《苏文忠公诗编注集成总案》卷三八：（绍圣元年甲戌）达九江，与苏坚泣别，作《归朝欢》词。

念奴娇 赤壁怀古

　　大江东去，浪淘尽，千古风流人物。故垒西边，人道是，三国周郎赤壁。乱石穿空，惊涛拍岸，卷起千堆雪。江山如画，一时多少豪杰。　　遥想公瑾当年，小乔初嫁了，雄姿英发。羽扇纶巾，谈笑间，强虏灰飞烟灭。故国神游，多情应笑我，早生华发。人间如梦，一尊还酹江月。

　　葛立方《韵语阳秋》卷一三：黄州亦有赤壁，但非周瑜所战之地。东坡尝作赋曰："西望夏口，东望武昌，非孟德之困于周郎者乎？"盖亦疑之矣。故作长短句云："人道是周郎赤壁。"谓之"人道是"，则心知其非矣。

　　《邵氏闻见后录》卷一九：东坡赤壁词"灰飞烟灭"，《圆觉经》中佛语也。

　　《容斋续笔》卷八《诗词改字》：向巨原云：元不伐家有鲁直所书东坡《念奴娇》，与今人歌不同者数处。如"浪淘尽"为"浪深沉"，"周郎赤壁"为"孙吴赤壁"，"乱石穿空"为"崩云"，"惊涛拍岸"为"掠岸"，"多情应笑我早生华发"为"多情应是笑我生华发"，"人生如梦"为"如寄"。不知此本今何在也。

　　曾季貍《艇斋诗话》：东坡大江东去词，其中云"人道是三国周郎赤壁"，陈无己见之，言不必道"三国"，东坡改云"当日"。今印本两出，不知东坡已改之矣。

　　胡仔《苕溪渔隐丛话》前集卷五九《长短句》：东坡大江东

去赤壁词，语意高妙，真古今绝唱。近时有人和此词，题于邮亭壁间，不著其名，语虽粗豪，亦气概可喜。今漫笔之。词曰："炎精中否（略）。"

又后集卷二六：苕溪渔隐曰：《后山诗话》谓"退之以文为诗，子瞻以诗为词，如教坊雷大使之舞，虽极天下之工，要非本色。"余谓后山之言过矣，子瞻佳词最多，其间杰出者如（略）"大江东去，浪淘尽，千古风流人物"（赤壁词）；（略）凡此十余词，皆绝去笔墨畦径间，直造古人不到处，真可使人一唱而三叹。若谓以诗为词，是大不然。子瞻自言"平生不善唱曲，故有不入腔处"，非尽如此。后山乃比之教坊司雷大使舞，是何每况愈下？盖其谬耳。

俞文豹《吹剑录》：大江东去词，三"江"、三"人"、二"国"、二"生"、二"故"、二"如"、二"千"字，以东坡则可，他人固不可。然语意到处，他字不可代，虽重无害也。今人看文字，未论其大体如何，先且指点重字。

《吹剑续录》（《说郛》卷二四引一：东坡在玉堂，有幕士善讴，因问"我词比柳词何如"，对曰："柳郎中词只好十七八女孩儿，执红牙拍板唱'杨柳岸，晓风残月'。学士词须关西大汉，执铁板唱'大江东去'。"公为之绝倒。

张端义《贵耳集》卷下：李季章云："苏东坡作文，爱用佛书中语，如《赤壁怀古》词所云："羽扇纶巾，谈笑间，樯橹灰飞烟灭。"所谓"灰飞烟灭"四字，乃《圆觉经》中语，云"火出木烬，灰飞烟灭"也。

傅藻《东坡纪年录》：（元丰五年壬戌）既望，泛舟于赤壁之下作《赤壁赋》，又怀古，作《念奴娇》。

《拙轩词话·叶苏二公词》：苏文忠《赤壁赋》不尽语，裁成"大江东去"词，过处云："人道是，三国周郎赤壁。"赤壁有五处：嘉鱼、汉川、汉阳、江夏、黄州。周瑜以火败操在乌林，《后汉书》《水经》载已详细。陆三山《入蜀记》载韩子苍云：

"此地能令阿瞒走。"则直指为公瑾之赤壁。又黄人谓赤壁曰赤鼻，后人取词中"酹江月"三字名之。（略）二公之名俱不朽，识者何不深考焉。

王恽《黑漆弩》（游金山寺并序）（《秋涧集》卷七六）：予曰：东坡作《念奴》曲，后人爱之，易其名曰《酹江月》。其谁曰不然？

元好问《题闲闲书赤壁赋后》：夏口之战，古今喜称道之。东坡赤壁词殆戏以周郎自况也。词才百余字，而江山人物，无复余蕴，宜其为乐府绝唱。

《草堂诗余》卷四杨慎评：古今词多脂软纤媚取胜，独东坡此词感慨悲壮，雄伟高卓，词中之史也。"铜将军""铁绰板"唱公此词，虽优人谑语，亦足状其雄卓奇伟处。

王世贞《山谷书东坡大江东去帖》（《弇州山人四部稿》卷一三）：铜将军，铁绰板，唱大江东去，固也。然其词跌宕感慨，有王处仲挝鼓意气，旁若无人。鲁直书莽莽，亦足相发磊块。时阅之，以当阮公数斗酒。

又《艺苑卮言·东坡咏杨花词》：昔人谓铜将军、铁绰板唱苏学士"大江东去"，十八九岁好女子唱柳屯田"杨柳外晓风残月"，为词家三昧。然学士此词，亦自雄壮，感慨千古。果令铜将军于大江奏之，必能使江波鼎沸。

又引《词苑》："大江东去，浪淘尽，千古风流人物"，壮语也。（略）其词浓与淡之间也。

俞彦《爰园词话·柳词之所本》：子瞻词无一语著人间烟火，此自大罗天上一种，不必与少游、易安辈较量体裁也。其豪放亦止"大江东去"一词，何物袁绹，妄加品骘，后代奉为美谈，似欲以概子瞻生平。不知万顷波涛，来自万里，吞天浴日，古豪杰英爽都在，使屯田此际操觚，果可以"杨柳岸晓风残月"命句否。且柳词亦只此佳句，余皆未称。而亦有本，祖魏承班《渔歌子》"窗外晓风残月"，第改二字、增一字耳。

毛奇龄《西河词话》卷一：词名多取诗句之佳者，如《夏云峰》则取"夏云多奇峰"句，《黄莺儿》则取"打起黄莺儿"句是也。独《酹江月》《大江东去》则因东坡《念奴娇》词内有"大江东去""一樽还酹江月"二句，遂易是名。夫以词中句而反易词名，则词亦伟矣。

王又华《古今词论》：东坡"大江东去"词，"故垒西边，人道是，三国周郎赤壁"，论调则当于"边"字读断，论意则当于"道"字读断。"小乔初嫁了，雄姿英发"，论调则"了"字当属下句，论意则"了"字当属上句。"多情应笑我，早生华发"，"我"字亦然。（略）文自为文，歌自为歌，然歌不碍文，文不碍歌，是坡公雄才自放处。他家间亦有之，亦词家之一法。

沈谦《填词杂说》：词不在大小浅深，贵于移情。"晓风残月""大江东去"，体制虽殊，读之若身历其境，惝恍迷离，不能自主，文之至也。

徐釚《词苑丛谈》卷一：尤悔庵曰："词名断宜从旧。其更名者，乃摘前人词中句为之，如东坡《念奴娇》赤壁词，首云'大江东去'，末云'一樽还酹江月'。今人竟改《念奴娇》为《大江东去》，又名《酹江月》，又名《赤壁词》，如此则有一词即有一名，千百不能尽矣。"后人讹"大江东"为"大江乘"，更可笑。举一以例其余。

沈雄《古今词话·词话》上卷《柳词有来处》：江尚质曰："东坡《酹江月》，为千古绝唱。耆卿《雨霖铃》，惟是'今宵酒醒何处，杨柳岸晓风残月'，东坡喜而嘲之。"沈天雨曰："求其来处，魏承班'帘外晓莺残月'，秦少游'酒醒处，残阳乱鸦'，岂尽是登溷语？"余则为耆卿反唇曰："大江东去，浪淘尽千古风流人物"，死尸狼藉，臭秽何堪，不更甚于袁绹之一哂乎？

又《词品》上卷《详韵》引赵千门曰：入声最难牵合，颁韵分为四韵，今人亦别立五韵，亦就宋词中较其大略以为区别耳。今检音词如去矜者十之七，彼此牵混者什之三，即如物、部等字押于昔词绝少，其仅见者，东坡《念奴娇》与雪、灭、发、杰等同押。

又《词辨》下卷《念奴娇》：苏长公以"大江东去"为首句，名《大江东》，《啸余谱》中有讹为《大江乘》者。以"一樽还酹江月"为卒章，名《酹江月》。中有公瑾、小乔事，名《赤壁谣》。

许宝善《自怡轩词选凡例》：如东坡"大江东去"一阕，群谓其不入调，至欲改之，何异裁割摩诘雪里芭蕉，徒然可笑。东坡何等天分？且能自制新腔，非不知声律者。白石、玉田诸名公，从无异议，而千百年后之人，偏欲讥其疵谬，正昌黎所云"蚍蜉撼大树"、工部所谓"前贤畏后生"也。

先著、程洪《词洁辑评·词洁发凡》引毛奇龄语：词本无韵，故宋人不制韵，任意取押，虽与诗韵相通不远，然要是无限度者。（略）若苏长公赤壁怀古《念奴娇》调，其云"千古风流人物"，"人道是，三国周郎赤壁"，"卷起千堆雪"，"雄姿英发"，"一樽还酹江月"，（略）展转杂通，无有定纪。

又《词洁辑评》卷四：坡公才高思敏，有韵之言多缘手而就，不暇琢磨。此词脍炙千古，点检将来，不无字句小疵，然不失为大家。《词综》从《容斋随笔》改本，以"周郎""公瑾"伤重，"浪声沉"较"淘尽"为雅。予谓"浪淘"字虽粗，然"声沉"之下不能接"千古风流人物"六字。盖此句之意全属"尽"字，不在"淘""沉"二字分别。至于赤壁之役，应属周郎，"孙吴"二字反失之泛。惟"了"字上下皆不属，应是凑字。"谈笑"句甚率，其他句法伸缩，前人已经备论。此仍从旧本，正欲其瑕瑜不掩，无失此公本来面目耳。

李调元《雨村词话序》：北宋自东坡"大江东去"，秦七、黄九踵起，周美成、晏叔原、柳屯田、贺方回继之，转相矜尚，曲调愈多，派衍愈别。

尤侗《三十二芙蓉词序》（《西堂杂俎》二集卷二）：世人论

词，辄举苏、柳两家。然大苏"琼楼玉宇，高处不胜寒"，神宗叹为爱君；而柳七"晓风残月"有登溷之讥，至"太液波翻"，忤旨抵地而罢。何遭遇之悬殊耶？予谓二子立身各有本末，即词亦雅俗各别。东坡"柳绵"之句，可入女郎红牙；使屯田赋《赤壁》，必不能制将军铁板之声也。

又《延露词序》（《松桂堂全集》附《延露词》卷首）：诗何以余哉？"大江东去"，鼓角横吹之余也。

焦循《雕孤楼词话·词调缓急》：词调愈平熟，则其音急，愈生拗，则其音缓。急则繁，其声易淫，缓则庶乎雅耳。如苏长公之"大江东去"及吴梦窗、史梅溪等调，往往用长句。同一调而句或可断若此，亦可断若彼者，皆不可断。而其音以缓为顿挫，字字可顿挫而实不必断。倚声者易于为平熟调，而艰于为生拗调。明乎缓急之理，而何生拗之有。

许昂霄《词综偶评·宋词》：一起真如太原公子褐裘而来。若"乱石"数语，则人人知其工矣。（一时多少豪杰）应上生下。（"故国神游"二句）自叙。（一尊还酹江月）仍收归赤壁。又：（文天祥）《念奴娇》用东坡原韵。又：（萨都剌）《百字令》用东坡原韵。

孙兆溎《片玉山房词话·无名氏和东坡念奴娇》：南渡时，有无名氏和东坡《念奴娇》词云："炎精中否，叹人才委靡，都无英物。胡虏长驱三犯阙，谁作长城坚壁。万国奔腾，两宫幽恨，此恨何时雪。草庐三顾，岂无高卧贤杰。　　天意眷我中兴，吾皇神武，踵曾孙周发。河海封疆俱效顺，狂虏何烦灰灭。翠羽南巡，叩阍无路，徒有冲冠发。孤忠耿耿，剑铓冷浸秋月。"慷慨激昂，不减岳武穆《满江红》词也。

又《茂林九日登高词》：词以蕴蓄缠绵、波折俏丽为工，故以南宋为词宗。然如东坡之"大江东去"、忠武之"怒发冲冠"，令人增长意气，似乎两宗不可偏废。是在各人笔致相近，不必勉强定学石帚、耆卿也。今人谈词家，动以苏、辛为不足学，抑知檀板红牙不可无铜琶铁拨，各得其宜，始为持平之论。

冯金伯《词苑萃编》卷六《品藻四·赵秉文和东坡赤壁词》引《词苑萃谈》云：赵闲闲名秉文，金正大间人。善书法，有辞藻。尝见擘窠书自作和东坡赤壁词，雄壮震动，有渴骥怒猊之势。元好问为之题跋，而词亦壮伟不羁，视"大江东去"，信在伯仲间，可谓词翰两绝者。词曰："清光一片，问苍茫桂影，其中何物。一叶轻舟波万顷，四顾粘天无壁。叩枻长歌，姮娥欲下，万里挥冰雪。京尘十丈，可能容此人杰。　　回首赤壁矶边，骑鲸人去，几度山花发。淡淡长空千古梦，只有归鸿明灭。三山安在，玉箫吹断明月。"

又卷一一《纪事·黄庭坚念奴娇》引胡仔《苕溪渔隐丛话》：山谷云："八月十七日与诸生步自永安城，入张宽夫园待月，以金荷叶酌客，客有孙叔敏善长笛，连作数曲。诸生曰：'今日之会乐矣，不可以无述。'因作此曲记之，文不加点，或以为可继东坡赤壁之歌云。"

又卷二一《辨证·苏词与柳词》引《词苑》：苏东坡"大江东去"有铜将军铁绰板之讥，柳七"晓风残月"谓可令十七八女郎按红牙檀板歌之，此袁绹语也。后人遂奉为美谈。然仆谓东坡词自有横槊气概，固是英雄本色。柳纤艳处，亦丽以淫耳。况"杨柳外"句，又本魏承班《渔歌子》"窗外晓莺残月"，只改二字、增一字，焉得独擅千古？

又《词综》本赤壁词引朱竹垞语：东坡赤壁词"浪声沉"，他本作"浪淘尽"，与调未协。"孙吴"作"周郎"，犯下"公瑾"字。"崩云"作"穿云"，"掠岸"作"拍岸"，又"多情应是笑我生华发"，作"多情应笑我，早生华发"，益非。今从《容斋随笔》所载黄鲁直手书本更正。至于"小乔初嫁"宜句绝，"了"字属下句乃合。

王文诰《苏文忠公诗编注集成总案》卷二一：（元丰四年辛酉九月）赤壁怀古，作《念奴娇》词。

吴衡照《莲子居词话》卷一《词品笃论》：杨升庵《词品》云："词人语意所到，间有参差，或两句作一句，或一句作两句。惟妙于歌者，上下纵横取协。"此是笃论，如曲子家之有活板眼也。东坡"小乔初嫁了，雄姿英发"，"细看来，不是杨花，点点是离人泪"等处，皆当以此说通之。若契舟胶柱，徐虹亭所谓髯翁命宫磨蝎，身后又硬受此差排矣。

邓廷桢《双砚斋词话·东坡词高华》：东坡以龙骧不羁之才，树松桧特立之操，故其词清刚隽上，囊括群英。院吏云：学士词须关西大汉，铜琶铁板，高唱"大江东去"。语虽近谑，实为知音。

丁绍仪《听秋声馆词话》卷一三：东坡赤壁怀古《念奴娇》词，盛传千古，而平仄句调都不合格，《词综》详加辨证。从《容斋随笔》所载山谷手书本，（略）较他本"浪声沉"作"浪淘尽"，"崩云"作"穿空"，"掠岸"作"拍岸"，雅俗迥殊，不仅"孙吴"作"周郎"，重下"公瑾"而已。惟"谈笑处"作"谈笑间"，"人生"作"人间"尚误。至"小乔初嫁"句，谓"了"字属下，乃合。考宋人词后段第二三句，作上五下四者甚多，仄韵《念奴娇》本不止一体，似不必比而同之。万氏《词律》仍从坊本，以此词为别格，殊谬。

陆蓥《雨华盦词话·坡公赤壁词存旧为佳》：坡公才大，词多豪放，不肯剪裁就范，故其不协律处甚多，然又何伤其为佳叶。而《词综》论其《赤壁怀古》，"浪淘尽"当做"浪声沉"，余以为毫厘千里矣。知词者，请再三诵之自见也。夫起句是赤壁，接以"浪淘尽"三字，便入怀古，使"千古风流人物"直跃出来。若"浪声沉"，则与下句不相贯串矣。至于"小乔初嫁了"，"了"字属下，更不成语。"多情应笑"作"多情应是"，亦未妥，不如存其旧为佳也。

黄氏《蓼园词评·念奴娇（大江东去）》：题是怀古，意谓自己消磨壮心殆尽也。开口"大江东去"二句，叹浪淘人物，是自己与周郎俱在内也。"故垒"句至次阕"灰飞烟灭"句，俱就赤壁写周郎之事。"故国"三句，是就周郎拍到自己。"人生似梦"二句，总结以应起二句。总而言之，题是赤壁，心实为己而发。周郎是宾，自己是主。借宾定主，寓主于宾。是主是宾，离奇变幻，细思方得其主意处。不可但诵其词，而不知其命意所在也。

又《南乡子（霜降水痕收）》：沈际飞曰：（略）东坡升沉去住，一生莫定，故开口说梦。如云"人间如梦"，"世事一场大梦"，"未转头时皆梦"，"古今如梦，何曾梦觉"，"君臣一梦，今古虚名"，屡读之，胸中鄙吝，自然消去。

李佳《左庵词话》卷上《东坡词》：最爱其《念奴娇·赤壁怀古》云："大江东去（略）。"淋漓悲壮，击碎唾壶，洵为千古绝唱。

又卷下《金粟香笔记》：《金粟香笔记》辑录前后用东坡《念奴娇·赤壁怀古》元韵，不下数十阕，间有佳作。然较之苏词，终无出其右者。足见邯郸学步，万不及前人之工。和韵诗不必作，和韵词尤不必强作。

谢章铤《赌棋山庄词话》卷四《词调出入》：东坡《念奴娇》（大江东去）、《水龙吟》（似花又似非花）、稼轩《摸鱼儿》（更能消几番风雨）、《永遇乐》（如此江山）等篇，其句法连属处，按之律谱，率多参差。即谨严雅饬如白石，亦时有出入。若《齐天乐》（咏蟋蟀）末句可见，细校之不止一二数也。盖词人笔兴所至，不能不变化。

陈廷焯《白雨斋词话》卷二《吴彦高人月圆》：陶九成云："近世所谓大曲，苏小小《蝶恋花》、苏东坡《念奴娇》、晏叔原《鹧鸪天》、柳耆卿《雨霖铃》、辛稼轩《摸鱼儿》、吴彦高《春草碧》、蔡伯坚《石州慢》、张子野《天仙子》、朱淑真《生查子》、邓千江《望海潮》。"按：其中惟稼轩《摸鱼儿》一篇，为古今杰作。叔原《鹧鸪天》，为艳体中极致，余亦泛泛，不知当时何以并重如此。

张德瀛《词徵》卷一《和韵词》：晁无咎《摸鱼儿》、苏子瞻《酹江月》、姜尧章《暗香》《疏影》，此数词，后人和韵最伙。

又卷五《陈翼论苏词》：宋牧仲谓宋诗多沉僿，近少陵；元诗多轻扬，近太白。然词之沉僿，无过子瞻。长乐陈翼论其词云："歌赤壁之词使人抵掌激昂，而有击楫中流之心。"（略）可谓知言。

又《赤壁讹传》：曹操入荆州，孙权遣周瑜与刘先主并力拒操，遇于赤壁，操军败走，盖鄂州蒲圻县地。《水经》：湘水从南来注之。郦注谓江水右经赤壁山北，周瑜与黄盖诈魏武大军处所，即此地也。苏文忠《赤壁怀古》词，在黄州作。黄之赤壁，又名赤壁矶，非周瑜所战之地。公词云："故垒西边，人道是、三国周郎赤壁。"当日讹传既久，故隐约其辞耳。顾起元《赤壁考》，谓汉阳、汉川、黄州、嘉鱼、江夏皆有赤壁。属嘉鱼者，宋谢矼得犹于石崖见赤壁二字云。

又《苏词用武侯文》：苏文忠赤壁怀古词"乱石排空，惊涛拍岸"，盖用诸葛武侯《黄陵庙记》语。

沈祥龙《论词随笔·词重发端》：诗重发端，惟词亦然，长调尤重。有单起之调，贵突兀笼罩，如东坡"大江东去"是。有对起之调，贵从容整炼，如少游"山抹微云，天粘衰草"是。

王闿运《湘绮楼评词》：通首出韵，然自是豪语，不必以格律求之。"与"旧作"了"，"嫁了"是嫁与他人也，故改之。

陈菲石《声执·词之结构》：有如黄河东来，虽微遇波折，仍一泻千里者，如东坡赤壁之《念奴娇》，稼轩北固亭之《永遇乐》。

念奴娇 中秋

　　凭高眺远，见长空万里，云无留迹。桂魄飞来光射处，冷浸一天秋碧。玉宇琼楼，乘鸾来去，人在清凉国。江山如画，望中烟树历历。　　我醉拍手狂歌，举杯邀月，对影成三客。起舞徘徊风露下，今夕不知何夕。便欲乘风，翻然归去，何用骑鹏翼。水晶宫里，一声吹断横笛。

　　《草堂诗余》卷四杨慎评：东坡中秋词，《水调歌头》第一，此词第二。

　　王文诰《苏文忠公诗编注集成总案》卷二一：（元丰五年壬戌）八月十五日，作《念奴娇》词。

雨中花慢

　　今岁花时深院，尽日东风，荡飏茶烟。但有绿苔芳草，柳絮榆钱。闻道城西，长廊古寺，甲第名园。有国艳带酒，天香染袂，为我留连。　　清明过了，残红无处，对此泪洒尊前。秋向晚，一枝何事，向我依然。高会聊追短景，清商不假余妍。不如留取，十分春态，付与明年。

傅藻《东坡纪年录》：（熙宁八年乙卯）以旱蝗斋素，方春，牡丹盛开，不获赏。九月，忽开一朵，雨中特置酒，作《雨中花》。

刘熙载《艺概》卷四：词有尚风，有尚骨。欧公《朝中措》云："手种堂前杨柳，别来几度春风。"东坡《雨中花慢》云："高会聊追短景，清商不假余妍。"孰风孰骨可辨。

王文诰《苏文忠公诗编注集成总案》卷一三：（熙宁八年乙卯）方春时，城西牡丹盛开，公以旱蝗斋素，不获临赏。九月忽开一朵，雨中置酒会客，作《雨中花慢》词。

雨中花慢

邃院重帘何处，惹得多情，愁对风光。睡起酒阑花谢，蝶乱蜂忙。今夜何人，吹笙北岭，待月西厢。空怅望处，一株红杏，斜倚低墙。　　羞颜易变，傍人先觉，到处被著猜防。谁信道，些儿恩爱，无限凄凉。好事若无间阻，幽欢却是寻常。一般滋味，就中香美，除是偷尝。

雨中花慢

嫩脸羞娥，因甚化作行云，却返巫阳。但有寒灯孤枕，皓月空床。长记当初，乍谐云雨，便学鸾凰。又岂料，正好三春桃李，一夜风霜。　　丹青□画，无言无笑，看了漫结愁肠。襟袖上，犹存残黛，渐减余香。一自醉中忘了，奈何酒后思量。算应负你，枕前珠泪，万点千行。

沁园春

孤馆灯青，野店鸡号，旅枕梦残。渐月华收练，晨霜耿耿，云山摛锦，朝露漙漙。世路无穷，劳生有限，似此区区长鲜欢。微吟罢，凭征鞍无语，往事千端。

当时共客长安，似二陆初来俱少年。有笔头千字，胸中万卷，致君尧舜，此事何难。用舍由时，行藏在我，袖手何妨闲处看。身长健，但优游卒岁，且斗尊前。

元好问《东坡乐府集选序》（《元遗山文集》卷三六）：绛人孙安常注坡词，（略）其所是正，亦无虑数十百处，坡词遂为完本，不可谓无功。然尚有可论者，如（略）就中"野店鸡号"一篇，极害义理，不知谁所作。世人误为东坡，而小说家又以神宗之言实之，云神宗闻此词不能平，乃贬坡黄州，且言：教苏某闲处袖手，看朕与王安石治天下。安常不能辨，复收之集中。如"当时共客长安，似二陆初来俱妙年。有胸中万卷，笔头千字，致君尧舜，此事何难？用舍由时，行藏在我，袖手何妨闲处看"之句，其鄙俚浅近，叫呼衒鬻，殆市驵之雄，醉饱而后发之。虽鲁直家婢仆且羞道，而谓东坡作者，误矣。

王文诰《苏文忠公诗编注集成总案》卷一〇（熙宁七年甲寅十月）密州道上早行，有怀子由，作《沁园春》词。诰案：公时由海州赴密，不复绕道至齐，一视子由，故其词如此耳。

劝金船 和元素韵，自撰腔命名

　　无情流水多情客，劝我如曾识。杯行到手休辞却，这公道难得。曲水池上，小字更书年月。还对茂林修竹，似永和节。　　纤纤素手如霜雪，笑把秋花插。尊前莫怪歌声咽，又还是轻别。此去翱翔，遍赏玉堂金阙。欲问再来何岁，应有华发。

　　傅藻《东坡纪年录》：（熙宁七年甲寅）和元素《劝金船》。
　　王文诰《苏文忠公诗编注集成总案》卷一二：（熙宁七年甲寅九月）杨绘饯别于中和堂，作《劝金船》词。
　　焦循《雕菰楼词话·唐宋人词用韵》：毛大可称词本无韵，是也。（略）苏轼《劝金船》用客（陌）、识（职）、月（月）、却（药）、节（屑）、插（洽）。

一丛花

　　今年春浅腊侵年，冰雪破春妍。东风有信无人见，露微意，柳际花边。寒夜纵长，孤衾易暖，钟鼓渐清圆。
　　朝来初日半含山，楼阁淡疏烟。游人便作寻芳计，小桃杏、应已争先。衰病少情，疏慵自放，惟爱日高眠。

木兰花令

霜余已失长淮阔，空听潺潺清颍咽。佳人犹唱醉翁词，四十三年如电抹。　　草头秋露流珠滑，三五盈盈还二八。与余同是识翁人，惟有西湖波底月。

《草堂诗余》续集卷下天羽居士评：古崛。按东坡尝与弟别颍州西湖，又有别泪滴清颍之句。一片性灵，绝去笔墨畦径。

木兰花令 次马中玉韵

知君仙骨无寒暑，千载相逢犹旦暮。故将别语恼佳人，要看梨花枝上雨。　　落花已逐回风去，花本无心莺自诉。明朝归路下塘西，不见莺啼花落处。

王明清《玉照新志》卷一：东坡先生知杭州，马中玉成为浙漕。东坡被召赴阙，中玉席间作词曰："来时吴会犹残暑，去日武林春已暮。欲知遗爱感人深，洒泪多于江上雨。　　欢情未举眉先聚，别酒多斟君莫诉。从今宁忍看西湖，抬眼尽成肠断处。"东坡和之，所谓"明朝归路下塘西，不见莺啼花落处"是也。中玉，忠肃亮之子，仲甫犹子也。

周紫芝《竹坡诗话》卷二：白乐天《长恨歌》云："玉容寂寞泪阑干，梨花一枝春带雨。"人皆喜其工，而不知其气韵之近俗也。东坡作送人小词云："故将别语调佳人，要看梨花枝上雨。"虽用乐天语，而别有一种风味，非点铁成黄金手，不能为此也。

马位《秋窗随笔》：东坡《祭柳子玉文》："郊寒岛瘦，元轻白俗。"彦周谓其论道之语。然东坡诗融化乐天语及用乐天事甚多，如"故将别语调佳人，要看梨花枝上雨"（略）之类。虽作此论，终不免践乐天之迹。

薛雪《一瓢诗话》：白香山"玉容寂寞泪阑干，梨花一枝花上雨"，有喜其工，有诋其俗。东坡小词"故将别语恼佳人，要看梨花枝上语"，人谓其用香山语，点铁成金。殊不然也，香山冠冕，东坡太尖，夫人婢子，各有态度。

安磐《颐山诗话》：白乐天"玉颜寂寞泪阑干，梨花一枝春带雨。"东坡送人小词云："故将别语调佳人，要看梨花枝上雨。"韩待制戏为诗曰："昔日缇萦亦如许，尽道生男不如女。河阳满县皆春风，忍使梨花偏带雨。"妓持此诗投县令，其父乃得释。二诗皆出于乐天，而新奇流动，尤可喜也。

木兰花令

宿造口闻夜雨，寄子由、才叔

梧桐叶上三更雨，惊破梦魂无觅处。夜凉枕簟已知秋，更听寒蛩促机杼。　　梦中历历来时路，犹在江亭醉歌舞。尊前必有问君人，为道别来心与绪。

木兰花令

　　元宵似是欢游好，何况公庭民讼少。万家游赏上春台，十里神仙迷海岛。　　平原不似高阳傲，促席雍容陪语笑。坐中有客最多情，不惜玉山拼醉倒。

木兰花令

　　经旬未识东君信，一夕薰风来解愠。红绡衣薄麦秋寒，绿绮韵低梅雨润。　　瓜头绿染山光嫩，弄色金桃新傅粉。日高慵卷水晶帘，犹带春醪红玉困。

木兰花令

　　高平四面开雄垒，三月风光初觉媚。园中桃李使君家，城上亭台游客醉。　　歌翻杨柳金尊沸，饮散凭阑无限意。云深不见玉关遥，草细山重残照里。

西江月 真觉赏瑞香

公子眼花乱发，老夫鼻观先通。领巾飘下瑞香风，惊起谪仙春梦。　　后土祠中玉蕊，蓬莱殿后鞓红。此花清绝更纤秾，把酒何人心动。

《复斋漫录》：庐山瑞香花，古所未有，亦不产他处。张祠部图之，强名佳客，以"瑞"为"睡"焉。其诗曰："曾向庐山睡里闻，香风占断世间春。窥花莫扑枝头蝶，惊觉南柯半梦人。"余观东坡《西江月》词，其一云："领巾飘下瑞香风，惊起谪仙春梦。"（略）东坡词意，亦与张祠部相类，但能蕴藉耳。

西江月 坐客见和，复次韵

小院朱阑几曲，重城画鼓三通。更看微月转光风，归去香云入梦。　　翠袖争浮大白，皂罗半插斜红。灯花零落酒花秾，妙语一时飞动。

《词苑萃编》卷二三《余编·苏轼咏瑞香》：《复斋漫录》云：庐山瑞香花，古所未有，亦不产他处。天圣中，始称传。东坡诸公继有诗咏，岂灵草异芳，俟时乃出，故记序篇什，悉作瑞字。讷禅师云："山中瑞采一朝出，天下名香独见知。"张祠部图之，强名佳客，以瑞为睡焉。其诗曰："曾向庐山睡里闻，香风占断世间春。窃花莫扑枝头蝶，惊觉南柯半梦人。"余观元祐群公集，并无咏瑞香花诗，惟东坡《次韵曹子方龙山真觉院瑞香花》云："幽香结浅紫（略）。"又有《西江月》词二首，其一云："领巾飘下瑞香风，惊起谪仙春梦。"（略）东坡词意，亦与张祠部诗意相类，但能含蓄耳。

《雨村词话》卷二《韫鞓红》：陆放翁《桃园忆故人》词云："一朵鞓红凝露。"东坡《西江月》词云："蓬莱殿后鞓红。"鞓红乃牡丹名。鞓音汀，带革也。无名氏有《鞓红词》，《西厢》"角带傲黄鞓"。宋待制服红鞓犀带，盖以花色如带鞓之红耳。今所系亦曰鞓带，而字书音为丁，误。

王文诰《苏文忠公诗编注集成总案》卷三三：（元祐六年辛未三月）和曹辅《龙山真觉院瑞香花》诗，再作《西江月》词。

西江月 再用前韵戏曹子方

怪此花枝怨泣，托君诗句名通。凭将草木记吴风，继取相如云梦。　　点笔袖沾醉墨，谤花面有惭红。知君却是为情秾，怕见此花撩动。

西江月

闻道双衔凤带，不妨单著鲛绡。夜香知与阿谁烧，怅望水沉烟袅。　　云鬓风前绿卷，玉颜醉里红潮。莫教空度可怜宵，月与佳人共僚。

《草堂诗余》续集卷上天羽居士评：两段下句，从耽悦。"可怜宵"三字佳。

西江月 重九

点点楼头细雨，重重江外平湖。当年戏马会东徐，今日凄凉南浦。　　莫恨黄花未吐，且教红粉相扶。酒阑不必看茱萸，俯仰人间今古。

《草堂诗余》卷一杨慎评：（末二句）翻杜老案，便自超达。

沈雄《古今词话·词辨》上卷《西江月》：《古今词谱》曰：调始于欧阳炯《中吕宫曲》，以隔韵叶者。后则渐滥而无纪矣，惟东坡重阳词近之。欧阳词云："月映长江秋水（略）。"东坡词云："点点楼前细雨（略）。"恐又是平仄一韵，然已合调耳。

西江月 茶词

龙焙今年绝品，谷帘自古珍泉。雪芽双井散神仙，苗裔来从北苑。　　汤发云腴酽白，盏浮花乳轻圆，人间谁敢更争妍，斗取红窗粉面。

西江月

　　别梦已随流水，泪巾犹浥香泉。相如依旧是臞仙，人在瑶台阆苑。　　花雾萦风缥缈，歌珠滴水清圆。蛾眉新作十分妍，走马归来便面。

西江月

　　世事一场大梦，人生几度秋凉。夜来风叶已鸣廊，看取眉头鬓上。　　酒贱常愁客少，月明多被云妨。中秋谁与共孤光，把盏凄然北望。

　　杨湜《古今词话》：东坡在黄州，中秋夜对月独酌，作《西江月》词曰（略）。坡以谗言谪居黄州，郁郁不得志，凡赋诗缀词必写其所怀。然一日不负朝廷，其怀君之心，末句可见矣。

　　胡仔《苕溪渔隐丛话》后集卷三九：（引杨湜《古今词话》略）苕溪渔隐曰：《聚兰集》载此词，注曰"寄子由"，故后句云"中秋谁与共孤光，把酒凄凉北望"，则兄弟之情见于句意之间矣。疑是在钱塘作，时子由为睢阳幕客，若《词话》所云，则非也。

　　黄氏《蓼园词评·南乡子（霜降水痕收）》：沈际飞曰：（略）东坡升沉去住，一生莫定，故开口说梦。如云"人间如梦"，"世事一场大梦"，"未转头时皆梦"，"古今如梦，何曾梦

苏
东
坡
词
全
集

057

觉"，"君臣一梦，今古虚名"，屡读之，胸中鄙吝，自然消去。

西江月 送钱待制

莫叹平原落落，且应去鲁迟迟。与君各记少年时，须信人生如寄。　　白发千茎相送，深杯百罚休辞，拍浮何用酒为池，我已为君德醉。

西江月 梅花

玉骨那愁瘴雾，冰姿自有仙风。海仙时遣探芳丛，倒挂绿毛么凤。　　素面翻嫌粉涴，洗妆不褪唇红。高情已逐晓云空，不与梨花同梦。

《冷斋夜话》卷一〇：岭外梅花与中国异，其花几类桃花之色，而唇红香著。东坡词曰（略）。

陈鹄《耆旧续闻》卷二引陆辰州子逸语：某尝于晁以道家见东坡真迹，晁氏云：东坡有妾名曰朝云、榴花，朝云死于岭外，东坡尝作《西江月》一阕，寓意于梅，所谓"高情已逐晓云空"是也。

胡仔《苕溪渔隐丛话》前集卷四一《东坡四》：《冷斋夜话》云："东坡在惠州，作梅词云：'玉骨那愁瘴雾。（略）'时侍儿朝云新亡，其寓意为朝云作也。"苕溪渔隐曰：《王直方诗话》载晁以道云："说之初见东坡梅词，便知道此老须过海，只为古今人不曾道到此，须罚教去。"此言鄙俚，近于忌人之长，幸人之祸，直方无识，载之诗话，宁不畏人之讥诮乎？《高斋诗话》云："'高情已逐晓云空，不与梨花同梦。'后见王昌龄《梅花》诗云：'落落寞寞路不分，梦中唤作梨花云。'方知东坡引用此诗也。"

又后集卷二六：苕溪渔隐曰：《后山诗话》谓"退之以文为诗，子瞻以诗为词，如教坊雷大使之舞，虽极天下之工，要非本色。"余谓后山之言过矣，子瞻佳词最多，（略）"玉骨那愁瘴雾，冰肌自有仙风"（咏梅词）；（略）凡此十余词，皆绝去笔墨畦径间，直造古人不到处，真可使人一唱而三叹。若谓以诗为词，是大不然。子瞻自言"平生不善唱曲，故有不入腔处"，非尽如此。后山乃比之教坊司雷大使舞，是何每况愈下？盖其谬耳。

王楙《野客丛书》卷六：东坡在惠州有梅词《西江月》，末云："高情已逐晓云空，不与梨花同梦。"盖悼朝云而作。苕溪渔隐曰："《王直方诗话》载晁以道云：'说之初见东坡此词，便知道此老须过海，只为古今人不曾道到此，须罚教去。'此言鄙俚，近于忌人之长，幸人之祸。"且谓直方无识，载之诗话，宁不畏人之讥乎。仆谓晁以道此言非忌人之长，幸人之祸也，盖以坡公道人所不能到之妙，夺天地造化之巧，故有谪罚之语。直方所载，当有所自，而渔隐至以无识讥之，是不思之过也。《高斋诗话》载王昌龄《梅》诗云："落落寞寞路不分，梦中唤作梨花云。"坡盖用此事也。梦云又有榴花一事，柳子厚《海石榴》诗曰："月寒空阶曙，幽梦彩云生。"

袁文《瓮牖闲评》卷五："霭霭迷春态（略）。"此秦少游为朝云作《南歌子》词也。"玉骨那愁瘴雾（略）。"此苏东坡为朝云作《西江月》词也。余谓此二词皆朝云死后作，其间言语亦可见。而《艺苑雌黄》乃云："《南歌子》者，东坡令朝云就少游乞之；《西江月》者，东坡作之以赠焉。"恐非也。庄季裕《鸡肋编》曰："东坡谪惠州作梅词云云。广南有绿丹觜禽，其大如雀，

苏东坡词全集

059

状类鹦鹉，栖集皆倒悬于枝上，土人呼为'倒挂子'，而梅花叶四周皆红，故有'洗妆'之句。二事皆北人所未知者。"

《芥隐笔记·东坡西江月》：东坡梅词"不与梨花同梦"，盖用王建《梦中梨花云》诗，时侍儿朝云新亡，其寓意为朝云作。

王若虚《滹南诗话》卷二：《王直方诗话》称晁以道见东坡梅词云："便知此老须过海，只为古今人不曾道到此，须罚教去。"苕溪渔隐曰："此言鄙俚，近于忌人之长，幸人之祸，直方无识，宁不畏人之讥诮乎。"慵夫曰："此词意属朝云也，以道之言特戏云尔，盖世俗所谓放不过者，岂有他意哉。苕溪讥直方之无识，而不知己之不通也。"

《诗话总龟》前集卷三九《诙谐门》引《王直方诗话》：以道云："初见东坡词云'素面常嫌粉涴，洗妆不退唇红'，便知此老须过海。"余问何耶？以道云："只为古今人不曾道此，须罚教远去。"

《草堂诗余》卷一杨慎评：古今梅花词，此为第一。

王世贞《艺苑卮言》引《词苑》："杏花疏影里，吹笛到天明"，又"高情已逐晓云空，不与梨花同梦"，爽语也。其词浓与淡之间也。

沈雄《古今词话·词辨》上卷《苏轼东坡词》：《太平乐府》曰：东坡贬惠州归，晁以道见公"海山时遣探芳丛，倒挂绿毛么凤"，便道，此老须得过海，只为古今人不能道及，应罚教去。

又《词品》上卷《用字》：么凤，惠州梅花上珍禽，名"倒挂子"，似绿毛凤而小，其矢亦香，俗人蓄之帐中，东坡《西江月》云"倒挂绿毛么凤"是也。

冯金伯《词苑萃编》卷一一《纪事·苏轼西江月》：朝云者，姓王氏，钱塘人，名娟也。苏子瞻宦钱塘，绝爱幸之，纳为侍妾。朝云初不识字，既事子瞻，遂学书，粗有楷法。又学佛，亦通大义。子瞻贬惠州，家伎皆散去，独朝云依依岭外，子瞻甚怜之。赠之诗云："不似杨枝别乐天（略）。"未几，朝云病且死，诵《金刚经》四句偈而绝，葬惠州栖禅寺松下。子瞻作咏梅《西江月》以悼之云："玉骨那愁瘴雾（略）。"

王文诰《苏文忠公诗编注集成总案》卷四〇：（绍圣三年丙子）十月梅开，作《西江月》词。

西江月

春夜蕲水中过酒家饮，酒醉，乘月至一溪桥上，解鞍曲肱少休。及觉已晓，乱山葱茏，不谓尘世也。书此词桥柱。

照野弥弥浅浪，横空暧暧微霄。障泥未解玉骢骄，我欲醉眠芳草。　　可惜一溪明月，莫教踏破琼瑶。解鞍敧枕绿杨桥，杜宇一声春晓。

《苏诗纪事》卷上：是词调为《西江月》，小令凡二体，并双调。是其第一体，后段尤妙。

《词品》卷一《欧苏词用选语》：苏公词"照野弥弥浅浪，横空暧暧微霄"，乃用陶渊明"山涤余霭，宇暧微霄"之语也。填词虽于文为末，而非自选诗乐府来，亦不能入妙。

沈雄《古今词话·词品》上卷《用语》：杨慎曰：词于文章为末艺，非自选诗乐府来，必不能入妙。东坡之"照野弥弥浅浪，横空暧暧微霄"，用陶潜"山涤余霭，宇暧微霄"语也。易安之"清露晨流，新桐初引"，全用《世说》。

又《句法》："杜宇一声春晓"，东坡《西江月》句，及觉，乱山葱茏，不谓人世也。

又《词辨》上卷《西江月》：花庵词客曰："照野弥弥浅浪，横空暧暧微霄"，东坡用陶语"山涤余霭，宇暧微霄"也。公以春夜行蕲水中，过酒家醉饮，乘月一至溪桥，曲肱少寐，及觉已晓，乱山葱茏，不谓人世也。黄九疑公有突兀之句，故小叙及之。

张宗櫹《词林纪事》卷五引王阮亭语：吾友杨菊庐比邻，因此词，于玉台山作春晓亭，一时名士多为赋之，亦佳话也。

王文诰《苏文忠公诗编注集成总案》卷二一：（元丰五年壬戌三月）夜过酒家，饮酒醉，月上，策马至溪桥，解鞍曲肱少休。及觉，乱山葱茏，不谓人世也。题《西江月》词于桥柱上。

西江月 平山堂

三过平山堂下，半生弹指声中。十年不见老仙翁，壁上龙蛇飞动。 　　欲吊文章太守，仍歌杨柳春风。休言万事转头空，未转头时皆梦。

《苏诗纪事》卷上：欧文忠守维扬日，于城西建平山堂，颇畅游观之胜。刘原甫出守扬州，文忠饯之，作《西江月》词。后东坡亦守是邦，登平山堂，戏而和之云："三过平山堂下（略）。"是诗与前体同，达人之言。

王士禛《花草蒙拾》：平山堂，一抔土耳，亦无片石可语。然以欧、苏词，遂令地重。因念此地，稚圭、永叔、原父、子瞻诸公，皆曾作守，令人惶汗。仆向与诸子游宴红桥，酒间小有酬唱，江南江北颇流传之，过扬州者，多问红桥矣。

黄氏《蓼园词评·南乡子（霜降水痕收）》：沈际飞曰：（略）东坡升沉去住，一生莫定，故开口说梦。如云"人间如梦"，"世事一场大梦"，"未转头时皆梦"，"古今如梦，何曾梦觉"，"君臣一梦，今古虚名"，屡读之，胸中鄙吝，自然消去。

黄氏《蓼园词评·朝中措（平山栏槛倚晴空）》：后东坡亦守是邦，登平山堂，有感而赋《西江月》一阕云："三过平山堂下（略）。"末句感慨之意，见于言外。

张宗橚《词林纪事》引楼敬思语：结二语，唤醒聪明人不少。

陈廷焯《白雨斋词话》卷六《东坡西江月》：东坡《西江月》云："休言万事转头空，未转头时皆梦。"追进一层，唤醒痴愚不少。

王文诰《苏文忠公诗编注集成总案》卷一八：（元丰二年己未四月）过扬州，访鲜于侁，同张大亨游平山堂，作《西江月》词。

张德瀛《词徵》卷五《欧公柳词》：欧阳公在维扬时，建平山堂，叶少蕴谓其壮丽，为淮南第一。文忠于堂前植柳一株，因谓之欧公柳，故公词有"手种堂前杨柳"之句。苏文忠词云："欲吊文章太守，仍歌杨柳春风。"张方叔词云："平山老柳，寄多少胜游，春愁诗瘦。"盖指此也。

西江月 送别

昨夜扁舟京口，今朝马首长安。旧官何物与新官，只有湖山公案。　　此景百年几变，个中下语千难。使君才气卷波澜，与把新诗判断。

西江月 咏梅

马趁香微路远，沙笼月淡烟斜。渡波清澈映妍华，倒绿枝寒凤挂。　　挂凤寒枝绿倒，华妍映彻清波。渡斜烟淡月笼沙，远路微香趁马。

西江月 佳人

碧雾轻笼两凤，寒烟淡拂双鸦。为谁流睇不归家，错认门前过马。　　有意偷回笑眼，无言强整衣纱。刘郎一见武陵花，从此春心荡也。

临江仙

龙丘子自洛之蜀，载二侍女，戎装骏马。至溪山佳处辄留，见者以为异人。后十年，筑室黄冈之北，号静安居士。作此记之。

细马远驮双侍女，青巾玉带红靴。溪山好处便为家。谁知巴峡路，却见洛城花。　　面旋落英飞玉蕊，人间春日初斜。十年不见紫云车。龙丘新洞府，铅鼎养丹砂。

胡仔《苕溪渔隐丛话》后集卷三九《长短句》：龙丘子即陈季常也。秦太虚寄之以诗亦云："侍童双擢玉，鬟发光可照。骏马锦障泥，相随穷海峤。暮年更折节，学佛得心要。鬣马放阿樊，幅巾对沉燎。"《西清诗话》云："季常自以为饱禅学，妻柳颇悍忌，季常畏之。故东坡因诗戏之，有'忽闻河东狮子吼，拄杖落手心茫然'之句。观此，则知季常载二侍女以远游，及暮年甘于枯寂，盖有所制而然，亦可悯笑也。"

《雨村词话》卷一《驮》：毛文锡《西溪子》云："娇妓舞衫香暖，不觉到斜晖，马驮归。"东坡《临江仙》云："细马远驮双侍女。""驮"字本此。

叶申芗《本事词》卷上：龙邱子自洛之蜀，载二侍女，戎装骏马，每至溪山佳处，辄作数日留，见者疑为异人。后十年，筑室黄冈，独居习道，自号为静庵居士。子瞻因作《临江仙》纪之云："细马远驮双侍女（略）。"龙邱子，陈季常也，即公他诗所谓"忽闻河东狮子吼，拄杖落手心茫然"是耳。想其载姬侍而远游，亦非无故欤。

王文诰《苏文忠公诗编注集成总案》卷二〇：（元丰三年庚申正月）二十五日，将赴岐亭，山上有白马青盖疾驰来迎者，则岐下故人陈慥季常也。相从至其家，所谓静庵者，环堵萧然，而妻子奴婢有自得之意。公耸然异之，为留五日，（略）并赠《临江仙》词。

临江仙 赠送

诗句端来磨我钝，钝锥不解生铓。欢颜为我解冰霜。酒阑清梦觉，春草满池塘。　　应念雪堂坡下老，昔年共采芸香。功成名遂早还乡。回车来过我，乔木拥千章。

临江仙

辛未离杭至润，别张弼秉道

　　我劝髯张归去好，从来自己忘情。尘心消尽道心平。江南与塞北，何处不堪行。　　俎豆庚桑真过矣，凭君说与南荣。愿闻吴越报丰登。君王如有问，结袜赖王生。

　　王文诰《苏文忠公诗编注集成总案》卷三三：（元祐六年辛未四月）别张弼作《临江仙》词。

临江仙 冬日即事

　　自古相从休务日，何妨低唱微吟。天垂云重作春阴。坐中人半醉，帘外雪将深。　　闻道分司狂御史，紫云无路追寻。凄风寒雨是骎骎。问囚长损气，见鹤忽惊心。

临江仙 送王缄

　　忘却成都来十载，因君未免思量。凭将清泪洒江阳。

故山知好在，孤客自悲凉。　　坐上别愁君未见，归来欲断无肠。殷勤且更尽离觞。此身如传舍，何处是吾乡。

王若虚《滹南诗话》卷二：东坡送王缄词云："坐上别愁君未见，归来欲断无肠。"此未别时语也，而言"归来"则不顺矣。"欲断无肠"，亦恐难道。

临江仙

尊酒何人怀李白，草堂遥指江东。珠帘十里卷香风。花开又花谢，离恨几千重。　　轻舸渡江连夜到，一时惊笑衰容。语音犹自带吴侬。夜阑对酒处，依旧梦魂中。

临江仙

九十日春都过了，贪忙何处追游。三分春色一分愁。雨翻榆荚阵，风转柳花球。　　阆苑先生须自责，蟠桃动是千秋。不知人世苦厌求。东皇不拘束，肯为使君留。

临江仙 风水洞作

四大从来都遍满，此间风水何疑。故应为我发新诗。幽花香涧谷，寒藻舞沦漪。　　借与玉川生两腋，天仙未必相思。还凭流水送人归。层巅余落日，草露已沾衣。

傅藻《东坡纪年录》：（熙宁六年癸丑）八月望，观潮作诗，又再游风水洞，作诗并《临江仙》词。

王文诰《苏文忠公诗编注集成总案》卷一〇：（熙宁六年癸丑八月）再游风水洞，作《临江仙》词。

临江仙

一别都门三改火，天涯踏尽红尘。依然一笑作春温。无波真古井，有节是秋筠。　　惆怅孤帆连夜发，送行淡月微云。尊前不用翠眉颦。人生如逆旅，我亦是行人。

临江仙 疾愈登望湖楼，赠项长官

多病休文都瘦损，不堪金带垂腰。望湖楼上暗香飘。和风春弄袖，明月夜闻箫。　　酒醒梦回清漏永，隐床无限更潮。佳人不见董娇娆。徘徊花上月，空度可怜宵。

周必大《二老堂诗话》：杜工部诗屡及银章，欧阳文忠公诗数言金带，此亦常事。后来士大夫多以不仕为旷达，又因前辈偶谓"老觉腰金重，慵便枕玉凉"为未是富贵，小说遂云"永叔这条金带，几道著"。余谓近世迈往凌云，视官职如缰锁，谁如东坡？然（略）《望湖楼》词云："不堪金带垂腰。"岂害其为达耶？

王文诰《苏文忠公诗编注集成总案》卷三二：（元祐五年庚午二月）病起，登望湖楼，赠项长官，作《临江仙》词。

临江仙

夜饮东坡醒复醉，归来仿佛三更。家童鼻息已雷鸣。敲门都不应，倚杖听江声。　　长恨此身非我有，何时忘却营营。夜阑风静縠纹平。小舟从此逝，江海寄余生。

《避暑录话》卷上：子瞻在黄州病赤眼，逾月不出，或疑有他疾，过客遂传以为死矣。有语范景仁于许昌者，景仁绝不置疑，即举袂大恸，召子弟具金帛，遣人赙其家。子弟徐言："此传闻未审，当先书以问其安否，得实，吊恤之未晚。"乃走仆以往。子瞻发书大笑。故后量移汝州，谢表有云："疾病连年，人皆相传为已死。"未几，复与数客饮江上，夜归，江面际天，风露浩然，有当其意，乃作歌辞，所谓"夜阑风静縠纹平。小舟从此逝，江海寄余生"者，与客大歌数过而散。翌日，喧传子瞻夜作此辞，挂冠服江边，挐舟长啸去矣。郡守徐君猷闻之，惊且惧，以为州失罪人，急命驾往谒，则子瞻鼻鼾如雷，犹未兴也。然此语卒传至京师，虽裕陵亦闻而疑之。

王文诰《苏文忠公诗编注集成总案》卷二一：（元丰五年壬戌九月）雪堂夜饮，醉归临皋，作《临江仙》词。

临江仙

冬夜夜寒冰合井，画堂明月侵帏。青缸明灭照悲啼。青缸挑欲尽，粉泪涴还垂。　　未尽一尊先掩泪，歌声半带清悲。情声两尽莫相违。欲知肠断处，梁上暗尘飞。

临江仙 赠王友道

谁道东阳都瘦损，凝然点漆精神。瑶林终自隔风尘。试看披鹤氅，仍是谪仙人。　　省可清言挥玉麈，真须保器全真。风流何似道家纯。不应同蜀客，惟爱卓文君。

临江仙

昨夜渡江何处宿，望中疑是秦淮。月明谁起笛中哀。多情王谢女，相逐过江来。　　云雨未成还又散，思量好事难谐。凭陵急桨两相催。想伊归去后，应似我情怀。

渔家傲

金陵赏心亭送王胜之龙图。王守金陵，视事一日移南郡。

千古龙蟠并虎踞，从公一吊兴亡处。渺渺斜风吹细雨。芳草渡，江南父老留公住。　　公驾飞车凌彩雾，红鸾骖乘青鸾驭。却讶此洲名白鹭。非吾侣，翩然欲下还飞去。

赵令畤《侯鲭录》卷八：东坡自黄移汝，过金陵，见舒王。适陈和叔作守，多同饮会。一日，游蒋山，和叔被召将行，舒王顾江山曰："子瞻可作歌。"坡醉中书云（略）。和叔到任，数日而去。舒王笑曰："白鹭者得无意乎？"

王文诰《苏文忠公诗编注集成总案》卷二四：（元丰七年甲子八月）与王益柔游蒋山，复登赏心亭，送益柔移守南都，作《渔家傲》词。

渔家傲 送台守江郎中

送客归来灯火尽，西楼淡月凉生晕。明日潮来无定准。潮来稳，舟横渡口重城近。　　江水似知孤客恨，南风为解佳人愠。莫学时流轻久困，频寄问，钱塘江上须忠信。

王文诰《苏文忠公诗编注集成总案》卷三二：（元祐五年庚午五月）送江公著赴台州，作《渔家傲》词。

渔家傲 七夕

皎皎牵牛河汉女，盈盈临水无由语。望断碧云空日暮。无寻处，梦回芳草生春浦。　　鸟散余花纷似雨，汀洲蘋老香风度。明月多情来照户。但揽取，清光长送人归去。

渔家傲 送张元唐省亲秦川

一曲《阳关》情几许，知君欲向秦川去。白马皂貂留不住。回首处，孤城不见天霖雾。　　到日长安花似雨，故关杨柳初飞絮。渐见靴刀迎夹路。谁得似，风流膝上王文度。

渔家傲 赠曹光州

些小白须何用染，凡人得见星星点。作郡浮光虽似箭，君莫厌，也应胜我三年贬。　　我欲自嗟还不敢，向来三郡宁非忝。婚嫁事稀年冉冉，知有渐，千钧重担从头减。

王文诰《苏文忠公诗编注集成总案》卷二一：（元丰五年壬戌六月）又为《渔家傲》，使焕寄其父九章。

渔家傲

临水纵横回晚鞚，归来转觉情怀动。梅笛烟中闻几弄，秋阴重，西山雪淡云凝冻。　　美酒一杯谁与共，尊前舞雪狂歌送。腰跨金鱼旌旆拥，将何用，只堪妆点浮生梦。

鹧鸪天

　　林断山明竹隐墙，乱蝉衰草小池塘。翻空白鸟时时见，照水红蕖细细香。　　村舍外，古城旁，杖藜徐步转斜阳。殷勤昨夜三更雨，又得浮生一日凉。

　　郑文焯《大鹤山人词话》：此词从陶诗中得来，逾觉清异，较"浮生半日闲"句，自是诗词异调。论者每谓坡公以诗笔入词，岂审音知言者？

鹧鸪天

　　陈公密出侍儿素娘，歌紫玉箫曲，劝老人酒。老人饮尽，因为赋此词。

　　笑捻红梅亸翠翘，扬州十里最妖娆。夜来绮席亲曾见，撮得精神滴滴娇。　　娇后眼，舞时腰，刘郎几度欲魂销。明朝酒醒知何处，肠断云间紫玉箫。

　　《草堂诗余》续集卷上天羽居士评：李益、韩偓辈绝句。
　　王若虚《滹南诗话》卷二：赠陈公密侍儿云："夜来倚席亲

曾见"。此本即席赋，而下"夜来"字却是隔一日。

叶申芗《本事词》卷上《苏轼赠妓词》：坡公喜于吟咏，词集中亦多歌席酬赠之作。（略）又赠陈公密侍姬素娘能歌紫玉箫者，则有《鹧鸪天》云："笑捻红梅舜翠翘"云。

王文诰《苏文忠公诗编注集成总案》卷四四：（元符三年庚辰十二月）陈公密出素娥佐酒，为赋《鹧鸪天》词。

鹧鸪天 佳人

罗带双垂画不成，殢人娇态最轻盈。酥胸斜抱天边月，玉手轻弹水面冰。　　无限事，许多情，四弦丝竹苦丁宁。饶君拔尽相思调，待听梧桐叶落声。

《草堂诗余》续集卷上天羽居士评：（画不成）三字精。仙染与俗墨异。

意外意，琵琶筝笛听之，形躁而志越，故弹得相思一半，有人肠断，何况拨尽。

少年游 端午赠黄守徐君猷

银塘朱槛麹尘波，圆绿卷新荷。兰条荐浴，菖花酿酒，天气尚清和。　　好将沉醉酬佳节，十分酒、一分歌。狱草烟深，讼庭人悄，无吝宴游过。

傅藻《东坡纪年录》：（元丰四年辛酉）端午，作《少年游》，赠徐君猷。

王文诰《苏文忠公诗编注集成总案》卷二一：（元丰四年辛酉）五月五日过徐大受饮，作《少年游》词。

少年游 润州作

去年相送，余杭门外，飞雪似杨花。今年春尽，杨花似雪，犹不见还家。 对酒卷帘邀明月，风露透窗纱。恰似姮娥怜双燕，分明照，画梁斜。

傅藻《东坡纪年录》：（熙宁七年甲寅）代人寄远，作《少年游》。

沈雄《古今词话·词辨》上卷《少年游》：《古今词谱》曰：《黄钟宫曲》，林君复、苏东坡俱有之，亦不一体，其更变俱在换头也。东坡词换头云："卷帘对酒邀明月"，非"对酒卷帘"也，刻误。落句云："恰似姮娥怜双燕，分明照，画梁斜。"异矣。

王文诰《苏文忠公诗编注集成总案》卷一一：（熙宁七年甲寅四月）有感雪中行役，作《少年游》词。

少年游

黄之侨人郭氏，每岁正月迎紫姑神，以箕为腹，箸为口，画灰盘中，为诗敏捷，立成。余往观之。神请余作《少年游》，乃以此戏之。

玉肌铅粉傲秋霜，准拟凤呼凰。伶伦不见，清香未吐，且糠粃吹扬。　　到处成双君独只，空无数，烂文章。一点香檀，谁能借箸，无复似张良。

苏轼《子姑神记》（《苏轼文集》卷一二）：余始来黄州，进士潘丙谓余曰："异哉，公之始受命，黄人未知也。有神降于侨人郭氏之第，曰：'苏公将至，而吾不及见也。'"其明年正月，神复降于郭氏，余往观之。

定风波

　　　十月九日，孟亨之置酒秋香亭，有拒霜独向君猷而开。坐客喜笑，以为非使君莫可当此花，故作是词。

　　两两轻红半晕腮，依依独为使君回。若道使君无此意，何为，双花不向别人开。　　但看低昂烟雨里，不已，劝君休诉十分杯。更问尊前狂副使，来岁，花开时节与谁来。

傅藻《东坡纪年录》：（元丰三年庚申）十月九日，孟亨之置酒秋香亭，有拒霜独向君猷而开。坐客喜笑，以为非使君莫可当此花，作《定风波》。
王文诰《苏文忠公诗编注集成总案》卷二一：（元丰四年辛酉）九月十九日孟震置酒秋香亭，为徐大受作《定风波》词。

苏东坡词全集

定风波

三月七日，沙湖道中遇雨。雨具先去，同行皆狼狈，余独不觉。已而遂晴，故作此词。

莫听穿林打叶声，何妨吟啸且徐行。竹杖芒鞋轻胜马，谁怕，一蓑烟雨任平生。　　料峭春风吹酒醒，微冷，山头斜照却相迎。回首向来萧洒处，归去，也无风雨也无晴。

王文诰《苏文忠公诗编注集成总案》卷二一：（元丰五年壬戌三月）七日，公以相田至沙湖，道中遇雨，作《定风波》词。

郑文焯《大鹤山人词话》：此足征是翁坦荡之怀，任天而动，琢句亦瘦逸，能道眼前景，以曲笔直写胸臆，倚声能事尽之矣。

定风波重阳

与客携壶上翠微，江涵秋影雁初飞。尘世难逢开口笑，年少，菊花须插满头归。　　酩酊但酬佳节了，云峤，登临不用怨斜晖。古往今来谁不老，多少，牛山何必更沾衣。

杜牧《九日齐安登高》：江涵秋影雁初飞，与客携壶上翠微。

尘世难逢开口笑，菊花须插满头归。但将酩酊酬佳节，不用登临叹落晖。古往今来只如此，牛山何必泪沾衣。

　　王士禛《花草蒙拾·词语从诗出》：词中佳语多从诗出。（略）若苏东坡之"与客携壶上翠微"（《定风波》），贺东山之"秋尽江南草未凋"（《太平时》），皆文人偶然游戏，非向樊川集中作贼。（二诗皆杜牧之）

定风波 感旧

　　莫怪鸳鸯绣带长，腰轻不胜舞衣裳。薄幸只贪游冶去，何处，垂杨系马恣轻狂。　　花谢絮飞春又尽，堪恨，断弦尘管伴啼妆。不信归来但自看，怕见，为郎憔悴却羞郎。

定风波 送元素

　　千古风流阮步兵，平生游宦爱东平。千里远来还不住，归去，空留风韵照人清。　　红粉尊前深懊恼，休道，怎生留得许多情。记得明年花絮乱，须看，泛西湖是断肠声。

定风波

元丰六年七月六日，王文甫家饮酿白酒，大醉。集古句作墨竹词。

雨洗娟娟嫩叶光，风吹细细绿筠香。秀色乱侵书帙晚，帘卷，清阴微过酒尊凉。　　人画竹身肥臃肿，何用，先生落笔胜萧郎。记得小轩岑寂夜，廊下，月和疏影上东墙。

王文诰《苏文忠公诗编注集成总案》卷二二：（元丰六年癸亥七月）作《定风波》词。

定风波 咏红梅

好睡慵开莫厌迟，自怜冰脸不时宜。偶作小红桃杏色，闲雅，尚余孤瘦雪霜姿。　　休把闲心随物态，何事，酒生微晕沁瑶肌。诗老不知梅格在，吟咏，更看绿叶与青枝。

刘熙载《艺概》卷四：东坡《定风波》云："尚余孤瘦雪霜姿。"《荷华媚》云："天然地别是风流标格。""雪霜姿"，"风流标格"，学坡词者，便可从此领取。

冯煦《蒿庵论词·论苏轼词》：兴化刘氏熙载所著《艺概》，于词多洞微之言，而论东坡尤为深至。（略）又云："东坡《定风波》云'尚余孤瘦雪霜姿'，（略）观此可以得东坡矣。"

定风波

余昔与张子野、刘孝叔、李公择、陈令举、杨元素会于吴兴。时子野作六客词，其卒章云："见说贤人聚吴分，试问，也应旁有老人星。"凡十五年，再过吴兴，而五人者皆已亡矣。时张仲谋与曹子方、刘景文、苏伯固、张秉道为坐客，仲谋请作后六客词。

月满苕溪照夜堂，五星一老斗光芒。十五年间真梦里，何事，长庚对月独凄凉。　　绿鬓苍颜同一醉，还是，六人吟笑水云乡。宾主谈锋谁得似，看取，曹刘今对两苏张。

苏轼《书游垂虹亭》（《苏轼文集》卷七一）：吾昔自杭移高密，与杨元素同舟，而陈令举、张子野皆从吾过李公择于湖，遂与刘孝叔俱至松江。夜半，月出，置酒垂虹亭上。子野年八十五，以歌词闻于天下，作《定风波令》，其略云："见说贤人聚吴分，试问，也应旁有老人星。"坐客欢甚，有醉倒者，此乐未尝忘也。今七年尔，子野、孝叔、令举皆为异物，而松江桥亭，今岁七月九日，海风驾潮，平地丈余，荡尽无复孑遗矣。追思曩时，真一梦也。元丰四年十月二十日，黄州临皋亭夜坐书。

胡仔《苕溪渔隐丛话》后集卷三九：吴兴郡圃，今有六客亭，即公择、子瞻、元素、子野、令举、孝叔。时公择守吴兴也。

王文诰《苏文忠公诗编注集成总案》卷三一：（元祐四年己巳）六月，与张仲谋、曹辅、刘季孙、苏坚、张弼会于湖州，为后六客，作《定风波》词。诰案：公以熙宁七年甲寅过吴兴，张子野作六客词，至是元祐四年己巳，计十六年，乃扣足十五年也。其为赴杭过此而作，确无疑矣。但后有次韵林子中诗，自注"近闻莘老、公择皆逝"之语。施注原编在五年四月诗前，而《续资治通鉴长编》载李常、孙觉卒，皆元祐五年二月。又据《老学庵笔记》，元祐五年二月二日李公择卒，三日孙莘老卒，与施编皆合，不知何以与和词叙不符也。

定风波
南海归，赠王定国侍人寓娘

常美人间琢玉耶，天应乞与点酥娘。尽道清歌传皓齿，风起，雪飞炎海变清凉。　　万里归来颜愈少，微笑，笑时犹带岭梅香。试问岭南应不好，却道，此心安处是吾乡。

杨湜《古今词话》：东坡初谪黄州，独王定国以大臣之子不能谨交游，迁置岭表。后数年，召还京师，是时东坡掌翰苑，一日王定国置酒与东坡会饮，出宠人点酥侑尊。而点酥善谈笑，东坡问曰："岭南风物，可瞭不佳。"点酥应声曰："此身安处是吾乡。"坡叹其善应对，赋《定风波》一阕以赠之，其句全引点酥之语曰（略）。点酥因是词誉藉甚。

《优古堂诗话·此心安处便是吾乡》：东坡作《定风波序》云："王定国歌儿曰柔奴，姓宇文氏。定国南迁归，予问柔广南

名
家
汇
评
本

风土，应是不好。柔对曰：'此心安处，便是吾乡。'因用其语缀词，云：'试问岭南应不好，却道，此心安处是吾乡。'"予尝以此语本出于白乐天，东坡偶忘之耶？乐天《吾土》诗云："身心安处为吾土，岂限长安与洛阳。"又《出城留别》诗云："我生本无乡，心安是归处。"又重题诗云："心泰身宁是归处，故乡可独在长安。"又《种桃杏》诗云："无论海角与天涯，大抵心安即是家。"

胡仔《苕溪渔隐丛话》后集卷四〇引《东皋杂录》云：王定国岭外归，出歌者劝东坡酒，坡作《定风波》，序云："王定国歌儿曰柔奴，姓宇文氏，眉目娟丽，善应对，家世在京师。定国南迁归，余问柔：'广南风土应是不好？'柔对曰：'此心安处，便是吾乡。'因为缀此词云（略）。"

沈雄《古今词话·词辨》上卷《定风波》：《东皋杂录》曰：王定国自岭南归，出歌者柔奴，劝东坡酒。东坡问以广南风土应是不好。柔奴曰："此心安处，便是吾乡。"东坡亦作《定风波》词，其卒章曰："试问岭南应不好，为道，此心安处便吾乡。"然最难凑泊者此调也，亦不过记事云尔。

南乡子 春情

晚景落琼杯，照眼云山翠作堆。认得岷峨春雪浪，初来，万顷蒲萄涨渌醅。　　暮雨暗阳台，乱洒高楼湿粉腮。一阵东风来卷地，吹回，落照江天一半开。

南乡子 梅花词和杨元素

寒雀满疏篱，争抱寒柯看玉蕤。忽见客来花下坐，惊飞，蹴散芳英落酒卮。　　痛饮又能诗，坐客无毡醉不知。花尽酒阑春到也，离离，一点微酸已著枝。

南乡子 席上劝李公择酒

不到谢公台，明月清风好在哉。旧日髯孙何处去，重来，短李风流更上才。　　秋色渐摧颓，满院黄英映酒杯。看取桃花春二月，争开，尽是刘郎去后栽。

王文诰《苏文忠公诗编注集成总案》卷一二：（熙宁七年甲寅九月）席上劝李常酒，再作《南乡子》。

南乡子 重九涵辉楼呈徐君猷

霜降水痕收，浅碧鳞鳞露远洲。酒力渐消风力软，飕飕，破帽多情却恋头。　　佳节若为酬，但把清尊断送秋。万事到头都是梦，休休，明日黄花蝶也愁。

苏轼《与王定国书》（《苏轼文集》卷五二）：重九登栖霞楼，望君凄然，歌《千秋岁》，满座识与不识，皆怀君。遂作一词云："霜降水痕收（略）。"其卒章，则徐州逍遥堂中与君和诗也。

惠洪《冷斋夜话》卷一：如郑谷《十日菊》曰："自缘今日人心别，未必秋香一夜衰。"此意甚佳，而病在气不长。西汉文章雄浑雅健者，其气长故也。曾子固曰："诗当使人一览语尽而意有余，乃古人用心处。"所以荆公《菊》诗曰："千朵万朵凋零后，始见闲人把一枝。"东坡则曰："万事到头终是梦，休休，明日黄花蝶也愁。"凡此之类，皆换骨法也。

胡仔《苕溪渔隐丛话》后集卷六：东坡《九日》诗云："相逢不用忙归去，明日黄花蝶也愁。"又词云："万事到头终是梦，休休，明日黄花蝶也愁。"（略）两用之，诗意脉络贯穿，并优于词。

又卷二六：苕溪渔隐曰：《后山诗话》谓"退之以文为诗，子瞻以诗为词，如教坊雷大使之舞，虽极天下之工，要非本色"。余谓后山之言过矣，子瞻佳词最多，（略）"霜降水痕收，浅碧鳞鳞露远洲"（九日词）。（略）凡此十余词，皆绝去笔墨畦径间，直造古人不到处，真可使人一唱而三叹。若谓以诗为词，是大不然。子瞻自言"平生不善唱曲，故有不入腔处"，非尽如此。后山乃比之教坊司雷大使舞，是何每况愈下？盖其谬耳。

陈鹄《耆旧续闻》卷二：余谓后辈作词，无非前人已道底句，特善能转换尔。《三山老人语录》云：从来九日用落帽事，东坡独云"破帽多情却恋头"，尤为奇特，不知东坡用杜子美诗："羞将短发还吹帽，笑倩傍人为整冠。"

傅藻《东坡纪年录》：（元丰五年壬戌）重九，涵辉楼作《南乡子》呈君猷。

《诗林广记前集·杜子美》引《三山老人语录》："自来九日用落帽事，独东坡《南柯子》词云'破帽多情却恋头'，乃反之，尤为奇特。"愚谓东坡此语，亦祖杜陵《九日》诗中吹帽、正冠一联语意也。

《草堂诗余》卷二杨慎评：东坡重阳词，《柳梢青》词则云"酒阑不必看茱萸"，此词则云"破帽多情却恋头"，俱反前人之案，用来妙，是脱胎手。

张宗橚《词林纪事》：《三山老人语录》：楼敬思云："九日诗词，无不使落帽事者，总不若坡仙《南香子》词，更为翻新。"

冯金伯《词苑萃编》卷二《坡谷翻龙山事》：东坡"破帽多情却恋头"，翻龙山事特新。

《休斋诗话》：唐人常咏《十日菊》"自缘今日人心别，未必秋香一夜衰"，世以为工，盖不随物而尽。如"酒盏此时须在手，菊花明日便愁人"，自觉气不长耳。东坡亦云"休休，明日黄花蝶也愁"，亦然。虽变其语，终存此过，岂在谪所遇时感慨，不觉发是语乎？

黄氏《蓼园词评·南乡子（霜降水痕收）》：沈际飞曰：自来九日多用落帽。东坡不落帽，醒目。又曰：东坡升沉去住，一生莫定，故开口说梦。如云"人间如梦"，"世事一场大梦"，"未转头时皆梦"，"古今如梦，何曾梦觉"，"君臣一梦，今古虚名"，屡读之，胸中鄙吝，自然消去。

按破帽恋头，语奇而稳。"明日黄花"句，自属达观。凡过去未来者皆几非在我，安可学蜂蝶之恋香乎。

李佳《左庵词话》卷下《用事最难》：词中用事最难，要体认着题，融化不涩。如东坡《定风波》"破帽多情却恋头"用龙山落帽事。（略）皆用事不为事所使，自不落呆相。

南乡子 送述古

回首乱山横，不见居人只见城。谁似临平山上塔，亭亭，迎客西来送客行。　　归路晚风清，一枕初寒梦不成。今夜残灯斜照处，荧荧，秋雨晴时泪不晴。

胡仔《苕溪渔隐丛话》后集卷三八引《能改斋漫录》：鲁直记江亭鬼所题词，有"泪眼不曾晴"之句。余以此鬼剽东坡乐章"秋雨晴时泪不晴"之语。

傅藻《东坡纪年录》：（熙宁七年甲寅）送述古赴南都，作（略）《南乡子》。

王文诰《苏文忠公诗编注集成总案》卷一二：（熙宁七年甲寅七月）追送陈襄移守南都，别于临平，舟中作《南乡子》词。

南乡子 有感

冰雪透香肌，姑射仙人不似伊。濯锦江头新样锦，非宜，故著寻常淡薄衣。　　暖日下重帏，春睡香凝索起迟。曼倩风流缘底事，当时，爱被西真唤作儿。

李调元《雨村词话》卷一《唤作儿》：人谓东坡长短句不工媚词，少谐音律，非也，特才大不肯受束缚而然。间作媚词，却洗尽铅华，非少游女娘语所及。如有感《南乡子》词云："冰雪透香肌（略）。""唤作儿"三字出之先生笔，却如此大雅。

南乡子_{和杨元素}

东武望余杭，云海天涯两杳茫。何日功成名遂了，还乡，醉笑陪公三万场。　　不用诉离觞，痛饮从来别有肠。今夜送归灯火冷，河塘，堕泪羊公却姓杨。

傅藻《东坡纪年录》：（熙宁七年甲寅九月）移守密，和元素《南乡子》。

王文诰《苏文忠公诗编注集成总案》卷一二：（熙宁七年甲寅九月）再饯别于湖上，作《南乡子》词。

南乡子_{自述}

凉簟碧纱厨，一枕清风昼睡余。睡听晚衙无一事，徐徐，读尽床头几卷书。　　搔首赋归欤，自觉功名懒更疏。若问使君才与术，何如，占得人间一味愚。

南乡子

沈强辅雯上出文犀丽玉作胡琴，送元素还朝，同子野各赋一首。

裙带石榴红，却水殷勤解赠侬。应许逐鸡鸡莫怕，相逢，一点灵犀必暗通。　　何处遇良工，琢刻天真半欲空。愿作龙香双凤拨，轻拢，长在环儿白雪胸。

南乡子赠行

旌旆满江湖，诏发楼船万舳舻。投笔将军因笑我，迂儒，帕首腰刀是丈夫。　　粉泪怨离居，喜子垂窗报捷书。试问伏波三万语，何如，一斛明珠换绿珠。

南乡子双荔枝

天与化工知，赐得衣裳总是绯。每向华堂深处见，怜伊，两个心肠一片儿。　　自小便相随，绮席歌筵不暂离。苦恨人人分拆破，东西，怎得成双似旧时。

南乡子集句

寒玉细凝肤吴融，清歌一曲倒金壶郑谷。冶叶倡条遍相识李商隐，争如，豆蔻花梢二月初杜牧。　　年少即须臾白居易，芳时偷得醉工夫白居易。罗帐细垂银烛背韩偓，欢娱，豁得平生俊气无_{杜牧}。

《草堂诗余》别集卷二沈际飞评：二词遇铁堪铸，不露一痕，是词非诗、尊诗贬词者合作何解？

南乡子集句

怅望送春杯_{杜牧}，渐老逢春能几回_{杜甫}。花满楚城愁远别_{许浑}，伤怀，何况清丝急管催_{刘禹锡}。　吟断望乡台_{李商隐}，万里归心独上来_{许浑}。景物登临闲始见_{杜牧}，徘徊，一寸相思一寸灰_{李商隐}。

南乡子集句

何处倚阑干_{杜牧}，弦管高楼月正圆_{杜牧}。胡蝶梦中家万里_{崔涂}，依然，老去愁来强自宽_{杜甫}。　明镜借红颜_{李商隐}，须著人间比梦间_{韩愈}。蜡烛半笼金翡翠_{李商隐}，更阑，绣被焚香独自眠_{许浑}。

南乡子用韵和道辅

未倦长卿游，漫舞天歌烂不收。不是使君能矫世，谁留，教有琼梳脱麝油。　香粉镂金球，花艳红笺笔欲流。从此丹唇并皓齿，清柔，唱遍山东一百州。

南乡子 用前韵赠田叔通家舞鬟

绣鞯玉环游，灯晃帘疏笑却收。久立香车催欲上，还留，更且檀唇点杏油。　花遍六么球，面旋回风带雪流。春入腰肢金缕细，轻柔，种柳应须柳柳州。

沈雄《古今词话·词品》上卷《戏作》：沈雄曰：苏长公为游戏之圣。（略）苏赠舞鬟云："春入腰肢金缕细，轻柔，种柳应须柳柳州。"盖柳州用吕温卿嘲宗元诗"柳州柳刺史，种柳柳江边"也。

叶申芗《本事词》卷上《苏轼赠妓词》：坡公喜于吟咏，词集中亦多歌席酬赠之作。（略）又赠田叔通舞鬟，则有《南乡子》云："绣鞯玉环游（略）。"

王文诰《苏文忠公诗编注集成总案》卷二五：（元丰八年乙丑四月）田叔通席上赠舞鬟，作《南乡子》词。

南乡子 宿州上元

千骑试春游，小雨如酥落便收。能使江东归老客，迟留，白酒无声滑泻油。　飞火乱星球，浅黛横波翠欲流。不似白云乡外冷，温柔，此去淮南第一州。

南歌子 游赏

山与歌眉敛，波同醉眼流，游人都上十三楼。不羡竹西歌吹，古扬州。　　菰黍连昌歜，琼彝倒玉舟。谁家水调唱歌头。声绕碧山飞去，晚云留。

陈鹄《耆旧续闻》卷二：又《南歌子》云："游人都上十三楼，不羡竹西歌吹，古扬州。"十三楼在钱塘西湖北山，此词在钱塘，旧注云汴京旧有十三楼，非也。

《草堂诗余》卷一杨慎评：端午词多用汨罗事，此独绝不涉，所谓善脱套者。

焦竑《樾林学山》卷三：按坡"游人都上十三楼"。各地自有此楼名，坡直用之，如绿衣公言之类，非故事也。

杨慎《词品》卷二《十二楼十三楼十四楼》：《汉书》："五城十二楼，仙人居也。"诗家多用之。东坡词："游人都上十三楼，不羡竹西歌吹，古扬州。"用杜牧诗"婷婷袅袅十三余"之句也。

先著、程洪《词洁辑评》卷二："十三楼"遂成故实，词家驱使字面，事实有限，如"昌歜"则忌用也。

张宗橚《词林纪事》：《西湖志》：大佛寺畔有相严院，晋天福二年钱氏建，有十三间楼，楼上贮三才佛一尊。苏子瞻治郡时，常判事于此，殆即此词所云十三楼耶？

黄氏《蓼园词评·南柯子（山与歌眉敛）》：按周建德中，许京城民居起楼阁，大将军周景威先于宋门内临汴水，建楼十三间。世宗嘉之。杜牧诗："谁知竹西路，歌吹古扬州。"《左传》："享有昌歜。"今水泽大菖蒲也。《海录碎事》：隋炀帝开汴州，自造《水调歌头》首章之第一解也。《博物志》："秦青善讴，每抚节而歌，声振林木，响遏行云。"此词不过叙汴京端午繁盛光景耳。在苏集中，此为平调，然亦自壮丽。

南歌子 湖景

古岸开青莎，新渠走碧流。会看光满万家楼。记取他年扶路，入西州。　　佳节连梅雨，余生寄叶舟。只将菱角与鸡头。更有月明千顷，一时留。

元好问《东坡乐府集选序》（《元遗山文集》卷三六）：绛人孙安常注坡词，（略）其所是正，亦无虑数十百处，坡词遂为完本，不可谓无功。然尚有可论者，如"古岸开青莎"《南柯子》，以末后二句倒入前篇，此等犹为未尽，然特其小小者耳。

南歌子 寓意

雨暗初疑夜，风回忽报晴。淡云斜照著山明。细草软沙溪路，马蹄轻。　　卯酒醒还困，仙材梦不成。蓝桥何处觅云英。只有多情流水，伴人行。

南歌子 和前韵

日出西山雨，无晴又有晴。乱山深处过清明。不见彩绳花板，细腰轻。　　尽日行桑野，无人与目成。且将新句琢琼英。我是世间闲客，此闲行。

南歌子 再用前韵

带酒冲山雨，和衣睡晚晴。不知钟鼓报天明。梦里栩然蝴蝶，一身轻。　　老去才都尽，归来计未成。求田问舍笑豪英。自爱湖边沙路，免泥行。

南歌子 晚春

日薄花房绽，风和麦浪轻。夜来微雨洗郊坰。正是一年春好，近清明。　　已改煎茶火，犹调入粥饧。使君高会有余清。此乐无声无味，最难名。

南歌子 八月十八日观潮

　　海上乘槎侣，仙人萼绿华。飞升元不用丹砂。住在潮头来处，渺天涯。　　雷辊夫差国，云翻海若家。坐中安得弄琴牙。写取余声归向，水仙夸。

　　王文诰《苏文忠公诗编注集成总案》卷八：（熙宁五年壬子八月）十八日观潮，作《南柯子》词。

南歌子 再用前韵

　　苒苒中秋过，萧萧两鬓华。寓身化世一尘沙。笑看潮来潮去，了生涯。　　方士三山路，渔人一叶家。早知身世两聱牙，好伴骑鲸公子，赋雄夸。

　　王文诰《苏文忠公诗编注集成总案》卷一二：（熙宁五年壬子八月）十八日，江上观潮作《南歌子》词。

南歌子

　　师唱谁家曲，宗风嗣阿谁。借君拍板与门槌。我也逢场作戏，莫相疑。　　溪女方偷眼，山僧莫眨眉。却愁弥勒下生迟。不见老婆三五，少年时。

　　胡仔《苕溪渔隐丛话》前集卷五七：《冷斋夜话》云："东坡守钱塘，无日不在西湖。尝携妓谒大通禅师，师愠形于色。东坡作长短句，令妓歌之曰（略）。时有僧仲殊在苏州，闻而和之曰：'解舞《清平乐》，如今说向谁？红炉片雪上钳锤。打就金毛狮子、也堪疑。　　木女明开眼，泥人暗皱眉。蟠桃已是著花迟。不向春风一笑、待何时？'"

南歌子 别润守许仲涂

　　欲执河梁手，还升月旦堂。酒阑人散月侵廊。北客明朝归去，雁南翔。　　窈窕高明玉，风流郑季庄。一时分散水云乡。惟有落花芳草，断人肠。

南歌子 湖州作

　　山雨潇潇过，溪桥浏浏清。小园幽榭枕蘋汀。门外月华如水，彩舟横。　　茗岸霜花尽，江湖雪阵平。两山遥指海门青。回首水云何处，觅孤城。

　　王文诰《苏文忠公诗编注集成总案》卷一八：（元丰二年己未五月）十三日，钱氏园送刘挚赴余姚，并作《南歌子》词。诰案：《南柯子》，集中作《南歌子》，施注以墨迹刻石，此为送刘扰词，后题"元丰二年五月十三日，吴兴钱氏园作"。

南歌子 暮春

紫陌寻春去，红尘拂面来。无人不道看花回。惟见石榴新蕊，一枝开。　　冰簟堆云髻，金尊滟玉醅。绿阴青子莫相催。留取红巾千点，照池台。

陈鹄《耆旧续闻》卷二：又《南歌子》词云："紫陌寻春去（略）。"意有所属也。或云赠王晋卿侍儿，未知其然否也。

南歌子 黄州腊八日饮怀民小阁

卫霍元勋后，韦平外族贤。吹笙只合在缑山。闲驾彩鸾归去，趁新年。　　烘暖烧香阁，轻寒浴佛天。他时一醉画堂前。莫忘故人憔悴，老江边。

王文诰《苏文忠公诗编注集成总案》卷二二：（元丰六年癸亥）十二月八日饮张梦得小阁，作《南柯子》词。

南歌子 有感

笑怕蔷薇胃，行忧宝瑟僵。美人依约在西厢。只恐暗中迷路，认余香。　　午夜风翻幔，三更月到床。簟纹如水玉肌凉。何物与侬归去，有残妆。

《草堂诗余》别集卷二沈际飞评：喜得鼻观先通。　　（何物与侬归去有残妆）强自慰，亦誉美人，至矣。

王士禛《带经堂诗话》卷一七《注家类》三：东坡词"行忧宝瑟僵"，乃用《汉书·金日䃅传》"行触宝瑟僵"语，解者顾引杨行密给朱延寿病目行触柱僵，有何干涉？乃知注书之难，东坡、放翁犹不敢居，有以也。按：东坡《南歌子》凡十九首，此其第十四，题作《有感》，起二句云："笑怕蔷薇胃，行忧宝瑟僵。"

吴衡照《莲子居词话》卷二《东坡南歌子用汉书》：东坡《南歌子》"行忧宝瑟僵"，用《汉书·金日䃅传》"行触宝瑟僵"语。解者引杨行密给朱延寿事，误。

南歌子 感旧

寸恨谁云短，绵绵岂易裁。半年眉绿未曾开。明月好风闲处，是人猜。　　春雨消残冻，温风到冷灰。尊前一曲为谁哉，留取曲终一拍，待君来。

南歌子

楚守周豫出舞鬟，因作二首赠之

　　绀绾双蟠髻，云敧小偃巾。轻盈红脸小腰身。叠鼓忽催花拍，斗精神。　　空阔轻红歇，风和约柳春。蓬山才调最清新，胜似缠头千锦，共藏珍。

　　叶申芗《本事词》卷上《苏轼赠妓词》：坡公喜于吟咏，词集中亦多歌席酬赠之作。（略）又赠楚守周豫舞鬟，则有《南歌子》两阕，一云："绀绾双蟠髻（略）。"

南歌子 同前

　　琥珀装腰佩，龙香入领巾。只应飞燕是前身。共看剥葱纤手，舞凝神。　　柳絮风前转，梅花雪里春。鸳鸯翡翠两争新。但得周郎一顾，胜珠珍。

　　叶申芗《本事词》卷上《苏轼赠妓词》：坡公喜于吟咏，词集中亦多歌席酬赠之作。（略）又赠楚守周豫舞鬟，则有《南歌子》两阕，（略）二云："琥珀装腰佩（略）。"

南歌子

见说东园好，能消北客愁。虽非吾土且登楼。行尽江南南岸，此淹留。　　短日明枫缬，清霜暗菊球。流年回首付东流。凭仗挽回潘鬓，莫教秋。

南歌子

云鬓裁新绿，霞衣曳晓红。待歌凝立翠筵中。一朵彩云何事，下巫峰。　　趁拍鸾飞镜，回身燕漾空。莫翻红袖过帘栊。怕被杨花勾引，嫁东风。

《草堂诗余》别集卷二沈际飞评：（首二句）未舞而舞之神已全。

好事近 送君猷

红粉莫悲啼，俯仰半年离别。看取雪堂坡下，老农夫凄切。　　明年春水漾桃花，柳岸隘舟楫。从此满城歌吹，看黄州阗咽。

王文诰《苏文忠公诗编注集成总案》卷二二：（元丰六年癸亥五月）送别徐大受，作《好事近》词。诰案：此词乃徐君猷置家于黄而去，故云"半年离别"也。

好事近 湖上

湖上雨晴时，秋水半篙初没。朱槛俯窥寒鉴，照衰颜华发。　　醉中吹堕白纶巾，溪风漾流月。独棹小舟归去，任烟波飘兀。

王文诰《苏文忠公诗编注集成总案》卷三二：（元祐五年庚午九月）泛湖作《好事近》词。

好事近

烟外倚危楼，初见远灯明灭。却跨玉虹归去，看洞天星月。　　当时张范风流在，况一尊浮雪。莫问世间何事，与剑头微吷。

鹊桥仙 七夕

缑山仙子，高情云渺，不学痴牛骏女。凤箫声断月明中，举手谢，时人欲去。　　　客槎曾犯，银河微浪，尚带天风海雨。相逢一醉是前缘，风雨散，飘然何处。

鹊桥仙 七夕和苏坚韵

乘槎归去，成都何在，万里江沱汉漾。与君各赋一篇诗，留织女，鸳鸯机上。　　　还将旧曲，重赓新韵，须信吾侪天放。人生何处不儿嬉，看乞巧，朱楼彩舫。

陆游《跋东坡七夕词后》（《渭南文集》卷二八）：昔人作七夕诗，率不免有珠栊绮疏惜别之意。惟东坡此篇，居然是星汉上语，歌之曲终，觉天风海雨逼人。学诗者当以是求之。庆元元年元日，笠泽陆某书。

王文诰《苏文忠公诗编注集成总案》卷三二：（元祐五年庚午七月）七日和苏坚七夕词。

望江南 暮春

春已老，春服几时成。曲水浪低蕉叶稳，舞雩风软纻罗轻。酣咏乐升平。　　　微雨过，何处不催耕。百舌无言桃李尽，柘林深处鹁鸪鸣。春色属芜菁。

望江南 暮春

　　春未老，风细柳斜斜。试上超然台上看，半壕春水一城花。烟雨暗千家。　　寒食后，酒醒却咨嗟。休对故人思故国，且将新火试新茶。诗酒趁年华。

　　傅藻《东坡纪年录》：（熙宁八年乙卯）于超然台作《望江南》。

卜算子 感旧

　　蜀客到江南，长忆吴山好。吴蜀风流自古同，归去应须早。　　还与去年人，共藉西湖草。莫惜尊前仔细看，应是容颜老。

　　傅藻《东坡纪年录》：（熙宁七年甲寅）是年，（略）自京口还，寄述古作《卜算子》。

卜算子

　　缺月挂疏桐，漏断人初静。时见幽人独往来，缥缈孤鸿影。　　　惊起却回头，有恨无人省。拣尽寒枝不肯栖，枫落吴江冷。

黄庭坚《跋东坡乐府》（《山谷全书》正集卷二五）：东坡道人在黄州时作。语意高妙，似非吃烟火食人语。非胸中有万卷书，笔下无一点尘俗气，孰能至此！

王之望《跋鲁直书东坡卜算子词》（《汉滨集》卷一五）：东坡此词出《高唐》《洛神》《登徒》诸赋之右，以出三界人，游戏三界中，故其笔力蕴藉，超脱如此。山谷屡书之，且谓非食烟火语，可谓妙于立言矣。盖东坡词如《国风》，山谷跋如小序，字画之工，亦不足言也。

曾丰《知稼翁词集序》：本朝太平二百年，乐章名家纷如也。文忠苏公文章妙天下，长短句特绪余耳，犹有与道德合者，"缺月疏桐"一章，触兴于惊鸿，发乎情性也；收思于冷州，归乎礼义也。黄太史相多，大以为非口食烟火人语。余恐不食烟火之人，口所出仅尘外语，于礼义违计欤？

俞文豹《吹剑录》：杜工部流离兵革中，更尝患苦，诗益凄怆，《忆舍弟》诗："戍鼓断人行，边秋一雁声。露从今夜白，月是故乡明。"《孤雁》诗："惟怜一片影，相失万重云。望尽似犹见，哀多如更闻。"其思深，其情苦，读之使人忧思感伤。东坡《卜算子》词亦然。文豹尝妄为之释，"缺月挂疏桐"，明小不见察也。"漏断人初静"，群谤稍息也。"时见幽人独往来"，进退无处也。"缥缈孤鸿影"，悄然孤立也。"惊起却回头"，犹恐谗慝也。"有恨无人省"，谁其知我也。"拣尽寒枝不肯栖"，不苟依附也。"寂寞沙洲冷"，宁甘冷淡也。

《能改斋漫录》卷一六：东坡先生谪居黄州，作《卜算子》词云（略）。其属意盖为王氏女子也，读者不能解。张右史文潜继贬黄州，访潘邠老，尝得其详，题诗以志之云："空江月明鱼龙眠，月中孤鸿影翩翩。有人清吟立江边，葛巾藜杖眼窥天。夜冷月堕幽虫泣，鸿影翘沙衣露湿。仙人采诗作步虚，玉皇饮之碧琳腴。”

胡仔《苕溪渔隐丛话》前集卷三九：苕溪渔隐曰：“拣尽寒枝不肯栖”之句，或云鸿雁未尝栖宿树枝，惟在田野苇丛间，此亦语病也。此词本咏夜景，至换头但只说鸿，正如《贺新郎》词“乳燕飞华屋”，本咏夏景，至换头但只说榴花。盖其文章之妙，语意到处即为之，不可限以绳墨也。

又后集卷二六：苕溪渔隐曰：《后山诗话》谓“退之以文为诗，子瞻以诗为词，如教坊雷大使之舞，虽极天下之工，要非本色。”余谓后山之言过矣，子瞻佳词最多，（略）“缺月挂疏桐，漏断人初静”（秋夜词）；（略）凡此十余词，皆绝去笔墨畦径间，直造古人不到处，真可使人一唱而三叹。若谓以诗为词，是大不然。子瞻自言“平生不善唱曲，故有不入腔处”，非尽如此。后山乃比之教坊司雷大使舞，是何每况愈下？盖其谬耳。

袁文《瓮牖闲评》卷五：苏东坡谪黄州，邻家一女子甚贤，每夕只在窗下听东坡读书。后其家欲议亲，女子云：“须得读书如东坡者乃可。”竟无所谐而死，故东坡作《卜算子》以记之。黄太史谓语意高妙，盖以东坡是词为冠绝也。独不知其别有一词，名《江神子》者。

陈鹄《耆旧续闻》卷二：黄鲁直《跋东坡道人黄州所作卜算子词》云：“语意高妙，似非吃烟火食人语。”此真知东坡者也。盖“拣尽寒枝不肯栖”，取兴鸟择木之意，所以谓之高妙。而胡仔《苕溪渔隐丛话》乃云：“鸿雁未尝栖宿树枝，惟在田野苇丛间。此亦语病。”当为东坡称屈可也。（略）又云：“余顷于郑公实处见东坡亲迹，书《卜算子》断句云‘寂寞沙洲冷’，今本作‘枫落吴江冷’，词意全不相属也。”

王楙《野客丛书》卷二四《东坡卜算子》：山谷曰：“东坡在黄州所作《卜算子》云云，词意高妙，非吃烟火食人语。”吴曾亦曰：“东坡谪居黄州，作《卜算子》云云，其属意王氏女也，读者不能解。张文潜继贬黄州，访潘邠老，得其详，尝题诗以志其事。"仆谓二说如此，无可疑者，然尝见临江人王说梦得，谓此词东坡在惠州白鹤观所作，非黄州也。惠有温都监女，颇有色，年十六，不肯嫁人，闻东坡至，喜谓人曰："此吾婿也。"每夜闻坡讽咏，则徘徊窗外，坡觉而推窗，则其女逾墙而去。坡从而物色之，温具言其然，坡曰："吾当呼王郎与子为姻。"未几，坡过海，此议不谐，其女遂卒，葬于沙滩之侧。坡回惠日，女已死矣，怅然为赋此词。坡盖借鸿为喻，非真言鸿也。"拣尽寒枝不肯栖"者，谓少择偶不嫁，"寂寞沙洲冷"者，指其葬所也。说之言如此。其说得之广人蒲仲通，未知是否，姑志于此，以俟询访。渔隐谓："鸿雁未尝栖宿树枝，惟在田苇间，'拣尽寒枝不肯栖'，此语亦病。"仆谓人读书不多，不可妄议前辈诗句，观隋李元操《鸣雁行》曰："夕宿寒枝上，朝飞空井旁。"坡语岂无自邪？

李如箎《东园丛说》卷下：坡词《卜算子》，山谷尝谓非胸中有万卷诗书，笔下无一点尘气，安能道此语。愚幼年尝见先人与王子家同直阁论文，王子家言及苏公少年时常夜读书，邻家豪右之女常窃听之，一夕来奔，苏公不纳，而约以登第后聘以为室。暨公既第，已别娶。仕宦岁久，访问其所适何人，以守前言，不嫁而死。其词有"幽人独往来，缥缈孤鸿影"之句，正谓斯人也。"拣尽寒枝不肯栖，枫落吴江冷"之句，谓此人不嫁而云亡也。其情意如此缱绻，使他人为之，岂能脱去脂粉，轻新如此？山谷之云，不轻发也。而俗人乃以其词中有"鸿影"二字，便认鸿雁，改后一句作"寂寞沙洲冷"，意谓沙洲鸿雁之所栖宿者也。愚每举此一事为人言之，莫以为然，此可与深于辞翰者语，岂流俗之所能识也哉。

吴师道《吴礼部词话·贺新郎词》：《卜算子》"缺月挂疏桐"云云，"缥缈孤鸿影"以下皆说鸿，别是一格。

张炎《词源》卷下《杂论》：东坡词如《水龙吟》咏杨花、

咏闻笛，又如《过秦楼》《洞仙歌》《卜算子》等作，皆清丽舒徐，高出人表。

龙辅《女红余志》：惠州温氏女超超，年及笄，不肯字人。闻东坡至，喜曰："我婿也。"日徘徊窗外，听公吟咏，觉则亟去。东坡知之，乃曰："吾将呼王郎与子为姻。"东坡渡海归，超超已卒，葬于沙际。公因作《卜算子》，有"拣尽寒枝不肯栖"之句。

王若虚《滹南诗话》卷二：东坡雁词云"拣尽寒枝不肯栖"，以其不栖木故云尔。盖激诡之致，词人贵正其如此。而或者以为语病，是尚可与言哉？近日张吉甫复以"鸿渐于木"为辩，而怪昔人之寡闻，此益可笑。《易》象之言，不当援引为证也。其实雁何尝栖木哉。

《类编草堂诗余》卷一引鲖阳居士云："缺月"，刺明微也。"漏断"，暗时也。"幽人"，不得志也。"独往来"，无助也。惊鸿，贤人不安也。回头，爱君不忘也。"无人省"，君不察也。"拣尽寒枝不肯栖"，不偷安于高位也。"寂莫沙洲冷"，非所安也。此词与《考槃》诗极相似。

徐伯龄《蟫精隽》卷一一：坡诗（略）其风流酝藉，曲尽闺人之情态，一何至是耶？又尝见有咏乳燕、《卜算子》，亦艳丽可爱。

王世贞《山谷书东坡卜算子词帖》（《弇州山人四部稿》卷一三六）：坡此词亦佳，第为宋儒解傅时事，遂令面目可憎厌耳。词尾"寂寞沙洲冷"，一本作"枫落吴江冷"，"枫落"是崔信余诗语，不如此尾与篇指相应。

徐轨《词苑丛说》卷三：（前引鲖阳居士语）阮亭称其"村夫子强作解事，令人作呕"。韦苏州《滁州西涧》诗，叠山以为小人在朝，贤人在野之象。令韦郎有知，岂不叫屈？仆尝戏谓，坡命宫磨蝎，湖州诗案，生前为王珪、舒亶辈所苦，身后又硬受此差排耶。

　　沈雄《古今词话·词话》上卷《坡公为超超作卜算子》：《梅墩词话》曰：惠州温氏女超超，年及笄，不肯字人。东坡至，喜曰：'吾婿也。"日徘徊窗外，听公吟咏，觉则亟去。东坡曰："吾呼王郎与子为姻。"未几东坡渡海归，超超已卒，葬于沙际。因作《卜算子》，乃有铜阳居士错为之解曰："东坡殊多寓意，'缺月'，刺明微也。（略）"坡公岂为是哉？超超既钟情于公，余哀其能具只眼，知公之为举世无双，知公之堪为吾婿，是以不得亲近，宁死不愿居人间世也。即呼王郎为姻，彼且必死，彼知有坡公也。

　　邓廷桢《双砚斋词话·东坡词高华》：东坡以龙骧不羁之才，树松桧特立之操，故其词清刚隽上，囊括群英。（略）然如《卜算子》云："缺月挂疏桐（略）。"则明漪绝底，芳泽不闻，宜涪翁称之为不食人间烟火。而造言者谓此词为惠州温都监女作，又或谓为黄州王氏女作。夫东坡何如人，而作墙东宋玉哉？（略）皆能簸之揉之，高华沉痛，遂为石帚导师。譬之慧能肇启南宗，实传黄梅衣钵矣。

　　《张惠言论词》：此东坡在黄州作。铜阳居士云："缺月"，刺明微也。（略）此词与《考槃》诗极相似。

　　王文诰《苏文忠公诗编注集成总案》卷二一：（元丰五年壬戌十二月）作《卜算子》词。

　　李良年《词家辨证》：东坡在黄州作《卜算子》词，有"缺月挂疏桐"等句。山谷以为"不吃烟火食人语"。《词学筌蹄》强为之解，皆未得其故，余载入《品藻》中。昨读《野客丛书》，又云乃东坡在惠州白鹤观所作。惠有温都监女，颇有姿色，年十六而不肯聘人。闻坡至相邻，温谓人曰："此吾婿也。"一夜坡吟咏间，其女徘徊窗外，坡觉推窗，则逾墙而去。坡物色得其详，正呼王说为媒，适有过海之事，此议遂寝。其女不久卒，葬于沙汀之侧。坡回，为之怅然，故为此词也。犁庄曰：此言亦非。似亦忌公者以此谤之，如阶下簸钱之类耳。小说纰缪，不足凭也。

刘熙载《艺概》卷四：（前引黄庭坚跋）余案：词之大要，不外厚而清。厚，包诸所有；清，空诸所有也。

丁绍仪《听秋声馆词话》卷一一《苏轼贺新郎词》：其词寄托深远，与咏雁《卜算子》云"缺月挂疏桐（略）"同一比兴。（略）至《卜算子》词，或谓有女窥窗而作，殆因温都监女而附会之，亦不足信。一本"静"作"定"，"汀"作"洲"，似不如"人初静"与"沙汀"之善。有谓雁不树宿，寒枝二字欠妥者，不知不肯枝栖，故有"寂寞沙汀"之慨，若作寒芦，似失意旨。

黄氏《蓼园词评·卜算子（缺月挂疏桐）》：鲖阳居士云："缺月，刺明微也（略）。"按此词乃东坡自写在黄州之寂寞耳。初从人说起，言如孤鸿之冷落。第二阕，专就鸿说，语语双关。格奇而语隽，斯为超诣神品。

李佳《左庵词话》卷上《东坡词》：东坡词"缺月挂疏桐"，此在黄州作。

谢章铤《赌棋山庄词话》卷二《咏物词》：咏物词虽不作可也，别有寄托如东坡之咏雁，独写哀怨如白石之咏蟋蟀，斯最善矣。至如史邦卿之咏燕，刘龙洲之咏指足，纵工摹绘，已落言诠。

张宗橚《词林纪事》卷五：按此词为咏雁，当别有寄托。何得以俗情附会也。

陈廷焯《白雨斋词话》卷一《东坡词别有天地》：词至东坡，一洗绮罗香泽之态，寄慨无端，别有天地。《水调歌头》《卜算子》（雁）《贺新凉》《水龙吟》诸篇，尤为绝构。

又《放翁鹊桥仙》：放翁词唯《鹊桥仙（夜闻杜鹃）》一章，借物寓言，较他作为合乎古。然以东坡《卜算子（雁）》较之，相去殆不可道里计矣。

又卷六《比与兴之别》：所谓兴者，意在笔先，神余言外，极虚极活，极沉极郁，若远若近，可喻不可喻，反复缠绵，都归忠厚。求之两宋，如东坡《水调歌头》《卜算子》（雁），白石

《暗香》《疏影》，碧山《眉妩》（新月）、《庆清朝》（榴花）、《高阳台》（残雪庭除）等篇，亦庶乎近之矣。

谭献《复堂词话·评苏轼词》：皋文《词选》，以《考槃》为比，其言非《河汉》也。此亦鄙人所谓"作者未必然，读者何必不然"。

沈祥龙《论词随笔·词须有书卷气》：词不能堆垛书卷，以夸典博，然须有书卷之气味。胸无书卷，襟怀必不高妙，意趣必不古雅，其词非俗即腐，非粗即纤。故山谷称东坡《卜算子》词，非胸中有万卷书，孰能至此？

张德瀛《词徵》卷五：曾丰谓苏子瞻长短句，犹有与道德合者。"缺月挂疏桐"一章，触兴于惊鸿，发乎情性也。收思于冷洲，归乎礼义也。本朝张茗柯论词，每宗此义，遂为鄱阳之续。

郑文焯《大鹤山人词话》：此亦有所感触，不必附会温都监女故事，自成馨逸。

毛先舒《诗辩坻·词曲》：前半泛写，后半专叙，盛宋词人多此法。如子瞻《贺新凉》后段只说榴花，《卜算子》后段只说鸣雁，周清真《寒食》词后段只说邂逅，乃更觉意长。

陈菲石《宋词举》：《草堂》题曰《孤鸿》。汲古录《女红余志》原文，谓在惠州为温都监女作。然朱氏据南宋人王宗稷《东坡年谱》，为壬戌在黄州作；元本亦题《黄州定慧院寓居》，则《女红余志》之言不足信也。以《孤鸿》为题，疑亦后加。此词未必专为咏鸿，犹《贺新郎》未必即咏榴花也。鄱阳居士曰："'缺月'，刺明微也。'漏断'，暗时也。'幽人'，不得志也。'独往来'，无助也。'惊鸿'，贤人不安也。'回头'，爱君不忘也。'无人省'，君不察也。'拣尽寒枝不肯栖'，不肯偷安于高位也。'寂寞沙洲冷'，非所安也。此词与《考槃》诗相似。"张惠言颇取其说。谭献曰："作者未必然，读者亦何必不然。"此常州派"比兴说"，亦从东坡《西江月》"把盏凄然北望"及《水调歌头》"玉宇""琼楼"之句联想而及者。若就词论词，则黄山谷谓"语意高妙，似非吃烟火食人语"者，最为得之。首句写景，已一片幽静气象。次句写时，更觉万籁无声，纤尘不到。"幽人"身分境也，烘托已尽。然后说出"独往来"之"幽人"。"见"上着一"谁"字，更为上两句及下"孤"字出力。至"孤鸿"之"影"，则为见"幽人"者，或即"幽人"自身，均不可定。然而此中"有恨"焉，不知谁实"惊"之，为谁"回头"？而却系如此，乃知实有恨事，"无人"为"省"。"拣尽寒枝"两句，"孤鸿"心事，即"幽人"心事。因含此"恨"，寂寞自甘，但见徘徊"沙洲"，自寄其"不肯栖"之意。而其所以"恨"者，依然"无人"知之，固亦有吞吐含蓄之妙也。而通首空中传恨，一气呵成，亦具有"缥缈孤鸿"之象。于小令为别调，而一片神行，则温、韦、晏、欧所未有。

瑞鹧鸪 观潮

　　碧山影里小红旗，侬是江南踏浪儿。拍手欲嘲山简醉，齐声争唱浪婆词。　　　西兴渡口帆初落，渔浦山头日未攲。侬欲送潮歌底曲，尊前还唱使君诗。

　　胡仔《苕溪渔隐丛话》前集卷三九《长短句》：苕溪渔隐曰：唐初歌词多是五言诗，或七言诗，初无长短句。自中叶以后，至五代，渐变成长短句。及本朝则尽为此体。今所存止《瑞鹧鸪》《小秦王》二阕是七言八句诗并七言绝句诗而已。《瑞鹧鸪》犹依字易歌，若《小秦王》必须杂以虚声，乃可歌耳。其词云："碧山影里小红旗（略）。"此《瑞鹧鸪》也。（略）皆东坡所作也。
　　王文诰《苏文忠公诗编注集成总案》卷一〇：（熙宁六年癸丑）八月十五日观潮，题诗安济桥上，复作《瑞鹧鸪》词。

诰案：是日似与陈襄同游，故落句及之。

瑞鹧鸪

城头月落尚啼乌，朱舰红船早满湖。鼓吹未容迎五马，水云先已漾双凫。　　映山黄帽螭头舫，夹岸青烟鹊尾炉。老病逢春只思睡，独求僧榻寄须臾。

吴曾《能改斋漫录》卷七《事实》：东坡诗有"夹道青烟鹊尾炉"。按《松陵唱和集》皮日休《寄华阳润卿》诗云："鹊尾金炉一世焚。"注云："陶贞白有金鹊尾香炉。"又《珠林》云："宋吴兴人费崇先，少信佛法。每听经，常以鹊尾香炉置膝前。"费迪先事又见王琰《冥祥记》。

十拍子暮秋

白酒新开九酝，黄花已过重阳。身外傥来都似梦，醉里无何即是乡。东坡日月长。　　玉粉旋烹茶乳，金齑新捣橙香。强染霜髭扶翠袖，莫道狂夫不解狂。狂夫老更狂。

王文诰《苏文忠公诗编注集成总案》卷二二：（元丰六年癸亥）九月作《十拍子》词。

清平乐秋词

清淮浊汴，更在江西岸。红旆到时黄叶乱，霜入梁王故苑。　　秋原何处携壶，停骖访古踟蹰。双庙遗风尚在，漆园傲吏应无。

傅藻《东坡纪年录》：（熙宁七年甲寅）送述古赴南都，作《清平乐》。

昭君怨送别

谁作桓伊三弄，惊破绿窗幽梦。新月与愁烟，满江天。　　欲去又还不去，明日落花飞絮。飞絮送行舟，水东流。

傅藻《东坡纪年录》：（熙宁七年甲寅）金山送子玉，作《昭君怨》。

沈雄《古今词话·词辨》上卷《昭君怨》：《柳塘词话》曰：调本两韵，如苏轼、韩驹、万俟雅言、辛弃疾、郑域、张镃，俱得体。

王文诰《苏文忠公诗编注集成总案》卷一一：（熙宁七年甲寅二月）再送柳瑾，作《昭君怨》词。

戚氏

　　玉龟山，东皇灵媲统群仙。绛阙岧峣，翠房深迥，倚霏烟。幽闲，志萧然。金城千里锁婵娟。当时穆满巡狩，翠华曾到海西边。风露明霁，鲸波极目，势浮舆盖方圆。正迢迢丽日，玄圃清寂，琼草芊绵。　　争解绣勒香鞲，鸾辂驻跸，八马戏芝田。瑶池近，画楼隐隐，翠鸟翩翩。肆华筵，间作脆管鸣弦，宛若帝所钧天。稚颜皓齿，绿发方瞳，圆极恬淡高妍。　　尽倒琼壶酒，献金鼎药，固大椿年。缥缈飞琼妙舞，命双成，奏曲醉留连。云璈韵响泻寒泉，浩歌畅饮，斜月低河汉。渐渐绮霞，天际红深浅。动归思，回首尘寰。烂漫游，玉辇东还。杏花风，数里响鸣鞭。望长安路，依稀柳色，翠点春妍。

　　李之仪《跋戚氏》（《姑溪居士文集》卷三八）：中山控北虏，为天下重镇，异时选寄，皆一时人物。然轻裘缓带，折冲樽俎，韩忠献、宋景文公而已。元祐末，东坡老人自礼部尚书，以端明殿学士加翰林院侍读学士，为定州安抚使。开府延辟，多取其气类，故之仪以门生从辟，而蜀人孙子发实相与俱。于是海陵滕兴公、温陵曾仲锡为定倅，五人者每辨色会于公厅，领所事竟，按前所约之地，穷日力，尽欢而罢。或夜，则以晓角动为期。方从容醉笑间，多令官妓随意歌于坐侧，各因其谱，即席赋咏。一日，歌者辄于老人之侧作《戚氏》，意将索老人之才于仓卒，以验天下之所向慕者。老人笑而领之，邂逅方论穆天子事，颇摘其虚诞，遂资以应之。随声随写，歌竟篇就，才点定五六字耳。坐中随声击节，终席不间他辞，亦不容别进一语。临分曰："足以为中山一时盛事，前固莫与比，而后来者未必能继也。"方图刻石以表之，而谪去，宾客皆分散。政和壬辰八月二十日夜，葛大川出此词于宁国庄，姑溪居士李之仪书。

吴曾《能改斋漫录》卷二《东坡戚氏词》：此东坡《戚氏》词也。东坡元祐末自礼部尚书帅定州日，官妓因宴，索公为《戚氏》词。公方与坐客论穆天子事，颇讶其虚诞，遂资以应之，随声随写，歌竟篇就，才点定五六字。坐中随声击节，终席不间他词，亦未容别进一语，且曰足为中山一时盛事耳。

费衮《梁谿漫志》卷九《戚氏词》：予尝怪李端叔谓"东坡在中山，歌者欲试东坡仓卒之才，于其侧歌《戚氏》，坡笑而领之。邂逅方论穆天子事，颇摘其虚诞，遂资以应之，随声随写，歌竟篇，才点定五六字。坐中随声击节，终席不间他辞，亦不容别进一语。临分曰：足以为中山一时盛事"。然予观其词，有曰"玉龟山，东皇灵媲统君仙"，又云"争解绣勒香鞯"，又云"鸾辂驻跸"，又云"肆华筵，间作脆管鸣弦，宛若帝所钧天"，又云"尽倒琼壶酒，献金鼎药，固大椿年"，又云"动归思，回首尘寰。烂漫游，玉辇东还"。东坡御风骑气，下笔真神仙语。此等鄙俚猥俗之词，殆是教坊倡优所为，虽东坡灶下老婢，亦不作此语。而顾称誉若此，岂果端叔之言耶？恐贻误后人，不可以不辨。

《老学庵笔记》卷九：东坡先生在中山作《戚氏》乐府词，最得意。幕客李端叔跋三百四十余字，叙述甚备。欲刻石传后，为定武盛事，会谪去不果。今乃不载集中，至有立论排诋，以为非公作者，识真之难如此哉！

元好问《东坡乐府集选序》（《元遗山文集》卷三六）：绛人孙安常注坡词，（略）其所是正，亦无虑数十百处，坡词遂为完本，不可谓无功。然尚有可论者，（略）"玉龟山"一篇，予谓非东坡不能作，孙以为古词删去之，当自别有所据。姑存卷末，以俟更考。

王文诰《苏文忠公诗编注集成总案》卷三七：（元祐九年甲戌）闻歌者歌《戚氏》，公方论穆天子事，因依其声，成《戚氏》词。

醉蓬莱 重九上君猷

　　笑劳生一梦，羁旅三年，又还重九。华发萧萧，对荒园搔首。赖有多情，好饮无事，似古人贤守。岁岁登高，年年落帽，物华依旧。　　此会应须烂醉，仍把紫菊茱萸，细看重嗅。摇落霜风，有手栽双柳。来岁今朝，为我西顾，酹羽觞江口。会与州人，饮公遗爱，一江醇酎。

傅藻《东坡纪年录》：（元丰六年癸亥）居黄三见重九，每岁与君猷会于栖霞楼，君猷将去，念此悯然，故作《醉蓬莱》。

王文诰《苏文忠公诗编注集成总案》卷二一：（元丰五年壬戌）九月九日，徐大受携酒雪堂，作《醉蓬莱》词。诰案：词有"羁旅三年"句，信为元丰五年壬戌所作。而纪年录以重九《南乡子》词编是年，以是词编六年癸亥，并误，今驳正。

贺新郎 夏景

　　乳燕飞华屋，悄无人，桐阴转午，晚凉新浴。手弄
生绡白团扇，扇手一时似玉。渐困倚，孤眠清熟。帘外
谁来推绣户，枉教人，梦断瑶台曲。又却是，风敲竹。

　　石榴半吐红巾蹙，待浮花、浪蕊都尽，伴君幽独。
秾艳一枝细看取，芳心千重似束。又恐被，秋风惊绿。
若待得君来向此，花前对酒不忍触。共粉泪，两簌簌。

　　杨湜《古今词话》云：苏子瞻守钱塘，有官妓秀兰天性黠
慧，善于应对。湖中有宴会，群妓毕至，惟秀兰不来。遣人督
之，须臾方至。子瞻问其故，具以"发结沐浴，不觉困睡，忽有
人叩门声，急起而问之，乃乐营将催督之，非敢怠忽，谨以实
告"。子瞻亦恕之。坐中倅车属意于兰，见其晚来，恚恨未已，
责之曰："必有他事，以此晚至。"秀兰力辩，不能止倅之怒。是
时榴花盛开，秀兰以一枝藉手告倅，其怒愈甚。秀兰收泪无言。
子瞻作《贺新凉》以解之，其怒始息。其词曰（略）。子瞻之作，
皆纪目前事，盖取其沐浴新凉，曲名《贺新凉》也。后人不知
之，误为《贺新郎》，盖不得子瞻之意也。子瞻真所谓风流太守
也，岂可与俗吏同日语哉！

　　曾季狸《艇斋诗话》：东坡《贺新郎》，在杭州万顷寺作。寺
有榴花树，故词中云石榴。又是日有歌者昼寝，故词中云"渐困
倚，孤眠清熟"。其真本云："乳燕栖华屋"，今本作"飞"字，
非是。

　　胡仔《苕溪渔隐丛话》前集卷三九：《贺新郎》词"乳燕飞

华屋"，本咏夏景，至换头但只说榴花。盖其文章之妙，语意到处即为之，不可限以绳墨也。

又后集卷二六：苕溪渔隐曰：《后山诗话》谓"退之以文为诗，子瞻以诗为词，如教坊雷大使之舞，虽极天下之工，要非本色。"余谓后山之言过矣，子瞻佳词最多，（略）"乳燕飞华屋，悄无人，桐阴转午"（初夏词）；（略）凡此十余词，皆绝去笔墨畦径间，直造古人不到处，真可使人一唱而三叹。若谓以诗为词，是大不然。子瞻自言"平生不善唱曲，故有不入腔处"，非尽如此。后山乃比之教坊司雷大使舞，是何每况愈下？盖其谬耳。

又卷三九：苕溪渔隐曰：（前引杨湜《古今词话》）野哉，杨湜之言，真可入《笑林》。东坡此词，冠绝古今，托意高远，宁为一娼而发邪？"帘外谁来推绣户？枉教人梦断瑶台曲。又却是，风敲竹。"用古诗"卷帘风动竹，疑是故人来"之意，今乃云"忽有人叩门声，急起而问之，乃乐营将催督"，此可笑者一也。"石榴半吐红巾蹙。待浮花浪蕊都尽，伴君幽独。浓艳一枝细看取，芳心千重似束"，盖初夏之时，千花事退，榴花独芳，因以申写幽闺之情，今乃云"是时榴花盛开，秀兰以一枝藉手告倅，其怒愈甚"，此可笑者二也。此词腔调寄《贺新郎》，乃古曲名也，今乃云"取其沐浴新凉，曲名《贺新凉》，后人不知之，误为《贺新郎》"，此可笑者三也。《词话》中可笑者甚众，姑举其尤者。第东坡此词，深为不幸，横遭点汙，吾不可无一言雪其耻。宋子京云："江左有文拙而好刻石者，谓之诒嗤符。"今杨湜之言俚甚，而锓板行世，殆类是也。

陈鹄《耆旧续闻》卷二：陆辰州子逸左丞，农师之孙，太傅公之元孙也。晚以疾废，卜筑于秀野，越之佳山水也。公放傲其间，不复有荣念，客到，终日清谈不倦。尤好语及前辈事，缠缠倾人听。余尝登门，出近作赠别长短句以示公，其末句云："莫待柳吹绵，柳绵时杜鹃。"公赏诵久之，是后从游颇密。公尝谓余曰："曾看东坡《贺新郎》词否?"余对以世所共歌者。公云："东坡此词，人皆知其为佳，但后撷用榴花事，人少知其意。某尝于晁以道家见东坡真迹，晁氏曰：'东坡有妾名朝云、榴花，朝云死于岭外，东坡尝作《西江月》一阕寓意于梅，所谓'高情已逐晓云空'是也。惟榴花独存，故其词多及之。观'浮花浪蕊都尽，伴君幽独'，可见其意矣。"

又：曩见陆辰州，语余以《贺新郎》词用榴花事，乃妾名也。退即书其语，今十年矣，亦未尝深考。近观顾景蕃续注，因悟东坡词中用白团扇、瑶台曲，皆侍妾故事。按晋中书令王珉，好执白团扇，婢作《白团扇》歌以赠珉。又《唐逸史》，许檀暴卒复悟，作诗云："晓入瑶台露气清，座中惟见许飞琼。尘心未尽欲缘重，千里下山空月明。"复寝，惊起，改第二句，云昨日梦到瑶池，飞琼令改之，云不欲世间知有我也。按《汉武帝内传》所载董双成、许飞琼，皆西王母侍儿，东坡用此事，乃知陆辰州得榴花之事于晁氏为不妄也。《本事词》载榴花事极鄙俚，诚为妄诞。

赵彦卫《云麓漫钞》卷四：版行东坡长短句，《贺新郎》词云："乳燕飞华屋。"尝见其真迹乃"栖华屋"。（略）以此知前辈文章为后人妄改亦多矣。

项安世《项氏家说》卷八：苏公"乳燕飞华屋"之词，兴寄最深，有《离骚》经之遗法，盖以兴君臣遇合之难，一篇之中，殆不止三致意焉。瑶台之梦，主恩之难常也。幽独之情，臣心之不变也。恐西风之惊绿，忧谗之深也。冀君来而共泣，忠爱之至也。其首尾布置，全类《邶·柏舟》。或者不察其意，多疑末章专赋石榴，似与上章不属，而不知此篇意最融贯也。

吴师道《吴礼部词话·贺新郎词》：东坡《贺新郎》词"乳燕飞华屋"云云，后段"石榴半吐红巾蹙"以下，皆咏榴。（略）别一格也。

《瀛奎律髓汇评》卷二六《变体类》方回评苏轼《首夏官舍

即事》：如初夏《贺新郎》词后一段全说榴花，亦他人所不能也。

《草堂诗余》别集卷四沈际飞评：换头单说榴花，高手作文，语意到处即为之，不当限以绳墨。

榴花开，榴花谢，以芳心共粉泪想像，咏物妙境。

凡作事或具深衷，或即时事，工与不工，则作手之本色，自莫可掩。《贺新郎》一词，茗溪正之诚然，而为秀兰非为秀兰，不必论也。两家纷然，子瞻在泉，不笑其多事耶？

又评宋谦父《贺新郎》（唤起东坡老）：谁敢者？东坡一生任达，看来还跳不出笼子，当局不如旁观，泊如。

王又华《古今词论》引毛稚黄语：前半泛写，后半专叙，盖宋词人多此法。如子瞻《贺新郎》后段只说石榴，《卜算子》后段只说鸿雁，周清真《寒食》词后段只说邂逅，乃更觉意长。

许昂霄《词综偶评·宋词》：东坡《贺新凉》词，后段单说榴花。荆公咏榴花，有"万绿丛中红一点，动人春色不须多"之句。

周济《介存斋论词杂著·应歌应社词》：北宋有无谓之词以应歌，南宋有无谓之词以应社。然美成《兰陵王》，东坡《贺新凉》，当筵命笔，冠绝一时。

谢元淮《填词浅说·词禁须活看》：苏轼《贺新郎》词"花前对酒不忍触，共粉泪，两簌簌"三句，连用十一仄字。其余四仄四平，指不胜屈，岂能尽谐律吕，恐其中不无尚可商榷者。

丁绍仪《听秋声馆词话》卷一一《苏轼贺新郎词》：《贺新郎》调一百十六字，或名《贺新凉》，或名《乳燕飞》，均因东坡词而起。其词寄托深远，与咏雁《卜算子》云"缺月挂疏桐（略）"同一比兴。乃杨湜《词话》谓为酒间召妓铺叙实事之作，谬妄殊甚。词云："乳燕飞华屋（略）。"计一百十五字。窃意"若待得君来向此"，下直接"花前对酒不忍触"，语气未洽，必系"花前"上脱一字。虽韩淲词此句亦仅七字，恐同一残缺，非全本也。其"蕊"字乃以上作平，与"两簌簌"句中"簌"

字以入作平同。

黄氏《蓼园词评·贺新郎（乳燕飞华屋）》：前一阕，是写所居之幽僻。次阕，又借榴花，以比此心蕴结，未获达于朝廷，又恐其年已老也。末四句，是花是人，婉曲缠绵，耐人寻味不尽。

沈际飞曰：恍惚轻儇。又曰：本咏夏景，至换头，单说榴花。高手作文，语意到处即为之，不当限以绳墨。又曰：榴花开，榴花谢，似芳心，"共粉泪"，想像咏物妙境。香山诗："山榴花似结巾红。"

李佳《左庵词话·宋谦甫词》：宋谦甫《贺新凉》云："唤起东坡老（略）。"此词慷慨激昂，坡老见之，定当把臂入林。

陈廷焯《白雨斋词话》卷一《东坡词别有天地》：词至东坡，一洗绮罗香泽之态，寄慨无端，别有天地。（略）《贺新凉》尤为绝构。

谭献《复堂词话·评苏轼词》：颇欲与少陵《佳人》一篇互证。（"痴儿騃女贺新凉"二句）与东坡《洞仙歌》结处同意。

洞仙歌咏柳

江南腊尽，早梅花开后，分付新春与垂柳。细腰肢，自有入格风流。仍更是、骨体清英雅秀。　　永丰坊那畔，尽日无人，惟见金丝弄晴昼。断肠是，飞絮时，绿叶成阴，无个事、一成消瘦。又莫是，东风逐君来，便吹散眉间，一点春皱。

《乌台诗案·与王诜往来诗赋》：次日（熙宁十年三月二日），轼与王诜相见。令姨媵六七人出，斟酒下食。数内有倩奴，问轼求曲子。轼遂作《洞仙歌》一首、《喜长春》一首与之。

傅藻《东坡纪年录》：（熙宁十年丁巳）三月一日，与王诜会四照亭，有倩奴者求曲，遂作《洞仙歌》《喜长春》与之。

洞仙歌

仆七岁时见眉山老尼姓朱，忘其名，年九十余，自言：尝随其师入蜀主孟昶宫中。一日大热，蜀主与花蕊夫人夜起避暑摩诃池上，作一词。朱具能记之。今四十年，朱已死，人无知此词者。但记其首两句，暇日寻味，岂《洞仙歌令》乎？乃为足之。

冰肌玉骨，自清凉无汗。水殿风来暗香满。绣帘开，一点明月窥人，人未寝、欹枕钗横鬓乱。　　起来携素手，庭户无声，时见疏星渡河汉。试问夜如何，夜已三更，金波淡，玉绳低转。但屈指，西风几时来，又不道、流年暗中偷换。

《后山诗话》：费氏，蜀之青城人，以才色入蜀宫，后主嬖之，号花蕊夫人，效王建作宫词百首。国亡，入备后宫。太祖闻之，召使陈诗。诵其《国亡》诗云："君王城上竖降旗，妾在深宫那得知。十四万人齐解甲，更无一个是男儿。"太祖悦，盖蜀兵十四万，而王师数万尔。

胡仔《苕溪渔隐丛话》前集卷六〇载《漫叟诗话》引杨元素《本事曲》：钱塘有一老尼，能诵后主诗首章两句，后人为足其意以填此词。余尝见一士人诵全篇云："冰肌玉骨清无汗，水殿风来暗香暖。帘开明月独窥人，欹枕钗横云鬓乱。起来琼户启无声，时见疏星渡河汉。屈指西风几时来，只恐流年暗中换。"又东坡《洞仙歌》序云（略）。苕溪渔隐曰：《漫叟诗话》所载《本事曲》，云钱塘一老尼能诵后主诗首章两句，与东坡《洞仙歌》序全然不同，当以序为正也。

又后集卷二六：苕溪渔隐曰：《后山诗话》谓"退之以文为诗，子瞻以诗为词，如教坊雷大使之舞，虽极天下之工，要非本色"。余谓后山之言过矣，子瞻佳词最多，（略）"冰肌玉骨，自清凉无汗"（夏夜词）；（略）凡此十余词，皆绝去笔墨畦径间，直造古人不到处，真可使人一唱而三叹。若谓以诗为词，是大不然。子瞻自言"平生不善唱曲，故有不入腔处"，非尽如此。后山乃比之教坊司雷大使舞，是何每况愈下？盖其谬耳。

周紫芝《竹坡诗话》卷二："冰肌玉骨清无汗（略）。"世传此诗为花蕊夫人作。东坡尝用此作《洞仙歌》曲，或谓东坡托花蕊以自解耳，不可知也。

张邦基《墨庄漫录》卷九：东坡作长短句《洞仙歌》，所谓"冰肌玉骨，自清凉无汗"者。公自叙云（略）。近见李公彦季成诗首章两句，后人为足其意，以填此词。其说不同。予友陈兴祖德昭云，顷见一诗话，亦题云李季成作，乃全载孟蜀主一诗："冰肌玉骨清无汗（略）。"云东坡少年，遇美人，喜《洞仙歌》，又邂逅处景色暗相似，故隐括稍协律以赠之也。予以谓此说近之，据此乃诗耳。而东坡自叙，乃云是《洞仙歌令》，盖公以此叙自晦耳。《洞仙歌》腔出近世，五代及国初未之有也。

《能改斋漫录》卷一六《伪蜀主孟昶》：徐匡璋纳女于昶，拜贵妃，别号花蕊夫人，意花不足拟其色，似花蕊翾轻也。又升号慧妃，以号如其性也。王师下蜀，太祖闻其名，命别护送。途中作词自解云："初离蜀道心将碎，离恨绵绵。春日如年，马上时时闻杜鹃。　三千宫女皆花貌，妾最蝉娟。此去朝天，只恐君王宠爱偏。"陈无己以夫人姓费，误也。

张炎《词源》卷下《杂论》：东坡词如《水龙吟》咏杨花、

咏闻笛，又如《过秦楼》《洞仙歌》《卜算子》等作，皆清丽舒徐，高出人表。

又《意趣》：词以意趣为主，要不蹈袭前人语意。如东坡（略）夏夜《洞仙歌》云："冰肌玉骨（略）。"

《草堂诗余》卷三杨慎评：（绣帘开一点）点字妙，从"柳点千家小"点字用法，"山高月小"即"一点明月窥人"。

杨慎《词品》卷一《关山一点》：杜诗"关山同一点"，点字绝妙。东坡亦极爱之，作《洞仙歌》云："一点明月窥人"，用其语也。（略）今书坊本改点作照，语意索然。且"关山同一点"，小儿亦能之，何必杜公也。幸《草堂诗余》可证。

又卷二《五代僭主能词》：五代僭伪十国之主，蜀之王衍、孟昶，南唐之李璟、李煜，吴越之钱俶皆能文，而小词尤工。如王衍之"月明如水浸宫殿"，元人用之为传奇曲子。孟昶之《洞仙歌》，东坡极称之。钱俶"金风欲飞遭掣搦，情脉脉，行即玉楼云雨隔"，为宋艺祖所赏，惜不见其全篇。

又《花蕊夫人》：花蕊夫人，宫词之外，尤工乐府。蜀亡入汴，书葭萌驿壁云："初离蜀道心将碎，离恨绵绵，春日如年，马上时时闻杜鹃。"书未毕，为军骑催行。后人续之云："三千宫女皆花貌，妾最婵娟。此去朝天，只恐君王宠爱偏。"花蕊见宋祖，犹作"更无一个是男儿"之诗，焉有随昶行而书此败节之语乎？续之者不惟虚空驾桥，而词之鄙，亦狗尾续貂矣。

胡应麟《诗薮·杂篇》卷四：孟蜀主昶，世以荒淫不道，然实留心文艺。尝与花蕊夫人纳凉，作词云："冰肌玉骨清无汗（略）。"按昶词，苏长公《洞仙歌》全隐括之。元人《琵琶记》"新篁池阁"，亦出此。而《花间集》不载。近吴兴补刻，复遗之，因录此。

又：花蕊夫人，费姓，或云徐氏。按郎瑛《类稿》，以蜀有两花蕊，皆能诗，皆亡国，皆徐氏也。王蜀徐妃二人，亦名知为诗，见《蜀梼杌》。一号花蕊，孟蜀花蕊《宫词》一卷，今传。

又"君王城上树降旗"绝句，载《后山诗话》。尝供奉故主之家，宋主问之，以张仙对，信慧黠女人也。

李日华《味水轩日记》：此词首语"冰肌玉骨，自清凉无汗"，旧传蜀花蕊夫人句，后皆坡翁续成之。豪华婉逸，如出一手，亦公自所得意者。染翰洒洒，想见其轩渠满志也。

尤侗《消夏词序》（《西堂杂俎》三集卷三）："冰肌玉骨凉无汗，水殿风来暗香满。"蜀宫人纳凉词也。东坡演为《洞仙歌》，每一咏之，枕簟泠然，如含妃子玉鱼，如挂公主澄冰帛。虽然此天上事，吾何望哉？

沈雄《古今词话·词话》上卷《词滥觞于六代》：孟昶之"冰肌玉骨，自清凉无汗"，东坡复衍足其句。

又《词品》上卷《隐括词》：沈雄曰：东京士人隐括东坡《洞仙歌》为《玉楼春》，以记摩诃池上事，见张仲素《本事记》。

又《词辨》下卷《洞仙歌》：徐苹村曰：按《漫叟诗话》，杨元素作《本事曲记》，东坡《洞仙歌》成，而后为后人寄调《玉楼春》，以诵全篇也。或传《玉楼春》为蜀主昶自制曲，若然，则东坡为衍词也，何以云足成之？

李调元《雨村词话》卷一《东坡点金》：蜀主孟昶"冰肌玉骨"一阕，本《玉楼春》调，苏子瞻《洞仙歌》隐括其词，反为添蛇足矣。《词综》谓为点金，信然。

许昂霄《词综偶评·五代十国词》：《玉楼春》（蜀主孟昶），此必隐括坡词而托名为蜀主者。苕溪渔隐曰："当以序为主。""水殿风来暗香满"唐诗"水殿风来珠帘香"。

吴衡照《莲子居词话》卷二《词品引据博洽》：杨用修《词品》四卷，论列诗余，颇具知人论世之概，不独引据博洽而已。其引据处，亦足正俗本之误。（略）杜公"关山同一点"，一点字绝妙，东坡《洞仙歌》"一点明月窥人"用此，今杜诗改点作照，成小儿语，幸《草堂诗余》注可证。其他辨订，渊该综核，终非陈耀文、胡应麟辈所可仰而攻也。

宋翔凤《乐府余论·辨洞仙歌》：按《（渔隐）丛话》载《漫叟诗话》而辨之甚备，则元素《本事曲》，仍是东坡词。所谓"见一士人诵全篇"云云者，乃《漫叟诗话》之言，不出元素也。元素与东坡同时，先后知杭州。东坡是追忆幼时词，当在杭足成之。元素至杭，闻歌此词，未审为东坡所足，事皆有之。东坡所见者蜀尼，故能记蜀宫词。若钱塘尼，何自闻之也？《本事曲》已误。至所传"冰肌玉骨清无汗"一词，不过隐括苏词，然删去数虚字，语遂平直，了无意味。盖宋自南渡，典籍散亡，小书杂出，真伪互见，《丛话》多有别白。而竹垞《词综》，顾弃此录彼，意欲变《草堂》之所选，然亦千虑之一失矣。

又《南宋人伪托石刻洞仙歌》：宋赵闻礼《阳春白雪》卷二，载宜春潘明叔云：蜀王与花蕊夫人避暑摩诃池上，赋《洞仙歌》，其词不见于世。东坡得老尼口诵两句，遂足之。蜀帅谢元明因开摩诃池，得古石刻，遂见全篇："冰肌玉骨，自清凉无汗。贝阙琳宫恨初远，玉阑干倚遍，怯尽朝寒。回首处，何必流连穆满。

芙蓉开过也，楼阁香融千片，红英泛波面。洞房深深锁，莫放轻舟瑶台去，甘与尘寰路断。更莫遣流红到人间，怕一似当时，误他刘阮。"按云："自清凉无汗"，确是避暑，而又云"怯尽朝寒"，则非避暑之意。且坡序云夜起，而此词俱昼景。其中贝阙琳宫，阑干楼阁，洞房瑶台，拉杂凑集，明是南宋人伪托。

邓廷桢《双砚斋词话·东坡洞仙歌》：东坡作《洞仙歌》，自述"少时尝闻朱姓老尼（略）"。是东坡止用其调，而非袭其词。迨后蜀帅谢元明浚摩诃池，得石刻孟昶原词，首二句"冰肌玉骨，自清凉无汗"，正与东坡所记相符。是昶词本作《洞仙歌》，尤无疑义。乃不知谁何，别作《玉楼春》一阕，伪托蜀主原词，其语句乃取坡词剪裁而成，致为浅直。而小长芦《词综》不收坡制，转录赝词，且诋坡词为点金成铁。竹垞工于顾曲者，所嗜乃颠倒如此，非惟昧昧淄渑，抑有说诬燕郢矣。

又《东坡词高华》：东坡以龙骧不羁之才，树松桧特立之操，故其词清刚隽上，囊括群英。（略）《洞仙歌》之"试问夜如何，夜已三更，金波淡，玉绳低转"，皆能簸之揉之，高华沉痛，遂为石帚导师。譬之慧能肇启南宗，实传黄梅衣钵矣。

黄氏《蓼园词评·桂枝香（登临送目）》：东坡"明月几时有""冰肌玉骨"二篇，（略）皆清空中出意趣，无笔力者难为。

陈廷焯《白雨斋词话》卷一《张惠言词选》：张氏（惠言）《词选》，可称精当，识见之超，有过于竹垞十倍者，古今选本，以此为最。（略）又东坡《洞仙歌》，只就孟昶原词敷衍成章，所感虽不同，终嫌依傍前人。《词综》讥其有点金之憾，固未为知己，而《词选》必推为杰构，亦不可解。至以吴梦窗为变调，摈之不录，所见亦左。总之，小疵不能尽免，于词中大段，却有体会。温、韦宗风，一灯不灭，赖有此耳。

沈祥龙《论词随笔·词之妙在神不在迹》：词韶丽处，不在涂脂抹粉也。诵东坡"冰肌玉骨，自清凉无汗，水殿风来暗香满"句，自觉口吻俱香。悲慨处不在叹逝伤离也，诵者卿"渐霜风凄紧，关河冷落，残照当楼"句，自觉神魂欲断。盖皆在神不在迹也。

张德瀛《词征》卷五《孟昶玉楼春词》：今观坡词，与蜀主全词吻合，非但记其两句。

王闿运《湘绮楼评词》：原本皆七言，以宜作词，故加足成此，不必以续凫断鹤讥之。然原所谓疏星即此玉绳也，此则以为流星，又有下三句，痴男不若慧女，信矣。

郑文焯《大鹤山人词话》：坡老改添此词数字，诚觉气象万千，其声亦如空山鸣泉，琴筑竞奏。

八声甘州 寄参寥子

有情风，万里卷潮来，无情送潮归。问钱塘江上，西兴浦口，几度斜晖。不用思量今古，俯仰昔人非。谁似东坡老，白首忘机。　　记取西湖西畔，正暮山好处，空翠烟霏。算诗人相得，如我与君稀。约他年、东还海道，愿谢公，雅志莫相违。西州路，不应回首，为我沾衣。

葛立方《韵语阳秋》卷一一：东坡以侍读为礼部尚书，时正得志之秋，而陈无己寄其诗乃云："经国向来须老手，有怀何必到壶头。遥知丹地开黄卷，解记清波没白鸥。"是劝其早休也。泊坡知定州，时事变矣，又为诗劝之曰："功名不朽聊通袖，海道勿违具一舟。"坡未能用其语，已而有南迁绝海之祸矣。所谓"海道勿违具一舟"者，盖用坡所作《八声甘州》"约他年，东还海道，愿谢公，雅志莫相违"之意以动公，而不知二句皆成谶也。

胡仔《苕溪渔隐丛话》后集卷二六：苕溪渔隐曰：《后山诗话》谓"退之以文为诗，子瞻以诗为词，如教坊雷大使之舞，虽极天下之工，要非本色"。余谓后山之言过矣，子瞻佳词最多，（略）"有情风，万里卷潮来，无情送潮归"（别参寥词）；（略）凡此十余词，皆绝去笔墨畦径间，直造古人不到处，真可使人一唱而三叹。若谓以诗为词，是大不然。子瞻自言"平生不善唱曲，故有不入腔处"，非尽如此。后山乃比之教坊司雷大使舞，是何每况愈下？盖其谬耳。

又卷三九《长短句》：《晋书》："谢安虽受朝寄，然东山之志，始末不渝，每形于颜色。及镇新城，尽室而行，造浮海之装，欲须经略粗定，自海道还东。雅志未就，遂遇疾笃还郡，寻薨。羊昙为安所爱重，安薨后，辍乐弥年，行不由西州路。尝因大醉，不觉至州门。左右白曰：'此西州门。'昙悲感，以马策叩扉，诵曹子建诗曰：'生存华屋处，零落归山邱。'因恸哭而去。"东坡用此故事，若世俗之论，必以为成谶矣。然其词石刻后，东坡自题云："元祐六年三月六日。"余以《东坡年谱》考之，元祐四年知杭州，六年召为翰林学士承旨，则长短句盖此时作也。自后复守颍徙扬，入长礼曹，出帅定武。至绍圣元年方南迁岭表，建中靖国元年北归，至常乃薨。凡十一载，则世俗成谶之论，安可信耶？

《草堂诗余》正集卷四沈际飞评：伸纸书去，亭亭无染，青莲出池。

王文诰《苏文忠公诗编注集成总案》卷四一：（绍圣四年丁丑）寄参寥，作《八声甘州》词。诰案：参寥欲转海来见，大率因此词发也。果来，大可免难。此词当为丁丑作。

黄氏《蓼园词评·八声甘州（有情风，万里卷潮来）：此词不过叹其久于杭州，未蒙内召耳。次阕，见人地相得，便欲订终焉之意。未免有激之言，然意自尔豪宕。

《白雨斋词话》卷八：东坡《八声甘州》（寄参寥子）结数语云："算诗人相得，如我与君稀。约他年、东还海道，愿谢公，雅志莫相违。西州路，不应回首，为我沾衣。"寄伊郁于豪宕，坡老所以为高。

郑文焯《大鹤山人词话》：突兀雪山，卷地而来，真似钱塘江上看潮时，添得此老胸中数万甲兵，是何气象雄且桀。妙在无一字豪宕，无一语险怪，又出以闲逸感喟之情，所谓骨重神寒，不食人间烟火气者，词境至此观止矣。

云锦成章，天衣无缝，是作从至情流出，不假熨帖之工。

三部乐 情景

美人如月，乍见掩暮云，更增妍绝。算应无恨，安用阴晴圆缺。娇甚空只成愁，待下床又懒，未语先咽。数日不来，落尽一庭红叶。　　今朝置酒强起，问为谁减动，一分香雪。何事散花却病，维摩无疾。却低眉，惨然不答，唱金缕，一声怨切。堪折便折，且惜取，少年花发。

阮郎归 初夏

绿槐高柳咽新蝉，薰风初入弦。碧纱窗下水沉烟，棋声惊昼眠。　　微雨过，小荷翻，榴花开欲然。玉盆纤手弄清泉，琼珠碎却圆。

沈雄《古今词话·词辨》上卷《阮郎归》：苏东坡《阮郎归》"绿槐高柳咽新蝉，薰风初入弦"，此定体也。

黄氏《蓼园词评·阮郎归（绿槐高柳咽新蝉）》：按此词清和婉丽中而风格自佳。

阮郎归 梅词

暗香浮动月黄昏，堂前一树春。东风何事入西邻，儿家常闭门。　　雪肌冷，玉容真，香腮粉未匀。折花欲寄岭头人，江南日暮云。

阮郎归 苏州席上作

一年三度过苏台，清尊长是开。佳人相问苦相猜，这回来不来。　　情未尽，老先催，人生真可咍。他年桃李阿谁栽，刘郎双鬓衰。

傅藻《东坡纪年录》：（熙宁七年甲寅）赴密过苏，有问"这回来不来"者，其色凄然，苏守嘉之，令求词，作《阮郎归》。

王文诰《苏文忠公诗编注集成总案》卷一〇：（熙宁七年甲寅）十月至金阊，饮于王诲席上，时已三过苏台，诲令歌者求公词，因作《阮郎归》词。

阮郎归

歌停檀板舞停鸾，高阳饮兴阑。兽烟喷尽玉壶乾，香分小凤团。　雪浪浅，露珠圆，捧瓯春笋寒。绛纱笼下跃金鞍，归时人倚栏。

江神子

陶渊明以正月五日游斜川，临流班坐，顾瞻南阜，爱曾城之独秀，乃作斜川诗，至今使人想见其处。元丰壬戌之春，余躬耕于东坡，筑雪堂居之。南挹四望亭之后丘，西控北山之微泉，慨然而叹，此亦斜川之游也。

梦中了了醉中醒，只渊明，是前生。走遍人间，依旧却躬耕。昨夜东坡春雨足，乌鹊喜，报新晴。　雪堂西畔暗泉鸣，北山倾，小溪横。南望亭丘，孤秀耸曾城。都是斜川当日境，吾老矣，寄余龄。

王文诰《苏文忠公诗编注集成总案》卷二一：（元丰五年壬戌二月）南挹四望亭之后邱，西控北山之微泉，慨然而叹曰："此亦斜川之游也。"作《江神子》词。

郑文焯《大鹤山人词话》：读东坡先生词，于气韵格律，并有悟到空灵妙境，匪可以词家目之，亦不得不目为词家。世每谓其以诗入词，岂知言哉？董文敏论画曰："同能不如独诣。"吾于坡仙之词亦云。

江神子 孤山竹阁送述古

翠蛾羞黛怯人看，掩霜纨，泪偷弹。且尽一尊，收泪唱《阳关》。漫道帝城天样远，天易见，见君难。画堂新构近孤山，曲阑干，为谁安。飞絮落花，春色属明年。欲棹小舟寻旧事，无处问，水连天。

傅藻《东坡纪年录》：（熙宁七年甲寅）送述古赴南都，作（略）《江神子》。

《草堂诗余》续集卷下天羽居士评：依依灼灼，喈喈嘤嘤，发蕴飞滞。

王文诰《苏文忠公诗编注集成总案》卷一〇：（熙宁七年甲寅七月）与陈襄放舟湖上，燕于孤山竹阁，作《江神子》。

江神子 江景

凤凰山下雨初晴，水风清，晚霞明。一朵芙蕖，开过尚盈盈。何处飞来双白鹭，如有意，慕娉婷。　　忽闻江上弄哀筝，苦含情，遣谁听？烟敛云收，依约是湘灵。欲待曲终寻问取，人不见，数峰青。

张邦基《墨庄漫录》卷一：东坡在杭州，一日游西湖，坐孤山竹阁前，临湖亭上，时二客皆有服，预焉。久之，湖心有一彩舟渐近亭前，靓妆数人，中有一人尤丽，方鼓筝，年且三十余，风韵娴雅，绰有态度。二客竟目送之。曲未终，翩然而逝。公戏作长短句云："凤凰山下雨初晴（略）。"

《瓮牖闲评》卷五：东坡倅钱塘日，忽刘贡父相访，因拉与同游西湖。时二刘方在服制中，至湖心，有小舟翩然至前，一妇入甚佳。见东坡，自叙："少年景慕高名，以在室无由得见，今已嫁为民妻，闻公游湖，不避罪而来。善弹筝，愿献一曲，辄求一小词，以为终身之荣，可乎？"东坡不能却，援笔而成，与之。其词云（略）。此词岂不更奇于《卜算子》耶？

郑文焯《大鹤山人词话·东坡乐府》：《江城子》湖上与张先同赋云："凤凰山下雨初晴（略）。"宋袁文《瓮牖闲评》记此词为刘贡父兄弟作，换头处作"忽闻筵上起哀筝"，此误作"江上"，盖后人因"江上数峰青"句而以意改之。不知此词本事实，于湖上遇小舟，载佳人，自云："慕公十余年，善筝，愿当筵献一曲，并赐以词为荣。"词中所咏，皆当时事也。

江神子 猎词

老夫聊发少年狂，左牵黄，右擎苍。锦帽貂裘，千骑卷平冈。为报倾城随太守，亲射虎，看孙郎。　　酒酣胸胆尚开张，鬓微霜，又何妨。持节云中，何日遣冯唐。会挽雕弓如满月，西北望，射天狼。

苏轼《与鲜于子骏书》（《苏轼文集》卷五三）：所索拙诗，岂敢措手，然不可不作，特未暇耳。近却颇作小词，虽无柳七郎风味，亦自是一家，呵呵。数日前猎于郊外，所获颇多。作得一阕，令东州壮士抵掌顿脚而歌之，吹笛击鼓以为节，颇壮观也。写呈取笑。

傅藻《东坡纪年录》：（熙宁八年乙卯）冬，祭常山回，与同官习射放鹰，（略）作《江神子》。

王文诰《苏文忠公诗编注集成总案》卷一三：（熙宁八年乙卯十月）祭常山回，小猎，与梅户曹会猎铁沟，作诗并作《江城子》词。

江神子 恨别

天涯流落思无穷，既相逢，却匆匆。携手佳人，和泪折残红。为问东风余几许，春纵在，与谁同。　　隋堤三月水溶溶，背归鸿，去吴中。回首彭城，清泗与淮通。寄我相思千点泪，流不到，楚江东。

傅藻《东坡纪年录》：（元丰元年己未）二月移知湖州，别徐州，作《江神子》。

《草堂诗余》卷三杨慎评：结句从李后主"恰似一江春水向东流"转出，更进一步。

黄氏《蓼园词评·江城子（天涯流落思无穷）》：按彭城即徐州，泗水、汴水皆在焉。其形胜，东接齐鲁，北属赵魏，南通江淮，西控梁楚。意此时东坡于彭城遇旧好，又别之而赴淮扬，临别赠言也。先从自己流落写起，言旧好遇于彭城，又匆匆折残红以泣别。别后虽有春，不能共赏矣。隋堤，汴堤也，通于淮。言我沿隋堤而下维扬，回望彭城，相去已远。纵泗水流与淮通，而泪亦寄不到，为可伤也。"楚江东"谓扬州，古称"吴头楚尾"

也，故曰吴中，又曰楚江东。

王文诰《苏文忠公诗编注集成总案》卷一八：（元丰二年己未三月）以祠部员外郎、直史馆知湖州军州事，留别田叔通、寇元弼、石坦夫，作《江神子》词。

江神子 冬景

相逢不觉又初寒，对尊前，惜流年。风紧离亭，冰结泪珠圆。雪意留君君不住，从此去，少清欢。　　转头山下转头看，路漫漫，玉花翻。银海光宽，何处是超然。知道故人相念否，携翠袖，倚朱阑。

傅藻《东坡纪年录》：（熙宁九年丙辰十二月）东武雪中送章传道，（略）作《江神子》词。

江神子

大雪有怀朱康叔使君，亦知使君之念我也，作《江神子》以寄之。

黄昏犹是雨纤纤，晓开帘，欲平檐。江阔天低，无处认青帘。孤坐冻吟谁伴我，揩病目，捻衰髯。　　使君留客醉厌厌，水晶盐，为谁甜。手把梅花，东望忆陶潜。雪似故人人似雪，虽可爱，有人嫌。

王文诰《苏文忠公诗编注集成总案》卷二一：（元丰四年辛酉十二月）雪中有怀朱寿昌，作《江神子》词。

江神子

陈直方妾嵇，钱塘人也。丐新词，为作此。钱塘人好唱《陌上花缓缓曲》，余尝作数绝以纪其事矣。

玉人家在凤凰山，水云间，掩门关。门外行人，立马看弓弯。十里春风谁指似，斜日映，绣帘斑。　　多情好事与君还，闵新鳏，拭余潸。明月空江，香雾著云鬟。陌上花开春尽也，闻旧曲，破朱颜。

《清泥莲花记》卷七：陈直方之妾，本钱塘妓人也，丐新词于苏子瞻。子瞻因直方新丧正室，而钱塘人好唱《陌上花缓缓曲》，乃引其事以戏之，其词则《江神子》也。

王文诰《苏文忠公诗编注集成》卷一〇：（熙宁六年癸丑八月）夜宿九仙无量院，闻山中歌钱王《陌上花曲》，为易《陌上花》词。

江神子 乙卯正月二十日夜记梦

十年生死两茫茫，不思量，自难忘。千里孤坟，无处话凄凉。纵使相逢应不识，尘满面，鬓如霜。　　夜来幽梦忽还乡，小轩窗，正梳妆。相顾无言，惟有泪千行。料得年年断肠处，明月夜，短松冈。

傅藻《东坡纪年录》：（熙宁八年乙卯正月）二十日记梦，作《江神子》。

王文诰《苏文忠公诗编注集成总案》卷一三：（熙宁八年乙卯正月）二十日记梦，作《江神子》词。诰案：词注谓公悼亡之作，考通义郡君卒于治平二年乙巳，至是熙宁八年乙卯，正十年也。

蝶恋花 春景

花褪残红青杏小，燕子飞时，绿水人家绕。枝上柳绵吹又少，天涯何处无芳草。　　墙里秋千墙外道，墙外行人，墙里佳人笑。笑渐不闻声渐悄，多情却被无情恼。

魏庆之《诗人玉屑》卷二○东坡《蝶恋花》：东坡《蝶恋花》词（略）。予得真本于友人处，"绿水人家绕"作"绿水人家晓"，"多情却被无情恼"，盖行人多情，佳人无情尔。此二字极有理趣，而"绕"与"晓"自霄壤也。

《林下诗谈》：子瞻在惠州，与朝云闲坐，时青女初至，落木萧萧，凄然有悲秋之意。命朝云把大白，唱"花褪残红"，朝云歌喉将啭，泪满衣襟，子瞻诘其故，答曰："奴所不能歌，是'枝上柳绵吹又少，天涯何处无芳草'也。"子瞻翻然大笑曰："吾正悲秋，而汝又伤春矣。"遂罢。朝云不久抱疾而亡，子瞻终生不复听此词。

《草堂诗余正集》卷二："枝上"二句，断送朝云。"一声何满子，肠断李延年"，正若是耳。

《草堂诗余》卷三杨慎评：（绿水人家绕）"晓"字胜于"绕"字，"晓"字有味，"绕"字呆，可悟字法。

《爱园词话·好词不易改》：古人好词即一字未易弹，亦未易改。子瞻"绿水人家绕"，别本作"晓"，为《古今词话》所赏。愚谓"绕"字虽平，然是实境，"晓"字无扳著。试通咏全篇便见。

王士禛《花草蒙拾·坡公轶伦绝群》："枝上柳绵"，恐屯田缘情绮靡，未必能过。孰谓坡但解"大江东去"耶？髯直是轶伦绝群。

尤侗《三十二芙蓉词序》（《西堂杂俎》二集卷二）：东坡"柳绵"之句，可入女郎红牙；使屯田赋《赤壁》，必不能制将军铁板之声也。

先著、程洪《词洁辑评》卷二：坡公于有韵之言，多笔走不守之憾。后半手滑，遂不能自由。少一停思，必无此矣。

《项氏家说》卷八：余又谓"枝上柳绵吹渐少，天涯何处无芳草"，此意亦深切。余在会稽，尝作《送春》诗曰："堕红一片已堪疑，吹至杨花事可知。借问春归谁与伴，泪痕都付石榴枝。"盖兼用两词之意，书生此念，千载一辙也。

沈雄《古今词话·词品》上卷《句法》："枝上柳绵吹又少，天涯何处无芳草"，苏东坡《蝶恋花》句，在可解不可解之间，姬人朝云日夕歌之，竟以病终。

又《词辨》下卷《蝶恋花》：《冷斋夜话》：东坡词云："花褪残红青杏小（略）。"东坡过海南，诸姬惟朝云随行，日咏"枝上柳绵"二句，每到流泪。及病亟，犹不释口也。东坡为作《西江月》悼之。

邓廷桢《双砚斋词话·东坡词高华》：东坡以龙骧不羁之才，树松桧特立之操，故其词清刚隽上，囊括群英。（略）至如《蝶恋花》之"枝上柳绵飞又少，天涯何处无芳草"，坡命朝云歌之，辄泫然流涕，不能成声。（略）皆能籁之揉之，高华沉痛，遂为石帚导师。譬之慧能肇启南宗，实传黄梅衣钵矣。

冯金伯《词苑萃编》卷一一《纪事》引《东坡集》：东坡制《蝶恋花》词云："花褪残红青杏小（略）。"常令朝云歌之。云唱至"柳绵"句，辄为掩抑，惆怅如不自胜，坡问之，曰："妾所不能竟者，'天涯何处无芳草'也。"

黄氏《蓼园词评·蝶恋花（花褪残红青杏小）》：沈际飞曰："枝上"一句，断送朝云。一声《何满子》，竟能使肠断，李龟年正若是耳。又曰："佳人"是"无情"，"行人"是"多情"者。按"柳绵"自是佳句，而次阕尤为奇情四溢也。

李佳《左庵词话》卷下《东坡词》：苏东坡词云："墙里秋千墙外道，墙外行人，墙里佳人笑。笑渐不闻声渐悄，多情却被无情恼。"此亦寓言，无端至谤之喻。

王闿运《湘绮楼评词》：此则逸思，非文人所宜。

蝶恋花 佳人

一颗樱桃樊素口，不爱黄金，只爱人长久。学画鸦儿犹未就，眉尖已作伤春皱。　　扑蝶西园随伴走，花落花开，渐解相思瘦。破镜重圆人在否，章台折尽青青柳。

蝶恋花 送春

雨后春容清更丽，只有离人，幽恨终难洗。北固山前三面水，碧琼梳拥青螺髻。　　一纸乡书来万里，问我何年，真个成归计。白首送春拼一醉，东风吹破千行泪。

傅藻《东坡纪年录》：（熙宁七年甲寅）得乡书，作《蝶恋花》。

蝶恋花 暮春

籁籁无风花自亸，寂寞园林，柳老樱桃过。落日多情还照坐，山青一点横云破。　　路尽河回千转柁，系缆渔村，月暗孤灯火。凭仗飞魂招楚些，我思君处君思我。

《邵氏闻见后录》卷一九：东坡别公择长短句"凭仗飞魂招楚些，我思君处君思我"，退之《与孟东野书》"以余心思足下，知足下悬悬于余"之意也。

傅藻《东坡纪年录》：（熙宁十年丁巳）公择守齐，（略）又作《蝶恋花》别公择。

《草堂诗余》别集卷二沈际飞评："落日"二句敲空有响。

蝶恋花 密州上元

灯火钱塘三五夜，明月如霜，照见人如画。帐底吹笙香吐麝，此般风味应无价。　　寂寞山城人老也，击鼓吹箫，乍入农桑社。火冷灯稀霜露下，昏昏雪意云垂野。

傅藻《东坡纪年录》：（熙宁八年乙卯）公在密州。上元，作《蝶恋花》。

王文诰《苏文忠公诗编注集成总案》卷一三：（熙宁八年乙卯正月）十五日，作《蝶恋花》词。

蝶恋花 密州冬夜文安国席上作

帘外东风交雨霰，帘里佳人，笑语如莺燕。深惜今年正月暖，灯光酒色摇金盏。　　掺鼓渔阳挝未遍，舞褪琼钗，汗湿香罗软。今夜何人吟古怨，清诗未就冰生砚。

王文诰《苏文忠公诗编注集成总案》卷一四：（熙宁九年丙辰）春夜文勋席上作《蝶恋花》词。

蝶恋花 过涟水军赠赵晦之

自古涟漪佳绝地，绕郭荷花，欲把吴兴比。倦容尘埃何处洗，真君堂下寒泉水。　　左海门前酤酒市，夜半潮来，月下孤舟起。倾盖相逢拼一醉，双凫飞去人千里。

王文诰《苏文忠公诗编注集成总案》卷二六：（元丰八年乙丑十月）过涟水，重遇赵晦之，赠《蝶恋花》词。诰案：公前赴高密，过涟水，赵晦之方为东武令。殆迁黄，晦之官于广西。至是复见，则涟水也。公过涟水，只此二次。词以吴兴比涟水，故有"绕郭荷花"之句，非十月见荷花也。

蝶恋花 述怀

云水萦回溪上路，叠叠青山，环绕溪东注。月白沙汀翘宿鹭，更无一点尘来处。　　溪叟相看私自语，底事区区，苦要为官去。尊酒不空田百亩，归来分得闲中趣。

王文诰《苏文忠公诗编注集成总案》卷二五：（元丰八年乙丑六月）初闻起知登州，公将行，有怀荆溪，作《蝶恋花》词。诰案：词云"溪上"，即荆溪也。信为起知登州，临去所作。自后入掌制命，出典雄藩，以及南迁海外，请老毗陵，未克践"归来"之语。读公述怀词，为之怃然也。

蝶恋花 送潘大临

别酒劝君君一醉，清润潘郎，又是何郎婿。记取钗头新利市，莫将分付东邻子。　　回首长安佳丽地，十五年前，我是风流帅。为向青楼寻旧事，花枝缺处余名字。

赵令畤《侯鲭录》卷一：东坡在徐州，送郑彦能还都下，问其所游，因作词云："十五年前，我是风流帅。花枝缺处留名字。"记坐中人语，尝题于壁。后秦少游薄游京师，见此词遂和之，其中有"我曾从事风流府"，公闻而笑之。

吴曾《能改斋漫录》卷一《东坡送潘邠老赴省词》：右《蝶恋花》词，东坡在黄时送潘邠老赴省试作也。今集不载。

宋翔凤《乐府余论·慢词始于耆卿》：（前引《能改斋漫录》）按其词恣亵，何减耆卿。是东坡偶作，以付饯席。使大雅，则歌者不易习，亦风会使然也。

蝶恋花
同安生日放鱼，取《金光明经》救鱼事

泛泛东风初破五，江柳微黄，万万千千缕。佳气郁葱来绣户，当年江上生奇女。　　一盏寿觞谁与举，三

个明珠，膝上王文度。放尽穷鳞看围围，天公为下曼陀雨。

蝶恋花

　　春事阑珊芳草歇，客里风光，又过清明节。小院黄昏人忆别，落红处处闻啼鴂。　　咫尺江山分楚越，目断魂销，应是音尘绝。梦破五更心欲折，角声吹落梅花月。

　　杨慎《词品》卷一《仄韵绝句》：宋人作诗与唐远，而作词不愧唐人，亦不可晓。《太平广记》载妖女一词云："五原分袂真胡越，燕折莺离芳草歇。年少烟花处处春，北邙空恨清秋月。"其词亦佳。坡词"春事阑珊芳草歇"亦用其语。或疑"歇"字似趁韵，非也。唐刘瑶诗："瑶草歇芳心耿耿。"皆有出处，一字不苟如此。

　　王士禛《花草蒙拾·坡词惊心动魄》："春事阑珊芳草歇"一首，凡六十字，字字惊心动魄。"只为一声河满子，下泉须吊孟才人"，恐无此魂销也。

　　沈雄《古今词话·词品》上卷《用字》：芳草歇，王丽真"燕拆莺离芳草歇"，苏长公"春事阑珊芳草歇"，俱本康乐诗"芳草亦未歇"来。

　　黄氏《蓼园词评·蝶恋花（春事阑珊芳草歇）》：沈际飞曰：乌啼花落，梦回月落，一境惨一境。通首是别后远忆之词，非赠别之作。题作离别，尚未确。

蝶恋花

记得画屏初会遇，好梦惊回，望断高唐路。燕子双飞来又去，纱窗几度春光暮。　　那日绣帘相见处，低眼伴行，笑整香云缕。敛尽春山羞不语，人前深意难轻诉。

蝶恋花

昨夜秋风来万里，月上屏帏，冷透人衣袂。有客抱衾愁不寐，那堪玉漏长如岁。　　羁舍留连归计未，梦断魂销，一枕相思泪。衣带渐宽无别意，新书报我添憔悴。

蝶恋花

雨霰疏疏经泼火，巷陌秋千，犹未清明过。杏子梢头香蕾破，淡红褪白胭脂涴。　　苦被多情相折挫，病绪厌厌，浑似年时个。绕遍回廊还独坐，月笼云暗重门锁。

蝶恋花

蝶懒莺慵春过半，花落狂风，小院残红满。午醉未醒红日晚，黄昏帘幕无人卷。　　云鬟髻松眉黛浅，总是愁媒，欲诉谁消遣。未信此情难系绊，杨花犹有东风管。

采桑子
润州多景楼与孙巨源相遇

多情多感仍多病，多景楼中。尊酒相逢，乐事回头一笑空。　　停杯且听琵琶语，细捻轻拢。醉脸春融，斜照江天一抹红。

傅藻《东坡纪年录》：（熙宁七年甲寅）多景楼与孙巨源相遇，作《采桑子》。

王文诰《苏文忠公诗编注集成总案》卷一〇：（熙宁七年甲寅十月）过京口与胡宗愈、王存、孙洙剧饮，游多景楼，作《采桑子》。

千秋岁 <small>湖州暂来徐州，重阳作</small>

　　浅霜侵绿，发少仍新沐。冠直缝，巾横幅。美人怜我老，玉手簪黄菊。秋露重，真珠落袖沾余馥。　　坐上人如玉，花映花奴肉。蜂蝶乱，飞相逐。明年人纵健，此会应难复。须细看，晚来月上和银烛。

　　傅藻《东坡纪年录》：（元丰元年戊午九月九日）又作《千秋岁》。

千秋岁 <small>次韵少游</small>

　　岛边天外，未老身先退。珠泪溅，丹衷碎。声摇苍玉佩，色重黄金带。一万里，斜阳正与长安对。　　道远谁云会，罪大天能盖。君命重，臣节在。新恩犹可觊，旧学终难改。吾已矣，乘桴且恁浮于海。

　　吴曾《能改斋漫录》卷二《秦少游唱和千秋岁词》：秦少游所作《千秋岁》词，予尝见诸公倡和亲笔，乃知在衡阳作也。少游云，至衡阳呈孔毅甫使君，其词云云，今更不载。毅甫本云次韵少游见赠，其词云（略）。其后东坡在儋耳，侄孙苏元老因赵秀才还自京师，以少游、毅甫赠者寄之，东坡乃次韵，录示元老，且云："便见其超然自得，不改其度之意。"其词云："岛边天外（略）"。

苏幕遮 咏选仙图

暑笼晴，风解愠。雨后余清，暗袭衣裾润。一局选仙逃暑困，笑指尊前，谁向青霄近。　　整金盆，轮玉笋。凤驾鸾车，谁敢争先进。重五休言升最紧，纵有碧油，到了输堂印。

永遇乐 寄孙巨源

长忆别时，景疏楼上，明月如水。美酒清歌，留连不住，月随人千里。别来三度，孤光又满，冷落共谁同醉。卷珠帘，凄然顾影，共伊到明无寐。　　今朝有客，来从淮上，能道使君深意。凭仗清淮，分明到海，中有相思泪。而今何在，西垣清禁，夜永露华侵被。此时看，回廊晓月，也应暗记。

傅藻《东坡纪年录》：（熙宁七年甲寅）海州寄巨源，作《永遇乐》。

王文诰《苏文忠公诗编注集成总案》卷一〇：（熙宁七年乙卯正月）寄孙洙，作《永遇乐》。诰案：此词有"别来三度，孤光又满"句，乃与巨源相别三月，而客至东武，为道巨源寄语，故作此词。时巨源以同修起居注、知制诰召还，计其必已自淮入京，故又有"而今何在，西垣清禁"及"此时看，回廊晓月"等句，道其锁宿之情事也。此词作于乙卯正月，确不可易。施注于《广陵会三同舍·孙巨源》题下云："东坡与巨源既别于海州景疏楼，后登此楼，怀巨源，作《永遇乐》。"误甚。案：此仍从施注、傅录。

永遇乐

夜宿燕子楼，梦盼盼，因作此词。

明月如霜，好风如水，清景无限。曲港跳鱼，圆荷泻露，寂寞无人见。紞如三鼓，铿然一叶，黯黯梦云惊断。夜茫茫，重寻无处，觉来小园行遍。　　天涯倦客，山中归路，望断故园心眼。燕子楼空，佳人何在，空锁楼中燕。古今如梦，何曾梦觉，但有旧欢新怨。异时对，黄楼夜景，为余浩叹。

《独醒杂志》卷三：东坡守徐州，作燕子楼乐章，方具稿，人未知之。一日，忽哄传于城中，东坡讶焉，诘其所从来，乃谓发端于逻卒。东坡召而问之。对曰："某稍知音律，尝夜宿张建封庙，闻有歌声，细听乃此词也，记而传之，初不知何谓。"东坡笑而遣之。

胡仔《苕溪渔隐丛话》后集卷二六：苕溪渔隐曰：《后山诗话》谓"退之以文为诗，子瞻以诗为词，如教坊雷大使之舞，虽极天下之工，要非本色"。余谓后山之言过矣，子瞻佳词最多，（略）"明月如霜，好风如水，清景无限"（夜登燕子楼词）；（略）凡此十余词，皆绝去笔墨畦径间，直造古人不到处，真可使人一唱而三叹。若谓以诗为词，是大不然。子瞻自言"平生不善唱曲，故有不入腔处"，非尽如此。后山乃比之教坊司雷大使舞，是何每况愈下？盖其谬耳。

《诚斋诗话》：客有自秦少游许来见东坡。坡问少游近有何诗句，客举秦《燕子楼词》云："小楼连远横空，下临绣毂雕鞍骤。"坡笑曰："又连远，又横空，又绣毂，又雕鞍，又骤，也劳攘。坡亦有此，云：'燕子楼中，佳人何在，空锁楼中燕。'"

张炎《词源》卷下：词用事最难，要体认著题，融化不涩，如东坡《永遇乐》云"燕子楼空，佳人何在，空锁楼中燕"，用张建封事。（略）此皆用事，不为事所使。

先著、程洪《词洁辑评》卷五："野云孤飞，去来无迹"，石帚之词也。此词亦当不愧此品目，仅叹赏"燕子楼空"十三字者，犹属附会浅夫。

徐釚《词苑丛谈》卷三：东坡夜登燕子楼，梦盼盼，因作《永遇乐》词云（略）。后秦少游自会稽入京，见东坡。坡云："久别当做文甚胜。都下盛唱公'山抹微云'之词。"秦逊谢，坡遽云："不意别后，公却学柳七。"秦答曰："某虽无识，亦不至是。先生之言无乃过乎？"坡云："'销魂当此际'，非柳七词句法乎？"秦惭服。又问别作何词，秦举"小桥连苑横空，下窥绣毂雕鞍骤"。坡云："十三个字，只说得一个人骑马楼前过。"秦问先生近著，坡云："亦有一词，说楼上事。"乃举"燕子楼空，佳人何在，空锁楼中燕"。晁无咎在座，云："三句说尽张建封燕子楼一段事，奇哉。"

刘体仁《七颂堂词绎》：词有与古诗同妙者，（略）"燕子楼空，佳人何在，空锁楼中燕"，平生少年之篇也。

沈雄《古今词话·词话》上卷《东坡与少游论词》：《高斋诗话》曰：（略）少游问公近著，东坡乃举"燕子楼空，佳人何在，空锁楼中燕"。晁无咎曰：三句便说尽张建封事。

邓廷桢《双砚斋词话·东坡词高华》：东坡以龙骧不羁之才，

树松桧特立之操，故其词清刚隽上，囊括群英。（略）《永遇乐》之"古今如梦，何曾梦觉，但有新欢旧怨"，（略）皆能簸之揉之，高华沉痛，遂为石帚导师。譬之慧能肇启南宗，实传黄梅衣钵矣。

黄氏《蓼园词评·满庭芳（山抹微云）》：秦问坡近著，坡举"燕子楼空，佳人何在，空锁楼中燕"。无咎在座，谓三句说尽张建封一段事，大以为奇。词之不易工如此。

蔡伯世云："子瞻辞胜乎情，耆卿情胜乎词，情辞相称者，惟少游而已。"其推重如此。张绖云：少游多婉约，子瞻多豪放。当以婉约为主。

沈曰："粘"字工，且有出处。赵文鼎"玉关芳草粘天碧"，刘叔安"暮烟细草粘天远"，叶梦得"浪粘天满桃涨绿"，皆用之。

沈曰：人之情，至少游而极，结句"已"字情波几叠。

又《南乡子（霜降水痕收）》：沈际飞曰：（略）东坡升沉去住，一生莫定，故开口说梦。如云"人间如梦"，"世事一场大梦"，"未转头时皆梦"，"古今如梦，何曾梦觉"，"君臣一梦，今古虚名"，屡读之，胸中鄙吝，自然消去。

王文诰《苏文忠公诗编注集成总案》卷一六：（元丰元年戊午十月十五日）梦登燕子楼，翌日，往寻其地，作《永遇乐》词。

李佳《左庵词话》卷下《用事最难》：词中用事最难，要体认着题，融化不涩。《永遇乐》云："燕子楼空，佳人何在，空锁楼中燕。"用张建封事。（略）皆用事不为事所使，自不落呆相。

郑文焯《手批东坡乐府》：公以"燕子楼空"三句语淮海，以示咏古之超宕，贵神情不贵迹象也。

行香子茶词

　　绮席才终，欢意犹浓。酒阑时，高兴无穷。共夸君赐，初拆臣封。看分香饼，黄金缕，密云龙。　　斗赢一水，功敌千钟。觉凉生，两腋清风。暂留红袖，少却纱笼。放笙歌散，庭馆静，略从容。

　　杨慎《词品》卷三《密云龙》：密云龙，茶名，极为甘馨。宋廖正一字明略，晚登苏东坡之门，公大奇之。时黄、秦、晁、张号苏门四学士，东坡待之厚。每来必令侍妾朝云取密云龙，家人以此知之。一日又命取密云龙，家人谓是四学士，窥之，乃廖明略也。东坡茶《行香子》云："绮席才终（略）。"

　　沈雄《古今词话·词品》上卷《用字》：密云龙，苏门四学士到必用之，茶名也。

　　又《词辨》下卷《行香子》：按东坡以二韵事，见《行香子》，秦、黄、张、晁为苏门四学士，必命取密云龙供茶，家人以此记之。廖明略晚登东坡之门，亦呼密云龙，视之则一廖明略也。东坡为赋《行香子》。

行香子寓意

　　三入承明，四至九卿。问书生，何辱何荣？金张七叶，纨绮貂缨。无汗马事，不献赋，不明经。　　成都卜肆，寂寞君平。郑子真、岩谷躬耕。寒灰炙手，人重人轻。除竺乾学，得无念，得无名。

行香子述怀

清夜无尘，月色如银。酒斟时，须满十分。浮名浮利，虚苦劳神。叹隙中驹，石中火，梦中身。 虽抱文章，开口谁亲。且陶陶、乐尽天真。几时归去，作个闲人。对一张琴，一壶酒，一溪云。

洪迈《容斋四笔》卷一五《讨论滥赏词》：东坡公《行香子》小词云："清夜无尘（略）。"绍兴初，范觉民为相，以自崇宁以来，创立法度，例有泛赏，如学校、茶盐、钱币、保伍、农田、居养、安济、寺观，开封、大理狱空，四方边事，御前内外诸局，编敕会要、学制、礼制、道史等书局，掖庭编泽，行幸、曲恩、诸色营缮、河埽功役、采石、木筏、花石等纲，祥瑞、礼乐、西城所公田、伎术、伶优、三山、永桥、明堂、西内、八宝、玄圭，种种滥赏，不可胜述。其曰应奉有劳，献颂可采，职事修举，特授特转者，又皆无名直与，及白身补官，选人改官，职名碍格，非随龙而依随龙人，非战功而依战功人等，每事各为一项，建议讨论。又行下吏部，若该载未尽名色，并合取朝廷指挥，临时参酌。追夺事件，遂为画一规式，有至夺十五官者。虽公论当然，而失职者胥动造谤，浮议蜂起。无名子因改坡语云："清要无因，举选艰辛。系书钱，须要十分。浮名浮利，虚苦劳神。叹旅中愁，心中闷，部中身。

虽抱文章，苦苦推寻。更休说，谁假谁真。不如归去，作个齐民。免一回来，一回讨，一回论。"至大字书写贴于内前墙上，逻者得之以闻。是时，伪齐刘豫方盗据河南，朝论虑或摇人心，亟罢讨论之举。范公用是为台谏所攻，今章且叟稿中正载弹疏，竟去相位。

《草堂诗余》续集卷下天羽居士评：天趣浮出，如不经心手。说得英雄，倏热倏冷。

学士一肚子不合时宜，真相知。

行香子 秋兴

昨夜霜风，先入梧桐。浑无处，回避衰容。问公何事，不语书空。但一回醉，一回病，一回慵。　朝来庭下，光阴如箭，似无言、有意伤侬。都将万事，付与千钟。任酒花白，眼花乱，烛花红。

行香子 冬思

携手江村，梅雪飘裙。情何限，处处销魂。故人不见，旧曲重闻。向望湖楼，孤山寺，涌金门。　寻常行处，题诗千首，绣罗衫，与拂红尘。别来相忆，知是何人。有湖中月，江边柳，陇头云。

行香子 过七里滩

　　一叶舟轻，双桨鸿惊。水天清，影湛波平。鱼翻藻鉴，鹭点烟汀。过沙溪急，霜溪冷，月溪明。　　重重似画，曲曲如屏。算当年、虚老严陵。君臣一梦，今古虚名。但远山长，云山乱，晓山青。

　　《草堂诗余》别集卷三沈际飞评：傲世。
　　名也是不必有的，名之误人，去利无几。
　　黄氏《蓼园词评·南乡子（霜降水痕收）》：沈际飞曰：（略）东坡升沉去住，一生莫定，故开口说梦。如云"人间如梦"，"世事一场大梦"，"未转头时皆梦"，"古今如梦，何曾梦觉"，"君臣一梦，今古虚名"，屡读之，胸中鄙吝，自然消去。
　　王文诰《苏文忠公诗编注集成总案》卷九：（熙宁六年癸丑二月）自新城放棹桐庐，过严陵滩，作《行香子》词。

行香子 与泗守过南山，晚归作

　　北望平川，野水荒湾。共寻春，飞步攲颜。和风弄袖，香雾萦鬟。正酒酣时，人语笑，白云间。　　飞鸿落照，相将归去，澹娟娟、玉宇清闲。何人无事，宴坐空山。望长桥上，灯火乱，使君还。

楼钥《跋东坡行香子词》(《攻媿集》卷七三)：《挥麈第三录》载东坡自黄州移汝州，中道起守文登，舟次泗上，偶作词云："何人无事，燕坐空山。望长桥上，灯火闹，使君还。"太守刘士彦，法家者流，山东木强人也，闻之，亟谒东坡云："知有新词，学士名满天下，一出则京师便传。在法，泗州夜过长桥者徒二年，况知州耶？切告收起，勿以示人。"东坡笑曰："轼一生罪过，开口不在徒二年以下。"吾乡丰吏部叔贾谊倅盱眙，游南山寺，有老僧云旧有苦条木一段，上有东坡亲书《行香子》词，后沉于深水中。亟募人取得之，遗墨如新，就刻其上。寻为一军官买去，析为枪杆矣。此词惟曾宝文端伯所编本有之，亦云"与泗守游南山作"，则《挥麈》所载殆未尽，岂与之同游后乃阅其词耶？偶从丰氏得墨本，既登之石，又以寄施使君武子，请刻之，以为都梁一段嘉话。

傅藻《东坡纪年录》：(元丰七年甲子)十二月，同泗州太守游南山，过七里滩，作《行香子》。

先著、程洪《词洁辑评》卷二：末语风致嫣然，便是画意。

《词苑萃编》卷二一《辨证》引苕溪渔隐语：淮北之地平夷，自京师至汴口并无山。惟隔淮方有南山。米元章名其山为第一山。有诗云："京洛风尘千里还，船头出没翠微间。莫能衡霍撞星斗．且是东南第一山。"此诗刻在南山石崖上。石崖之侧，有东坡《行香子》词，后题云"与泗守游南山作"，字画是东坡所书小字，但无姓名。崇、观间，禁元祐文字，遂镌去之。余顷居泗上，打得此二碑，至今尚存。其词云："北望平川(略)。"

黄氏《蓼园词评·行香子(北望平川)》：凡游览题，易于平呆，最难做得超隽。"飞鸿"二句，情景交融，自具隽旨。结句于旁观着笔，笔笔有余妍。亦是跳脱生新之法。

王文诰《苏文忠公诗编注集成总案》卷二四：(元丰七年甲子十二月)与刘士彦山行晚归，作《行香子》词。

菩萨蛮歌妓

绣帘高卷倾城出，灯前潋滟横波溢。皓齿发清歌，春愁入翠蛾。　　凄音休怨乱，我已先肠断。遗响下清虚，累累一串珠。

菩萨蛮

碧纱微露纤纤玉，朱唇渐暖参差竹。越调变新声，龙吟彻骨清。　　夜来残酒醒，惟觉霜袍冷。不见敛眉人，胭脂觅旧痕。

菩萨蛮西湖

秋风湖上萧萧雨，使君欲去还留住。今日漫留君，明朝愁杀人。　　佳人千点泪，洒向长河水。不用敛双蛾，路人啼更多。

傅藻《东坡纪年录》：（熙宁七年甲寅）送述古赴南都，作（略）《菩萨蛮》。

王文诰《苏文忠公诗编注集成总案》卷一二：（熙宁七年甲

寅七月）再作《菩萨蛮》词。

菩萨蛮杭妓往苏迓新守

玉童西迓浮丘伯，洞天冷落秋萧瑟。不用许飞琼，瑶台空月明。　　清香凝夜宴，借与韦郎看。莫便向姑苏，扁舟下五湖。

《西湖游览志余》卷一六《香奁艳语》：唐宋间，郡守新到，营妓皆出境而迎，既去，犹得以麟鸿往返，觊不为异。（略）苏子瞻送杭妓往苏州迎新守《菩萨蛮》云云，（略）此亦足觇一时之风气矣。

菩萨蛮

天怜豪俊腰金晚，故教月向松江满。清景为淹留，从君都占秋。　　身闲惟有酒，试问清游首。帝梦已遥思，匆匆归去时。

张先《定风波令》：雪溪席上，同会者六人，杨元素侍读、刘孝叔吏部、苏子瞻、李公择二学士、陈令举贤良。
　　西阁名臣奉诏行，南床吏部锦衣荣。中有瀛仙宾与主，相遇，平津选首更神清。　　溪上玉楼同宴喜，欢醉，对堤杯叶惜秋英。尽道贤人聚吴分，试问，也应傍有老人星。
　　苏轼《书游垂虹亭》（《东坡题跋》卷六）：吾昔自杭移高

密，与杨元素同舟，而陈令举、张子野皆从吾过李公择于湖，遂与刘孝叔俱至松江。夜半月出，置酒垂虹亭上。子野年八十五，以歌词闻于天下，作《定风波令》。其略云："见说贤人聚吴分，试问，也应傍有老人星。"坐客欢甚，有醉倒者，此乐未尝忘也。今七年尔，子野、孝叔、令举皆为异物。而松江桥亭，今岁七月九日，海风驾潮，平地丈余，荡尽无复子遗矣。追思曩时，真一梦也。元丰四年十月二十日黄州临皋亭书。

王文诰《苏文忠公诗编注集成总案》卷一〇：（熙宁七年甲寅九月）遂与刘述、张先俱至松江，夜半月出，置酒垂虹亭上，张先年八十五，以歌词闻于天下，歌《定风波令》，有"见说贤人聚吴分，试问，也应傍有老人星"句，坐客欢甚。诰案：子野此曲，即六客词，作于湖州。越十五年，公出守杭州，有后六客词。

菩萨蛮 述古席上

娟娟缺月西南落，相思拨断琵琶索。枕泪梦魂中，觉来眉晕重。　　华堂堆烛泪，长笛吹新水。醉客各西东，应思陈孟公。

傅藻《东坡纪年录》：（熙宁七年甲寅）送述古赴南都，作（略）《菩萨蛮》。

《草堂诗余》续集卷上天羽居士评：以孟公方述古，今成滥套。

菩萨蛮 感旧

玉笙不受朱唇暖，离声凄咽胸填满。遗恨几千秋，恩留人不留。　　他年京国酒，泫泪攀枯柳。莫唱短因缘，长安远似天。

傅藻《东坡纪年录》：（熙宁七年甲寅）润州和元素《菩萨蛮》。

菩萨蛮 新月

画檐初挂弯弯月，孤光未满先忧缺。遥认玉帘钩，天孙梳洗楼。　　佳人言语好，不愿求新巧。此恨固应知，愿人无别离。

菩萨蛮 七夕

风回仙驭云开扇，更阑月堕星河转。枕上梦魂惊，晓檐疏雨零。　　相逢虽草草，长共天难老。终不羡人间，人间日似年。

苏轼《与章质夫》（《苏轼文集》卷五五）：《七夕》词亦
录呈。

菩萨蛮_{有寄}

城隅静女何人见，先生日夜歌彤管。谁识蔡姬贤，
江南顾彦先。　　先生那久困，汤沐须名郡。惟有谢夫
人，从来见拟伦。

菩萨蛮

买田阳羡吾将老，从来只为溪山好。来往一虚舟，
聊随物外游。　　有书仍懒著，《水调》歌归去。筋力不
辞诗，要须风雨时。

王文诰《苏文忠公诗编注集成总案》卷二五：（元丰八年乙
丑五月）归宜兴，作《菩萨蛮》词。诰案，此词确为归宜兴所
作，以合后之《蝶恋花》词，益信矣。

菩萨蛮_{回文}

落花闲院春衫薄，薄衫春院闲花落。迟日恨依依，

依依恨日迟。　　　梦回莺舌弄，弄舌莺回梦。邮便问人羞，羞人问便邮。

苏轼《与李公择书》（《苏轼文集》卷五一）：效刘十五体，作回文《菩萨蛮》四首寄去，为一笑。

又：所传小词，为伪托者，察之。然自此亦不可不密也。回文比来甚奇，尝恨其主不称。若归吾人，真可喜，可谓得其所哉，亦须出也。

又《与刘贡父书》（《东坡文集》卷五五）：示及回文小阕，律度甚致，不失雍容，欲和，殆不可及。已授歌者矣。

刘将孙《黄公诲诗序》（《养吾斋集》卷一一）：东坡神迈千古，至回文作词，语更可爱。于以见文人于诗，皆寝处而活脱之，宜诗人者之望而倡之。

菩萨蛮 夏景回文

火云凝汗挥珠颗，颗珠挥汗凝云火。琼暖碧纱轻，轻纱碧暖琼。　　　晕腮嫌枕印，印枕嫌腮晕。闲照晚妆残，残妆晚照闲。

菩萨蛮 回文

峤南江浅红梅小，小梅红浅江南峤。窥我向疏篱，篱疏向我窥。　　　老人行即到，到即行人老。离别惜残枝，枝残惜别离。

菩萨蛮 回文春闺怨

翠鬟斜幔云垂耳，耳垂云幔斜鬟翠。春晚睡昏昏，昏昏睡晚春。　　细花梨雪坠，坠雪梨花细。颦浅念谁人，人谁念浅颦。

菩萨蛮 回文夏闺怨

柳庭风静人眠昼，昼眠人静风庭柳。香汗薄衫凉，凉衫薄汗香。　　手红冰碗藕，藕碗冰红手。郎笑藕丝长，长丝藕笑郎。

菩萨蛮 回文秋闺怨

井桐双照新妆冷，冷妆新照双桐井。羞对井花愁，愁花井对羞。　　影孤怜夜永，永夜怜孤影。楼上不宜秋，秋宜不上楼。

菩萨蛮 回文冬闺怨

雪花飞暖融香颊，颊香融暖飞花雪。欺雪任单衣，衣单任雪欺。　别时梅子结，结子梅时别。归不恨开迟，迟开恨不归。

沈雄《古今词话·词品》上卷《回文》：沈雄曰：东坡《菩萨蛮》四时词，是名倒句。即晦庵之《春恨》，如"晚红飞尽春寒浅，浅寒春尽飞红晚"，卒章云"长恨送年芳，芳年送恨长"，犹不失体。若秋琼山之《秋思》，卒章云："寒光月影斜，横透碧窗纱"，平粘已失，句意又倒，此只可用倒句，而不可作回文者也。

田同之《西圃词说·邹只谟论隐括体与回文体》：词有隐括体，有回文体。回文之就句回者，自东坡、晦庵始也。其通体回者，自义仍始也。

冯金伯《词苑萃编》卷一《体制·菩萨蛮回文有二体》引王西樵语：《菩萨蛮》回文有二体，有首尾回环者，如邱琼山《秋思》，汤临川《织锦》是也。有逐句转换者，如苏子瞻《闺思》，王元美《别思》是也。

菩萨蛮

娟娟侵鬓妆痕浅，双颦相媚弯如剪。一瞬百般宜，无论笑与啼。　酒阑思翠被，特故腾腾地。生怕促归轮，微波先注人。

菩萨蛮咏足

涂香莫惜莲承步，长愁罗袜凌波去。只见舞回风，都无行处踪。　　偷穿宫样稳，并立双趺困。纤妙说应难，须从掌上看。

叶申芗《本事词》卷上《苏轼赠妓词》：坡公喜于吟咏，词集中亦多歌席酬赠之作。（略）咏美人足之《菩萨蛮》，尤觉清丽，词云："涂香莫惜莲承步（略）。"似此体物绘情，曲尽其妙，又岂皆铜琶铁板之雄豪欤？

菩萨蛮

玉环坠耳黄金饰，轻衫罩体香罗碧。缓步困春醪，春融脸上桃。　　花钿从委地，谁与郎为意。长爱月华清，此时憎月明。

菩萨蛮

湿云不动溪桥冷，嫩寒初透东风影。桥下水声长，一枝和月香。　　人怜花似旧，花比人应瘦。莫凭小栏干，夜深花正寒。

生查子 诉别

　　三度别君来，此别真迟暮。白尽老髭须，明日淮南去。　　酒罢月随人，泪湿花如雾。后月逐君还，梦绕湖边路。

　　吴衡照《莲子居词话》卷二《东坡送苏伯固诗》：东坡《送苏伯固诗》云："三度别君来（略）。"自注：效韦苏州，今见《东坡续集》，又见《东坡词》中调寄《生查子》，但据自注，是诗不是词也。

翻香令

　　金炉犹暖麝煤残，惜香更把宝钗翻。重闻处，余熏在，这一番、气味胜从前。　　背人偷盖小蓬山，更将沉水暗同然。且图得，氤氲久，为情深、嫌怕断头烟。

　　《草堂诗余》别集卷二沈际飞评：遮遮掩掩，孰谓坡老不解作儿女语。

乌夜啼 _{寄远}

莫怪归心甚速，西湖自有蛾眉。若见故人须细说，白发倍当时。　　小郑非常强记，二南依旧能诗。更有鲈鱼堪切脍，儿辈莫教知。

虞美人 _{琵琶}

定场贺老今何在，几度新声改。怨声坐使旧声阑，俗耳只知繁手，不须弹。　　断弦试问谁能晓，七岁文姬小。试教弹作辊雷声，应有开元遗老，泪纵横。

陈鹄《耆旧续闻》卷二：赵右史家有顾禧景蕃《补注东坡长短句》真迹云："按，唐人词旧本作'试教弹作忽雷声'，盖《乐府杂录》云：'康昆仑尝见一女郎弹琵琶，发声如雷。而文宗内库有二琵琶，号大忽雷小忽雷，郑中丞尝弹之。'今本作辊雷，而傅干注亦以辊雷为证，考之传记无有。"

虞美人 _{述怀}

归心正似三春草，试著莱衣小。橘怀几日向翁开，怀祖已瞑文度，不归来。　　禅心已断人间爱，只有平交在。笑论瓜葛一枰同，看取灵光新赋，有家风。

虞美人

湖山信是东南美，一望弥千里。使君能得几回来，便使尊前醉倒，且徘徊。　　沙河塘里灯初上，水调谁家唱。夜阑风静欲归时，惟有一江明月，碧琉璃。

杨绘《时贤本事曲子集》：陈述古守杭，已及瓜代。未交前数日，宴僚佐于有美堂，因请贰车苏子瞻赋词。子瞻即席而就，寄《摊破虞美人》。

傅藻《东坡纪年录》：（熙宁七年甲寅）述古将去，作《虞美人》。

王文诰《苏文忠公诗编注集成总案》卷一二：（熙宁七年甲寅）七月，（略），陈襄将罢任，宴僚佐于有美堂，作《虞美人》。

虞美人

波声拍枕长淮晓，隙月窥人小。无情汴水自东流，只载一船离恨，向西州。　　竹溪花浦曾同醉，酒味多于泪。谁教风鉴在尘埃，酝造一场烦恼，送人来。

《御选历代诗余》卷一一五引《冷斋夜话》：东坡初未识少游，少游知其将复过维扬，作坡笔语，题壁于一山寺中，东坡果不能辨，大惊。及见孙莘老，出少游诗词数百篇，读之，乃叹曰："向书壁者，定此郎也。"后与少游维扬饮别，作《虞美人》词曰（略）。世传为贺方回作，山谷云：大观中，于扬州见其亲笔，醉墨超脱，气压子猷，盖东坡词也。

吴曾《能改斋漫录》卷一《载将离恨过江南》：东坡长短句云："无情汴水自东流，只载一船离恨，过西州。"张文潜用其意，以为诗云："亭亭画舸系春潭，只待行人酒半酣。不管烟波与风雨，载将离恨过江南。"王平甫尝爱而诵之，彼不知其出于东坡也。

黄氏《蓼园词评·虞美人（波声拍枕长淮晓）》：扬州廨，王敦所创，开东西南三门，俗谓之西州。《冷斋夜话》云：东坡与少游维扬饮别作此。世传贺方回作，非也。山谷亦云。大观中，于金陵见其亲笔，实东坡词也。只寻常赠别之作，已写得清新浓厚如此。想是时少游在扬州，而东坡自汴抵扬，又与之饮别也。首一阕，是东坡自叙其舟中抵扬情事。第二阕，是叙与少游情分，"风鉴在尘埃"，是惜少游，此其所以烦恼也。

王文诰《苏文忠公诗编注集成总案》卷二四：（元丰七年甲子十一月）与秦观淮上饮别，作《虞美人》词。诰案：此词作于淮上，词意甚明，而《冷斋夜话》以为维扬饮别者，误。公与少游未尝遇于维扬，且少游见公金山而归，有公竹西所寄书为据。

虞美人

持杯遥劝天边月，愿月圆无缺。持杯复更劝花枝，且愿花枝长在，莫离披。　　持杯月下花前醉，休问荣枯事。此欢能有几人知，对酒逢花不饮、待何时。

《草堂诗余》别集卷二沈际飞评：道氏曲，佛氏赞。
奇于"劝"字、"愿"字。
沈雄《古今词话·词话》卷上《欧黄词同一意致》：《柳塘词话》曰："欧阳公云'把酒祝东风，且共从容'，与东坡《虞美人》云'持杯遥劝天边月，愿月圆无缺'，同一意致。"

虞美人

冰肌自是生来瘦，那更分飞后。日长帘幕望黄昏，及至黄昏时候，转销魂。　　君还知道相思苦，怎忍抛奴去。不辞迢递过关山，只恐别郎容易，见郎难。

虞美人

深深庭院清明过，桃李初红破。柳丝搭在玉阑干，帘外潇潇微雨，做轻寒。　　晚晴台榭增明媚，已拼花前醉。更阑人静月侵廊，独自行来行去，好思量。

河满子 湖州作

见说岷峨凄怆，旋闻江汉澄清。但觉秋来归梦好，西南自有长城。东府三人最少，西山八国初平。　莫负花溪纵赏，何妨药市微行。试问当垆人在否，空教是处闻名。唱著子渊新曲，应须分外含情。

哨遍

陶渊明赋《归去来》，有其词而无其声。余治东坡，筑雪堂于上，人俱笑其陋。独鄱阳董毅夫过而悦之，有卜邻之意。乃取《归去来》词，稍加隐括，使就声律，以遗毅夫。使家僮歌之，时相从于东坡，释耒而和之，扣牛角而为之节，不亦乐乎。

为米折腰，因酒弃家，口体交相累。归去来，谁不遣君归，觉从前皆非今是。露未晞，征夫指予归路，门前笑语喧童稚。嗟旧菊都荒，新松暗老，吾年今已如此。但小窗容膝闭柴扉，策杖看孤云暮鸿飞。云出无心，鸟倦知还，本非有意。　噫，归去来兮，我今忘我兼忘世。亲戚无浪语，琴书中有真味。步翠麓崎岖，泛溪窈窕，涓涓暗谷流春水。观草木欣荣，幽人自感，吾生行且休矣。念寓形宇内复几时，不自觉皇皇欲何之。委吾心，去留谁计。神仙知在何处，富贵非吾志。但知临水登山啸咏，自引壶觞自醉。此生天命更何疑，且乘流，遇坎还止。

苏轼《与朱寿昌书》（《苏轼文集》卷五九）：董义夫相聚多日，甚欢，未尝一日不谈公美也。旧好诵陶渊明《归去来》，常患其不入音律，近辄微加增损，作《般涉调哨遍》，虽微改其词，而不改其意，请以《文选》及本传考之，方知字字皆非创入也。谨作小楷一本寄上，亦请录本与郭元弼，为病倦，不及别书也。

黄庭坚《与李献父知府书》（《山谷全书》别集卷一五）：遍观古碑刻，无有用草书者，自于体制不相当，如子瞻以《哨遍》填《归去来》，终不同律也。

陈鬷《燕喜词叙》：议者曰：少游诗似曲，东坡曲似诗。盖东坡平日耿介直谅，故其为文似其为人。歌赤壁之词，使人抵掌激昂，而有击楫中流之心。歌《哨遍》之词，使人甘心淡泊，而有种菊东篱之兴。俗士则酣寐而不闻。

张炎《词源·杂论》卷下：《哨遍》一曲，隐括《归去来辞》，更是精妙，周、秦诸人所不能到。

沈义父《乐府指迷·豪放与协律》：近世作词者，不晓音律，乃故为豪放不羁之语，遂借东坡、稼轩诸贤自诿。诸贤之词，固豪放矣，不豪放处，未尝不协律也。如东坡之《哨遍》、杨花《水龙吟》、稼轩之《摸鱼儿》之类，则知贤者非不能也。

傅藻《东坡纪年录》：（元丰五年壬戌）拟斜川之游，以渊明《归去来辞》，隐括为《哨遍》。

《草堂诗余》卷五杨慎评：《醉翁亭》《赤壁前后赋》，当时俱括为词，俱泊然无味，此东坡《归去来词》独胜，不特其音律之谐也。《后山诗话》谓东坡以诗为词，如教坊雷大使之舞，极天下工，要非本色。不知东坡自云平生不善唱曲，间有不入腔处，非尽如此。观此则东坡又善唱矣，后山何比况之下也。

《草堂诗余》正集卷六沈际飞评："谁不遣君归"，棒喝。

隐括特似东坡作者。诗变而为骚，骚变而为词，皆可歌也。渊明以赋为词，故东坡云然。

贺裳《皱水轩词筌·苏黄隐括体皆不佳》：东坡隐括《归去来辞》，山谷隐括《醉翁亭》，皆堕恶趣。天下事为名人所坏者，正自不少。

沈雄《古今词话·词品》上卷《隐括词》：贺裳曰：东坡隐括《归去来辞》，山谷隐括《醉翁亭记》，两人固是好手，终堕恶趣。

王文诰《苏文忠公诗编注集成总案》卷二一：（元丰五年壬戌）董钺来游雪堂，有卜邻意，公约《归去来辞》，作《哨遍》，使其家僮扣牛角而歌之。

冯金伯《词苑萃编》卷四《品藻二·苏词隐括归去来辞》引《本事纪》云：东坡隐括《归去来辞》，山谷隐括《醉翁亭记》，两人固是词家好手。

又卷九《指摘·坡词破碎》引《溏南诗话》云：东坡酷爱《归去来辞》，既次其韵，又衍为长短句，又裂为集字诗，破碎甚矣。陶文信美，亦何必尔，是亦未免近俗也。

李佳《左庵词话》卷下《东坡词》：东坡《哨遍》词，运化《归去来辞》，非有大力量不能。此类后人不易学，亦不必学。强为之，万不能好。

杜文澜《憩园词话》卷二《俞荫甫太史词》：隐括古人之文而为词者，有苏东坡隐括《归去来辞》，黄山谷隐括《醉翁亭记》。

俞樾《徐诚庵荔园词序》：古人之诗，无不可歌者。《三百篇》以至汉魏，无论矣。至唐人而永丰、杨柳之篇，禁中奏御；黄河远上之章，旗亭传唱。盖诗与乐府未分也。其后以五言、七言限于字句，不能畅其意，乃为长短之句，抑扬顿挫，以寄流连往复之思，而词兴焉。词兴而诗于是不尽可歌矣。词之初兴，小令而已。椎轮大辂，踵事而增，柴桑《归去》之辞，东坡衍之而成《哨遍》；屈子《东皇太一》之歌，高疏寮采其意而成《莺啼序》。一唱三叹，大放厥词，实开元人北曲之权舆焉。

张德瀛《词徵》卷五《陈翼论苏词》：宋牧仲谓宋诗多沉僿，近少陵；元诗多轻扬，近太白。然词之沉僿，无过子瞻。长乐陈翼论其词云："（略）歌《哨遍》之词，使人甘心澹泊，而有种菊东篱之兴。"可谓知言。

哨遍 春词

　　睡起画堂，银蒜押帘，珠幕云垂地。初雨歇，洗出碧罗天，正溶溶养花天气。一霎暖风回芳草，荣光浮动，掩皴银塘水。方杏靥匀酥，花须吐绣，园林排比红翠。见乳燕捎蝶过繁枝，忽一线炉香逐游丝。昼永人闲，独立斜阳，晚来情味。　　便乘兴、携将佳丽，深入芳菲里。拨胡琴语，轻拢慢捻总伶俐。看紧约罗裙，急趣檀板，《霓裳》入破惊鸿起。颦月临眉，醉霞横脸，歌声悠扬云际。任满头红雨落花飞，渐鹙鹊楼西玉蟾低。尚徘徊，未尽欢意。君看今古悠悠，浮宦人间世。这些百岁，光阴几日，三万六千而已。醉乡路稳不妨行，但人生，要适情耳。

赵令畤《侯鲭录》卷七：东坡老人在昌化，尝负大瓢行歌于田间。有老妇年七十，谓坡云："内翰昔日富贵，一场春梦。"坡然之。里人呼此妇为"春梦婆"。

《词品》卷二《银蒜》：东坡《哨遍》词："睡起画堂，银蒜押帘，珠幕云垂地。"（略）银蒜，盖铸银为蒜形，以押帘也。宋元亲王纳妃，公主下降，皆有银蒜押帘几百双。

许昂霄《词综偶评·宋词》：先言景，后言情，先言昼，后言夜，层次一丝不紊。楼敬思云："词到工处，未有不静细者，此亦静细之一端也。"（"银蒜押帘"二句）先从室中说起。（"初雨歇"六句）次言景象。（"方杏靥匀酥"五句）次言物类。（"独立斜阳"二句）勒住。（"便携将佳丽"二句）接人行乐。（"拨胡琴语"二句）鸣弦。（"看紧约罗裙"三句）看舞。（"鞚月临眉"三句）徵歌。（"君看今古悠悠"至末）总收。

叶申芗《本事词》卷上《春梦婆》：东坡在儋耳，自负大瓢，行歌田间，所歌皆所作《哨遍》也。适遇一媪，谓公曰："学士昔日富贵，一场春梦耳。"公为之一笑，因呼此媪为"春梦婆"。

丁绍仪《听秋声馆话》卷一一《周济哨遍词》：《东坡集》载《哨遍》二阕，一隐括《归去来辞》，一赋春宴云："睡起画堂（略）。"虽两词平仄句读均有出入，而字数则同。《词综》于"鞚月"句上落"正"字，"一霎"句"时"字作"晴"字，均误。汲古阁本"时"字作"暖"，换头句作"便乘兴携将佳丽"，"花飞"下多"坠"字，"红翠"作"翠红"，"悠飏"作"悠扬"，亦非。"飏"字应读去声。此调，宋以后作者绝少，荆溪周保绪教授济赋秋兴云："黄叶半林（略）。"句读叶韵，系用苏公隐括《归去来辞》体，不支不蔓，直可追步坡尘。

张德瀛《词徵》卷一《词与风诗意义相近》：词有与风诗意义相近者，自唐迄宋，前人巨制，多寓微旨。如（略）苏子瞻"睡起画堂"，山枢劝饮食也。

点绛唇 己巳重九和苏坚

我辈情钟，古来谁似龙山宴。而今楚甸，戏马余飞观。　　顾谓佳人，不觉秋强半。筝声远，鬓云吹乱，愁入参差雁。

王文诰《苏文忠公诗编注集成总案》卷三一：（元祐四年己巳）九月和苏坚《点绛唇》词。

点绛唇 庚午重九再用前韵

不用悲秋，今年身健还高宴。江村海甸，总作空花观。　　尚想横汾，兰菊纷相半。楼船远，白云飞乱，空有年年雁。

傅藻《东坡纪年录》：（元祐五年庚午）重九日，再和苏坚前年《点绛唇》韵。

张宗橚《词林纪事》：楼敬思云：苏公《点绛唇·重九》词"不用悲秋"二句，翻老杜诗"老去悲秋强自宽，明年此会知谁健"句也。换头使汉武帝横汾事，兼用李峤诗，亦能变化。其妙在"尚想"二字、"空有"二字，便是化实为虚。橚按：《词谱》此词前段第二句，本七字句。但于第四字藏一韵，可作两句。宋吴琚词："憔悴天涯，故人相遇情如故。"舒亶词："紫雾香浓，翠华风转花随辇。""遇"字、"转"字用韵，正与此同。元词如应次蘧、萧允之诸作皆然，实本苏词也。

吴衡照《莲子居词话》卷一：今诗余如《点绛唇》次句，东坡云："今年身健还高宴。"吴琚云："故人相遇情如故。"舒亶云："翠花风转花随辇。"本七字句，而中间"健"字、"遇"字、"转"字用韵，正与此同。元词如应次蘧、萧允之诸作皆然，实本苏词也。

王文诰《苏文忠公诗编注集成总案》卷三二：（元祐五年庚午九月）九日和去岁重九《点绛唇》词。

点绛唇再和送钱公永

莫唱《阳关》，风流公子方终宴。秦山禹甸，缥缈真奇观。　　北望平原，落日山衔半。孤帆远，我歌君乱，一送西飞雁。

点绛唇

醉漾轻舟，信流引到花深处。尘缘相误，无计花间住。　　烟水茫茫，千里斜阳暮。山无数，乱红如雨，不记来时路。

黄氏《蓼园词评》周美成"桃溪不作从容住"：按东坡有《点绛唇》词，咏天台云："醉漾轻舟（略）。"盖全用刘阮天台事也，今并附于此。按周美成由秘书监徽猷阁待制出知顺昌，是其被出后，借题寄托也。东坡亦由翰林学士被谪，其《点绛唇》一词，亦其寓意耳。是皆工于写意者。

点绛唇 离恨

月转乌啼，画堂宫微生离恨。美人愁闷，不管罗衣褪。　　清泪斑斑，挥断柔肠寸。嗔人问，背灯偷揾，拭尽残妆粉。

《草堂诗余》续集卷上天羽居士评：此词洪甫云亲见东坡手迹于潮阳吴子野家，酷似少游，非少游笔。押"寸"字巧，"嗔人问"三字俏。

点绛唇

闲倚胡床，庾公楼外峰千朵。与谁同坐，明月清风我。　　别乘一来，有唱应须和。还知么，自从添个，风月平分破。

楼钥《跋袁光禄与东坡同官事迹》（《攻媿集》卷七七）：元祐五年（袁毂）倅杭州，东坡为郡守，相得甚欢。（略）如"别乘一来""风月平分破"之词，最为脍炙，正为公而作，则其宾主之间风流，可想而知也。

《草堂诗余》续集卷上天羽居士评：目空一世，身置九霄，了无怅意。

王世贞《艺苑卮言》引《词苑》：子瞻"与谁同坐，明月清风我"，"明月几时有，把酒问青天"，快语也。（略）其词浓与淡之间也。

点绛唇

红杏飘香，柳含烟翠拖轻缕。水边朱户，尽卷黄昏雨。　　烛影摇风，一枕伤春绪。归不去，凤楼何处，芳草迷归路。

殢人娇　王都尉席上赠侍人

满院桃花，尽是刘郎未见。于中更，一枝纤软。仙家日月，笑人间春晚。浓睡起，惊飞乱红千片。　　密意难传，羞容易变。平白地，为伊肠断。问君终日，怎安排心眼？须信道，司空自来见惯。

《乌台诗案·与王诜往来诗赋》：次日（熙宁十年三月二日），轼与王诜相见。令姨媵六七人出，斟酒下食。数内有倩奴，问轼求曲子。轼遂作《洞仙歌》一首、《喜长春》一首与之。

傅藻《东坡纪年录》：（熙宁十年丁巳）三月一日，与王诜会四照亭，有倩奴者求曲，遂作《洞仙歌》《喜长春》与之。按：朱祖谋疑《喜长春》即《殢人娇》别名。

程大昌《演繁露》卷一三：李太白《越女词》曰："东阳素足女，会稽素舸郎。相看月未堕，白地断肝肠。"此东坡长短句取以为"平白地，为伊肠断"也。

《草堂诗余》别集卷三沈际飞评：一段神姿举动，反显出唐诗高雅。

叶申芗《本事词》卷上《苏轼赠妓词》：坡公喜于吟咏，词集中亦多歌席酬赠之作。（略）又赠王都尉晋卿侍姬，则有《殢人娇》云："满院桃花（略）。"

王文诰《苏文忠公诗编注集成总案》卷一〇：（熙宁十年丁巳）三月二日寒食，与王诜作北城之游，饮于四照亭上，作《殢人娇》词。

殢人娇 赠朝云

白发苍颜，正是维摩境界。空方丈，散花何碍。朱唇箸点，更髻鬟生彩。这些个，千生万生只在。 好事心肠，著人情态。闲窗下，敛云凝黛。明朝端午，待学纫兰为佩。寻一首好诗，要书裙带。

王文诰《苏文忠公诗编注集成总案》卷三九：（绍圣二年乙亥）五月四日，赠朝云《殢人娇》词。

殢人娇 戏邦直

别驾来时，灯火荧煌无数。向青琐，隙中偷觑。元来便是，共彩鸾仙侣。方见了，管须低声说与。　　百子流苏，千枝宝炬。人间有，洞房烟雾。春来何事，故抛人别处。坐望断，楼中远山归路。

诉衷情送述古迓元素

钱塘风景古来奇，太守例能诗。先驱负弩何在，心已誓江西。　　花尽后，叶飞时，雨凄凄。若为情绪，更问新官，向旧官啼。

傅藻《东坡纪年录》：（熙宁七年甲寅）送述古迎元素，作《诉衷情》。

王文诰《苏文忠公诗编注集成总案》卷一二：（熙宁七年甲寅七月）杨绘自应天来代，作《诉衷情》。

诉衷情海棠

海棠珠缀一重重，清晓近帘栊。胭脂谁与匀淡，偏向脸边浓。　　看叶嫩，惜花红，意无穷。如花似叶，岁岁年年，共占春风。

诉衷情 琵琶女

小莲初上琵琶弦，弹破碧云天。分明绣阁幽恨，都向曲中传。　　肤莹玉，鬓梳蝉，绮窗前。素娥今夜，故故随人，似斗婵娟。

《草堂诗余别集》卷一天羽居士评：领悟独神，此题才华事实都无用。

更漏子 送孙巨源

水涵空，山照市，西汉二疏乡里。新白发，旧黄金，故人恩义深。　　海东头，山尽处，自古客槎来去。槎有信，赴秋期，使君行不归。

傅藻《东坡纪年录》：（熙宁七年甲寅）送巨源，作《更漏子》。

王文诰《苏文忠公诗编注集成总案》卷一二：（熙宁七年甲寅十月）与孙洙送别，作《更漏子》词。

更漏子

　　柳丝长，春雨细，花外漏声迢递。惊塞雁，起城乌，画屏金鹧鸪。　　香雾薄，透帘幕，惆怅谢家池阁。红烛背，绣帘垂，梦长君不知。

　　傅共《注坡词序》：《更漏子》"柳丝长""春夜阑"之类，则见于《本事集》，乃温庭筠、牛峤之词。

更漏子

　　春夜阑，更漏促，金烬暗挑残烛。惊梦断，锦屏深，两乡明月心。　　闺草碧，望归客，还是不知消息。孤负我，悔怜君，告天天不闻。

　　傅共《注坡词序》：《更漏子》"柳丝长""春夜阑"之类，则见于《本事集》，乃温庭筠、牛峤之词。

华清引 感旧

　　平时十月幸兰汤，玉甃琼梁。五家车马如水，珠玑满路旁。　　翠华一去掩方床，独留烟树苍苍。至今清夜月，依前过缭墙。

桃源忆故人_{暮春}

华胥梦断人何处，听得莺啼红树。几点蔷薇香雨，寂寞闲庭户。　　暖风不解留花住，片片著人无数。楼上望春归去，芳草迷归路。

醉落魄_{述怀}

醉醒醒醉，凭君会取这滋味。浓斟琥珀香浮蚁，一到愁肠，别有阳春意。　　须将幕席为天地，歌前起舞花前睡。从他落魄陶陶里，犹胜醒醒，惹得闲憔悴。

《能改斋漫录》卷二《兀兀陶陶词》：豫章云："'醉醒醒醉'一曲，乃《醉落魄》也。其词云（略）。此词亦有佳句，而多斧凿痕，又语高下不甚入律。或传是东坡语，非也。与'蜗角虚名''解下痴绦'之曲相似，疑是王仲父作。"

醉落魄 席上呈元素

分携如昨，人生到处萍飘泊。偶然相聚还离索，多病多愁，须信从来错。　　尊前一笑休辞却，天涯同是伤沦落。故山犹负平生约，西望峨眉，长美归飞鹤。

傅藻《东坡纪年录》：（熙宁七年甲寅）离京口呈元素，作《醉落魄》。

王文诰《苏文忠公诗编注集成总案》卷一〇：（熙宁七年甲寅九月）留别杨绘，作《醉落魄》词。

醉落魄 忆别

苍颜华发，故山归计何时决。旧交新贵音书绝，惟有佳人，犹作殷勤别。　　离亭欲去歌声咽，潇潇细雨凉吹颊。泪珠不用罗巾浥，弹在罗衣，图得见时说。

醉落魄 述怀

轻云微月，二更酒醒船初发。孤城回望苍烟合，公子佳人，不记归时节。　　巾偏扇坠藤床滑，觉来幽梦无人说。此生飘荡何时歇，家在西南，长作东南别。

谒金门 秋夜

秋帷里，长漏伴人无寐。低玉枕凉轻绣被，一番秋气味。　　晓色又侵窗纸，窗外鸡声初起。声断几声还到耳，已明声未已。

谒金门 秋兴

秋池阁，风傍晓庭帘幕。霜叶未衰吹未落，半惊鸦喜鹊。　　自笑浮名情薄，似与世人疏略。一片懒心双懒脚，好教闲处著。

谒金门 秋感

今夜雨，断送一年残暑。坐听潮声来别浦，明朝何处去。　　孤负金尊绿醑，来岁今宵圆否。酒醒梦回愁几许，夜阑还独语。

如梦令

　　元丰七年十二月十八日，浴泗州雍熙塔下，戏作《如梦令》阕。此曲本唐庄宗制，名《忆仙姿》。嫌其名不雅，故改为《如梦令》。盖庄宗作此词，卒章云："如梦，如梦，和泪出门相送。"因取以为名云。

　　水垢何曾相受，细看两俱无有。寄语揩背人，尽日劳君挥肘。轻手，轻手，居士本来无垢。

　　胡仔《苕溪渔隐丛话》后集卷三九：（前引苏词小序）《古今词话》云："后唐庄宗修内苑，掘得断碑，中有字三十二，曰'曾宴桃源深洞，一曲舞鸾歌凤。长记欲别时，残月落花烟重。如梦，如梦，和泪出门相送。'庄宗使乐工入律歌之，名曰《古记》。"但《词话》所记，多是臆说，初无所据，故不可信，当以坡言为正。

　　傅藻《东坡纪年录》：（元丰七年甲子十二月）戏作《如梦令》。

　　王文诰《苏文忠公诗编注集成总案》卷二四：（元丰七年甲子十二月）十八日，浴于雍熙塔下，戏作《如梦令》词。

如梦令 同前

　　自净方能净彼，我自汗流呀气。寄语澡浴人，且共肉身游戏。但洗，但洗，俯为人间一切。

如梦令 有寄

为向东坡传语，人在玉堂深处。别后有谁来，雪压小桥无路。归去，归去，江上一犁春雨。

如梦令 春思

手种堂前桃李，无限绿阴青子。帘外百舌儿，惊起五更春睡。居士，居士，莫忘小桥流水。

如梦令 题淮山楼

城上层楼叠𪩘，城下清淮古汴。举手揖吴云，人与暮天俱远。魂断，魂断，后夜松江月满。

如梦令

曾宴桃源深洞，一曲舞鸾歌凤。长记欲别时，和泪出门相送。如梦，如梦，残月落花烟重。

阳关曲 中秋作

暮云收尽溢清寒，银汉无声转玉盘。此生此夜不长好，明月明年何处看。

苏轼《记阳关第四声》（《苏轼文集》卷六七）：旧传《阳关三叠》，然今歌者，每句再叠而已，通一首言之，又是四叠。皆非是。或每句三唱，以应三叠之说，则丛然无复节奏。余在密州，有文勋长官，以事至密，自云得古本《阳关》，其声宛转凄断，不类向之所闻，每句皆再唱，而第一句不叠。乃知唐本三叠盖如此。及在黄州，偶读乐天《对酒》诗云："相逢且莫推辞醉，新唱《阳关》第四声。"注："第四声：'劝君更尽一杯酒。'"以此验之，若第一句叠，则此句为第五声矣，今为第四声，则第一不叠审矣。

又《书彭城观月诗》（《苏文忠公全集》卷六八）："暮云收尽溢清寒（略）。"余十八年前中秋夜，与子由观月彭城，作此诗，以《阳关》歌之。今复此夜宿于赣上，方迁岭表，独歌此曲，聊复书之，以识一时之事，殊未觉有今夕之悲，悬知有他日之喜也。

胡仔《苕溪渔隐丛话》后集卷二三：古人赋中秋词诗，例皆咏月而已，少有著题者，惟王元之云"莫辞终夕看，动是隔年期"，苏子瞻云"暮云收尽溢清寒（略）"，盖庶几焉。

旧题王十朋《百家注分类东坡先生诗》卷一八引次公曰：三诗各自说事，（略）先生皆以《阳关》歌之，乃聚为一处。

《老学庵笔记》卷五：世言东坡不能歌，故所作乐府词多不协。晁以道云："绍圣初，与东坡别于汴上，东坡酒酣，自歌《古阳关》。"则公非不能歌，但豪放不喜裁剪以就声律耳。

杨万里《诚斋诗话》：五七字绝句最少，而最难工，虽作者亦难得四句全好者。（略）东坡云（略）。四句皆好矣。

刘克庄《二苏中秋月诗跋》（《后村大全集》卷一一〇）：二苏公彭城中秋月倡和七言，可拍谪仙之肩。坡五言清丽者似鲍、庾，闲杂者似韦、柳。前人中秋之作多矣，至此一洗万古而空之。

又《后村诗话》后集卷一：（"此生此夜不长好"二句）与高适"今年人日空相忆，明年人日知何处"之句暗合。

《诗林广记》后集卷三《苏轼》：愚谓东坡此诗之意，又有《十月十五日观月黄楼席上次韵》云："为问登临好风景，明年还忆使君无？"又《和子由山茶盛开》云："雪里盛开知有意，明年开后更谁看。"王元之《黄州竹楼记》云："未知明年，又在何处。"近世有赋《赏春》词，末句云："不知来岁牡丹时，再相逢何处。"噫，好景不常，盛事难再。读此语，则令人有岁月飘忽之感云。

范晞文《对床夜语》卷三：高适《九日》诗云："纵使登高只断肠，不如独坐空搔首。"老杜有"羞将短发还吹帽，笑倩旁人为整冠"，亦反其事也。结句云"明年此会知谁健，醉把茱萸仔细看"，与刘希夷"今年花落颜色改，明年花开复谁在"之意同。气长句雅，俱不及杜。戴叔伦《对月》云："明年此夕游何处，纵有清光知对谁。"欲脱其胎而不可，盖才力不逮也。东坡用其意，作《中秋月》诗云："此生此夜不长好，明月明年何处看。"遂成绝句。

方回《瀛奎律髓·月类序》：着题诗中，梅、雪、月最难赋，故特以为类。中秋月尤难赋，"此夜一轮满，清光何处无"，僧贯休句也；"此生此夜不长好，明月明年何处看"，东坡句也；"万山不隔中秋月"，山谷一句尤奇。

翁方纲《石洲诗话》卷三:《阳关》之声,今无可考。但就此三诗绎之,与右丞"渭城"之作,若合符节。今录于此以记之。(下引王维诗及此三诗)其法以首句平起,次句仄起,三句又平起,四句又仄起,而第三句与四句之第五字,各以平仄互换。又第二句之第五字,第三句之第七字,皆用上声,譬如填词一般。渔洋先生谓"绝句乃唐乐府",信不诬也。

吴衡照《莲子居词话》卷一:唐七言绝歌法,若《竹枝》《柳枝》《清平调》《雨霖铃》《阳关》《小秦王》《八拍蛮》《浪淘沙》等阕,但异其名,即变其腔。至宋而谱之,存者独《小秦王》耳。故东坡《阳关曲》借《小秦王》之声歌之。《渔隐丛话》云:《小秦王》必杂以虚声乃可歌。此即《乐府指迷》所谓教师唱家之有衬字。其中二十八字为正格,余皆格外字,以取便于歌,如古乐府妃呼豨云云。凡七言绝皆然,不独《小秦王》也。元人歌《阳关》衍至一百余字,想亦借《小秦王》之声,非当时裂笛之旧已。

王文诰《苏文忠公诗编注集成总案》卷一五引江藩语:《阳关词》,古人但论三声,不论声调,以王维一首定此词平仄。此三诗,与摩诘毫发不爽。

郑文绰《大鹤山人词话》:"不"字律妙句天成。

阳关曲 军中

受降城下紫髯郎,戏马台南旧战场。恨君不取契丹首,金甲牙旗归故乡。

王文诰《苏文忠公诗编注集成总案》卷一五《阳关词三首·赠张继愿》:王注次公曰:三诗各自说事,先生皆以《阳关》歌之，乃聚为一处，标其题曰《阳关三绝》。诰案：别本题止《军中》二字，施本题作《右赠张继愿》，列于诗集。其《答李公择》《中秋月》二题并同。

阳关曲 李公择

　　济南春好雪初晴，才到龙山马足轻。使君莫忘雪溪女，还作《阳关》肠断声。

　　胡仔《苕溪渔隐丛话》后集卷三九《长短句》：苕溪渔隐曰：唐初歌词多是五言诗或七言诗，初无长短句。自中叶以后，至五代，渐变成长短句。及本朝则尽为此体。今所存止《瑞鹧鸪》《小秦王》二阕是七言八句诗并七言绝句诗而已。《瑞鹧鸪》犹依字易歌，若《小秦王》必须杂以虚声，乃可歌耳。"济南春好雪初晴（略）。"此《小秦王》也。皆东坡所作。

　　王士禛《带经堂诗话》卷九《标举类》：可追踪唐贤。

　　又卷一七《注家类》：东坡济南诗云："济南春好雪初晴，行到龙山马足轻。使君莫忘雪溪女，时作《阳关》肠断声。"亦《小秦王》调也。注苏者误以为孟嘉落帽之龙山，不思彼在姑孰，与济南何涉？注家之可笑如此。

　　又：坡公《阳关三绝》，其二云："济南春好雪初晴，行到龙山马足轻。使君莫忘雪溪女，时作《阳关》肠断声。"龙山在济南郡城东七十里，章邱城西南四十里，古平陵城，唐之全节也。次公注云：龙山，桓温九日所登之山。按此龙山在今江南之太平府，与济南了不相涉，诗意何缘及此？可见注诗不易，信如陆务观语周益公云云也。

　　又：济南郡城东七十里龙山镇，即《水经注》巨合城也，汉耿弇讨费敢，进兵先胁巨里，即此。东坡《阳关词》"济南春好雪初晴，行到龙山马足轻"，旧注引孟嘉落帽事，固大谬，施注竟略之，以此知注书之难，而陆务观、任渊皆不敢注苏，有以也。

王文诰《苏文忠公诗编注集成总案》卷一五《阳关词三首·答李公择》引施注：李公择先知湖州，自湖移济南，故东坡以雪溪女戏之。

邓廷桢《双砚斋词话·瑞鹧鸪编入律诗》："济南春好雪初晴（略）。"东坡《小秦王》词也，今乃编入诗集。

郑文焯《手批东坡乐府》：是阕第三句第五字，以入声为协律，盖昉于"劝君更进一杯酒"也。

减字木兰花

赠润守许仲涂，且以"郑容落籍，高莹从良"为句首。

郑庄好客，容我尊前先堕帻。落笔生风，籍籍声名不负公。　　高山白早，莹骨冰肤那解老。从此南徐，良夜清风月满湖。

《扪虱新话》下集卷九：东坡集中有《减字木兰花》词云（略）。人多不晓其意。或云：坡昔过京口，官妓郑容、高莹二人尝侍宴，坡喜之。二妓间请于坡，欲为脱籍，坡许之而终不为言。及临别，二妓复之船所恳之，坡曰："尔当持我之词以往，太守一见，便知其意。"盖是"郑容落籍，高莹从良"八字也。此老真尔狡狯耶！

傅藻《东坡纪年录》：（熙宁七年甲寅）赠润守许仲涂，作

《减字木兰花》。

《词苑萃编》卷二一《辨证》引《东皋杂录》：林希子中知润州，东坡自钱塘赴召，有官伎郑容、高莹求脱籍。东坡为一词书牒尾云："郑庄好客（略）。"盖取句端八字云。

张宗橚《词林纪事》卷五：橚按：《聚兰集》载此词，乃东坡赠润守许仲涂，非林子中也。

叶申芗《本事词》卷上《苏轼题营妓牒后词》：林希子中知润州日，子瞻自杭内召，过郡，子中留宴。席间，营妓出牒，郑容求落籍，高莹求从良。子中命呈牒于客，子瞻即题牒后云："郑庄好客（略）。"子瞻好以文为戏，虽云作谑，亦佳话也。

减字木兰花 寓意

云鬟倾倒，醉倚阑干风月好。凭仗相扶，误入仙家碧玉壶。　　连天衰草，下走湖南西去道。一舸姑苏，便逐鸱夷去得无。

姚宽《西溪丛语》卷上：《吴越春秋》云："吴国西子被杀。"杜牧之诗云："西子下姑苏，一舸逐鸱夷。"东坡词云："五湖同道，扁舟归去，仍携西子。"予问王性之，性之云："西子自下苏，一舸自逐范蠡，遂为两义。不可云范蠡将西子去也。"尝疑之，别无所据。

减字木兰花荔支

闽溪珍献，过海云帆来似箭。玉座金盘，不贡奇葩四百年。　　轻红酿白，雅称佳人纤手擘。骨细肌香，恰是当年十八娘。

减字木兰花送东武令赵晦之

贤哉令尹，三仕已之无喜愠。我独何人，犹把虚名玷搢绅。　　不如归去，二顷良田无觅处。归去来兮，待有良田是几时。

傅藻《东坡纪年录》：（熙宁八年乙卯）送东武令赵晦之归海州，作《减字木兰花》。

《爱日斋丛钞》卷三：《梦溪笔谈》记商洛间兵官赋诗云："人生心无累，何必买山钱。"遂投檄去。颇类坡词："不如归去，二顷良田无觅处。归去来兮，待有良田是几时。"近如徐渊子诗乃云："俸余宜办买山钱，却买端州占砚砖。依旧被渠驱使在，买山之事定何年。"

王文诰《苏文忠公诗编注集成总案》卷一三：（熙宁八年乙卯十一月）送赵晦之罢东武令归海州，又作《减字木兰花》词。

减字木兰花 送别

　　玉觞无味，中有佳人千点泪。学道忘忧，一念还成不自由。　　如今未见，归去东园花似霰。一语相开，匹似当初本不来。

减字木兰花 送赵令

　　春光亭下，流水如今何在也。岁月如梭，白首相看拟奈何。　　故人重见，世事年来千万变。官况阑珊，惭愧青松守岁寒。

减字木兰花

过吴兴，李公择生子，三日会客，作此词戏之。

　　惟熊佳梦，释氏老君亲抱送。壮气横秋，未满三朝已食牛。　　犀钱玉果，利市平分沾四坐。多谢无功，此事如何到得侬。

胡仔《苕溪渔隐丛话》前集卷三八：《漫叟诗话》云：东坡

最善用事，既显而易读，又切当。（略）贺人洗儿词云："犀钱玉果（略）。"南唐时，宫中尝赐洗儿果，有近臣谢表云："猥蒙宠数，深愧无功。"李主曰："此事卿安得有功。"尤为亲切。苕溪渔隐曰：《世说》，元帝生子，普赐群臣，殷羡谢曰："皇子诞育，普天同庆。臣无勋焉，而猥颁赉。"中宗曰："此事岂可使卿有勋耶。"二事相类，聊录于此。但"深愧无功"，此语东坡乃用南唐事也。

傅藻《东坡纪年录》：（熙宁七年甲寅）过吴兴，李公择生子，作《减字木兰花》。

王文诰《苏文忠公诗编注集成总案》卷一：（熙宁七年甲寅九月）李常生子方三日，作《减字木兰花》。

减字木兰花 得书

晓来风细，不会鹊声来报喜。却羡寒梅，先觉春风一夜来。　　香笺一纸，写尽回文机上意。欲卷重开，读遍千回与万回。

减字木兰花 送别

天台旧路，应恨刘郎来又去。别酒频倾，忍听《阳关》第四声。　　刘郎未老，怀恋仙乡重得到。只恐因循，不见如今劝酒人。

减字木兰花

双龙对起，白甲苍髯烟雨里。疏影微香，下有幽人昼梦长。　　湖风清软，双鹊飞来争噪晚。翠飐红轻，时下凌霄百尺英。

杨绘《时贤本事曲子集》：钱塘西湖，有诗僧清顺居其上，自名藏春坞。门前有二古松，各有凌霄花络其上。顺常昼卧其下。时子瞻为郡，一日，屏骑从过之，松风骚然。顺指落花觅句，为赋此词。

王文诰《苏文忠公诗编注集成总案》卷三二：（元祐五年庚午五月）过藏春坞，为清顺作《减字木兰花》词。

减字木兰花 赠小鬟琵琶

琵琶绝艺，年纪都来十一二。拨弄幺弦，未解将心指下传。　　主人瞋小，欲向东风先醉倒。已属君家，且更从容等待他。

减字木兰花·立春

　　春牛春杖，无限春风来海上。便与春工，染得桃红似肉红。　　春幡春胜，一阵春风吹酒醒。不似天涯，卷起杨花似雪花。

　　傅藻《东坡纪年录》：（元符二年己卯）立春日，作《减字木兰花》。

　　王文诰《苏文忠公诗编注集成总案》卷四二：（绍圣五年戊寅）正月立春日，作《减字木兰花》词。

减字木兰花·雪词

　　云容皓白，破晓玉英纷似织。风力无端，欲学杨花更耐寒。　　相如未老，梁苑犹能陪俊少。莫惹闲愁，且折江梅上小楼。

减字木兰花·花

　　玉房金蕊，宜在玉人纤手里。淡月朦胧，更有微微弄袖风。　　温香熟美，醉慢云鬟垂两耳。多谢春工，不是花红是玉红。

减字木兰花春月

　　春庭月午，摇荡香醪光欲舞。步转回廊，半落梅花
婉娩香。　　轻云薄雾，总是少年行乐处。不似秋光，
只与离人照断肠。

　　《中山诗话》：苏公居颍，春夜对月。王夫人曰："春月可喜，
秋月使人愁耳。"公谓前未及也，遂作词曰："不似秋光，只与离
人照断肠。"老杜云："秋月解伤神。"语简而益工也。
　　赵令畤《侯鲭录》卷四：元祐七年正月，东坡先生在汝阴，
州堂前梅花大开，月色少雾。先生王夫人曰："春月色胜如秋月
色，秋月色令人凄惨，春月色令人和悦，何如召赵德麟辈来饮此
花下。"先生大喜曰："吾不知子能诗邪！此真诗家语耳。"遂相
召与二客饮，用是语作《减字木兰花》词。
　　傅藻《东坡纪年录》：（元祐七年壬申）二月十五夜，与德麟
小酌聚星堂，作《减字木兰花》。
　　毛晋《后山词跋》：宋人好著诗话，未有著词话者。惟后山
集中略载一二。（略）苏公居颍春夜对月，王夫人曰："春月可
喜，秋月使人愁耳。"公谓前未及也，遂作词曰："不似秋光，只
与离人照断肠。"
　　沈雄《古今词话·词评》上卷《苏轼东坡词》：东坡知颍州
时，月下梅花盛开。王夫人曰："春月色胜如秋月色，何如召德
麟辈饮于花下。"东坡喜曰："谁谓夫人不能诗，此真诗家语也。"
作《减字木兰花》以纪之："轻风薄雾（略）。"
　　王文诰《苏文忠公诗编注集成总案》卷三四：（元祐七年壬

申正月）二十五日聚星堂前梅花大开，月色鲜霁，招赵令畤饮花下，作《减字木兰花》词。

减字木兰花 赠胜之

天然宅院，赛了千千并万万。说与贤知，表德元来是胜之。 今来十四，海里猴儿奴子是。要赌休痴，六只骰儿六点儿。

陆心源《敬斋古今黈拾遗》卷一：东坡赠胜之《减字木兰花》云：“要赌休痴，六只骰儿六点儿。”东坡以为六只皆六点，此色乃没赛也。然此句中间少一“皆”字，意却便是六只骰儿都计六点而已，而才得俗所谓六个神，乃色之最少者耳。只欠一字，辞理俱诎。

王明清《挥麈后录》卷七：徐得之君猷，阳翟人，韩康公婿也。知黄州日，东坡先生迁谪于郡，君猷周旋之不遗余力。其后君猷死于黄，东坡作祭文、挽词甚哀。又与其弟书云：“轼始谪黄州，举眼无亲，君猷一见，相待如骨肉，此意岂可忘哉。”君猷后房甚盛，东坡常闻堂上丝竹，词中谓“表德元来字胜之”者，所最宠也。东坡北归，过南都，则其人已归张乐全子厚之恕矣。厚之开燕，东坡复见之，不觉掩面号恸，妾乃顾其徒大笑。东坡每以语人，为蓄婢之戒。

减字木兰花 琴

神闲意定，万籁收声天地静。玉指冰弦，未动宫商意已传。　　悲风流水，写出寥寥千古意。归去无眠，一夜余音在耳边。

减字木兰花

银筝旋品，不用缠头千尺锦。妙思如泉，一洗闲愁十五年。　　为公少止，起舞属公公莫起。风里银山，摆撼鱼龙我自闲。

减字木兰花 赠君猷家姬

柔和性气，雅称佳名呼懿懿。解舞能讴，绝妙年中有品流。　　眉长眼细，淡淡梳妆新绾髻。懊恼风情，春著花枝百态生。

叶申芗《本事词》卷上《苏轼赠妓词》：坡公喜于吟咏，词集中亦多歌席酬赠之作。（略）又赠君猷家姬懿懿《减兰》云："柔和性气（略）。"

减字木兰花

莺初解语，最是一年春好处。微雨如酥，草色遥看近却无。　　休辞醉倒，花不看开人易老。莫待春回，颠倒红英间绿苔。

减字木兰花

江南游女，问我何年归得去。雨细风微，两足如霜挽纻衣。　　江亭夜语，喜见京华新样舞。莲步轻飞，迁客今朝始是归。

减字木兰花赠徐君猷三侍人　妩卿

娇多媚煞，体柳轻盈千万态。殢主尤宾，敛黛含颦喜又瞋。　　徐君乐饮，笑谑从伊情意恁。脸嫩敷红，花倚朱阑裹住风。

叶申芗《本事词》卷上《苏轼赠妓词》：坡公喜于吟咏，词集中亦多歌席酬赠之作。（略）又赠黄守徐君猷三侍姬，则有《减兰》三阕，与妩卿云："娇多媚煞（略）。"

减字木兰花_{胜之}

双鬟绿坠，娇眼横波眉黛翠。妙舞蹁跹，掌上身轻意态妍。　　曲穷力困，笑倚人旁香喘喷。老大逢欢，昏眼犹能仔细看。

叶申芗《本事词》卷上《苏轼赠妓词》：坡公喜于吟咏，词集中亦多歌席酬赠之作。（略）又赠黄守徐君猷三侍姬，则有《减兰》三阕，（略）与胜之云："双鬟绿坠（略）。"

减字木兰花_{庆姬}

天真雅丽，容态温柔心性慧。响亮歌喉，遏住行云翠不收。　　妙词佳曲，啭出新声能断续。重客多情，满劝金卮玉手擎。

《春渚纪闻》卷六：张无尽过黄州，而黄州徐君猷有四侍人，适张夫人携其一往婿家为浴儿之会，无尽因为戏语云："厥有美妾，良由令妻。"公即续之为小赋云："道得徵章郑赵，姓称孙姜阎齐。浴儿于玉润之家，一夔足矣；侍坐于冰清之侧，三英粲兮。"既暮而张夫人还，乃阎姬也，最为徐所宠。公复书绝句云："玉筍纤纤揭绣帘，一心偷看绿罗尖。使君三尺毡头帽，须信从来只有檐。"

叶申芗《本事词》卷上《苏轼赠妓词》：坡公喜于吟咏，词集中亦多歌席酬赠之作。（略）又赠黄守徐君猷三侍姬，则有《减兰》三阕，（略）与庆姬云："天真雅丽（略）。"

王文诰《苏文忠公诗编注集成总案》卷二一：（元丰五年壬戌十二月）张商英过黄州，会于徐大受座上，作《减字木兰花》词。

减字木兰花

空床响琢，花上春禽冰上鹨。醉梦尊前，惊起湖风入坐寒。　　转关镬索，春水流弦霜入拨。月堕更阑，更请宫高奏独弹。

减字木兰花

五月二十四日，会于无咎之随斋。主人汲泉置大盆中，渍白芙蓉，坐客翛然，无复有病暑意。

回风落景，散乱东墙疏竹影。满坐清微，入袖寒泉不湿衣。　　梦回酒醒，百尺飞澜鸣碧井。雪洒冰麾，散落佳人白玉肌。

傅藻《东坡纪年录》：（元祐七年壬申）五月，（略）二十四日会无咎随斋，汲泉渍白芙蓉，不复有病暑意，作《减字木兰花》。

减字木兰花 以大琉璃杯劝王仲翁

海南奇宝，铸出团团如栲栳。曾到昆仑，乞得山头玉女盆。　　绛州王老，百岁痴顽推不倒。海口如门，一派黄流已电奔。

减字木兰花

凭谁妙笔，横扫素缣三百尺。天下应无，此是钱塘湖上图（苏轼）。　　一般奇绝，云淡天高秋夜月。费尽丹青，只这些儿画不成（仲殊）。

杨湜《古今词话》：东坡守钱塘，刘巨济赴处州，道过钱塘，东坡留饮于中和堂，僧仲殊与焉。时堂之屏有西湖图，东坡遽索笺管作《减字木兰花》曰："凭谁妙笔，横扫素缣三百尺。天下应无，此是钱塘湖上图。"以后叠属巨济，辞逊再三，遂以属仲殊，继曰："一般奇绝，云淡天高秋夜月。费尽丹青，只这些儿画不成。"东坡大称赏之。

胡仔《苕溪渔隐丛话》后集卷三七：《复斋漫录》云："元丰末，张诜枢言龙图之守杭也，一日，宴客湖上，刘泾巨济、僧仲殊在焉，枢言命即席赋诗曲，巨济先唱云："凭谁妙笔，横扫素缣三百尺。天下应无，此是钱塘湖上图。"仲殊遽云："一般奇绝，云淡天高秋夜月。费尽丹青，只这些儿画不成。"

又（前引《古今词话》）苕溪渔隐曰：此词首句云："凭谁妙笔，横扫素缣三百尺。"则是初无此西湖图，姑言之耳。《词话》乃云"中和堂屏有西湖图"，可见其附会为说，全与词意不合。以此验之，其以为东坡作，亦必妄言，当以《复斋》为正也。

浣溪沙 新秋

风卷珠帘自上钩，萧萧乱叶报新秋。独携纤手上高楼。　　缺月向人舒窈窕，三星当户照绸缪。香生雾縠见纤柔。

方勺《泊宅编》卷上：秦观字少游，尝眷蔡州一妓陶心者，作《浣溪沙》，词中二句："缺月向人舒窈窕，三星当户照绸缪。"缺月三星，盖"心"字。爱其善状物，故书之。此乃误记东坡词耳。少游词云"一钩残月带三星"也。

浣溪沙

游蕲水清泉寺，寺临兰溪，溪水西流。

山下兰芽短浸溪，松间沙路净无泥。萧萧暮雨子规啼。　　谁道人生无再少，门前流水尚能西。休将白发唱黄鸡。

《东坡志林》卷一：黄州东南三十里为沙湖，亦曰螺师店，予买田其间。因往相田得疾，闻麻桥人庞安常善医而聋，遂往求疗。安常虽聋，而颖悟绝人，以纸画字，书不数字，辄深了人意。予戏之曰："予以手为口，君以眼为耳，皆一时异人也。"疾愈，与之同游清泉寺，寺在蕲水郭门外二里许，有王逸少洗笔泉，水极甘，下临兰溪，溪水西流，予作歌云（略）。是日剧饮而归。

陆游《入蜀记》卷四：八月十七日过回风矶，无大山，盖江边石渍耳。然水紧浪涌，过舟甚艰。过兰溪，东坡先生所谓"山下兰芽短侵溪"者。

曾敏行《独醒杂志》卷二：徐公师川尝言，东坡长短句有云："山下兰芽短侵溪，松间沙路净无泥。"白乐天诗云："柳桥晴有絮，沙路润无泥。"净、润两字，当有能辨之者。

先著、程洪《词洁辑评》卷一：坡公韵高，故浅浅语亦觉不凡。

许昂霄《词综偶评·宋词》：（松间沙路净无泥，潇潇暮雨子规啼）何减"两边山木合，终日子规啼"耶？（休将白发唱黄鸡）香山诗："听唱黄鸡与白日。"

陈廷焯《白雨斋词话》卷六《东坡浣溪沙》：东坡《浣溪沙》（游蕲水清泉寺）云："谁道人生难再少，君看流水尚能西。休将白发唱黄鸡。"愈悲郁，愈豪放，愈忠厚。令我神往。（原注：寺前水西流。）

王文诰《苏文忠公诗编注集成总案》卷二一：（元丰五年壬戌三月）疾愈，与庞医游清泉寺，饮王羲之洗笔泉，徜徉兰溪之上，作《浣溪沙》词。

浣溪沙 渔父

　　西塞山边白鹭飞，散花洲外片帆微。桃花流水鳜鱼
肥。　　　自庇一身青箬笠，相随到处绿蓑衣。斜风细雨
不须归。

　　曾慥《乐府雅词》卷中：张志和《渔父词》云（略）。东坡
云："玄真语极丽，恨其曲度不传，加数语以《浣溪沙》歌之云
（略）。"山谷见之，击节称赏，且云："惜乎'散花'与'桃花'
重叠，又渔舟少有使帆者。"乃取张、顾二词，合为《浣溪沙》
云："新妇矶头眉黛愁，女儿浦口眼波秋。惊鱼错认月沉钩。
青箬笠前无限事，绿蓑衣底一时休。斜风细雨转船头。"东坡
跋云："鲁直此词，清新婉丽，问其最得意处，以山光水色替却
玉肌花貌，真得渔父家风也。然才出新妇矶，便入女儿浦，此渔
父无乃太浪澜乎？"

　　向子諲《酒边词》卷下《浣溪沙》序：《渔父词》，张志和
兄松龄所作也，有招玄真子归隐之意。居士为姑苏郡守，浩然有
归志，因广其声，为《浣溪沙》，示姑苏诸友。其词云："乐在烟
波钓是闲，草堂松桂已胜攀。梢梢新月几回弯。　　一碧太湖三
万顷，几在相对洞庭山。狂风浪起且须还。"

　　《能改斋漫录》卷二《张志和渔父词为浣溪沙定风波》：东
坡、山谷、徐师川，既以张志和《渔父》词填为《浣溪沙》《鹧
鸪天》，其后好事者相继而作。

　　陆游《入蜀记》卷四：（乾道六年八月）十六日，过新野峡，
有石濑茂林，始闻秋莺。沙际水牛至多，往往数十为群，吴中所
无也。地属兴国军大冶县，当是土产所宜尔。（略）自过小孤，

临江峰嶂，无出其右。矶一名西塞山，即玄真子《渔父词》所谓"西塞山前白鹭飞"者。

王若虚《滹南诗话》卷二：苏、黄各因玄真子《渔父词》增为长短句，而互相讥评。山谷又取船子和尚诗为《诉衷情》，而冷斋亦载之。予谓此皆为蛇画足耳，不作可也。

刘熙载《艺概》卷四《词曲概》：张志和《渔歌子》"西塞山前白鹭飞"一阕，风流千古。东坡曾以其成句用入《鹧鸪天》，又用于《浣溪沙》，然其所足成之句，犹未若原词之妙通达化也。黄山谷亦曾以其词增为《浣溪沙》，且诵之，有矜色焉。

万澍《词律》卷一《渔歌子》附：山谷增句作《鹧鸪天》，东坡增句作《浣溪沙》，盖本调音律失传，故加字歌之。然坡止加润玄真之语，谷则增入"朝廷尚觅玄真子，何处如今更有诗"二句于"青箬笠"之上，语气不伦，可谓蛇足。

浣溪沙

十二月二日，雨后微雪，太守徐君猷携酒见过，坐上作《浣溪沙》三首。明日酒醒，雪大作，又作二首。

覆块青青麦未苏，江南云叶暗随车。临皋烟景世间无。　　雨脚半收檐断线，雪林初下瓦疏珠。归来冰颗乱粘须。

傅藻《东坡纪年录》：（元丰四年辛酉）十二月二日，雨后微雪，君猷携酒见过，作《浣溪沙》。

王文诰《苏文忠公诗编注集成总案》卷二一：（元丰四年辛酉）十一月二日雨后微雪，徐大受携酒临皋，坐上作《浣溪沙》词。

苏东坡词全集

211

浣溪沙前韵

醉梦醺醺晓未苏，门前辘辘使君车。扶头一盏怎生无。　　废圃寒蔬挑翠羽，小槽春酒冻真珠。清香细细嚼梅须。

王文诰《苏文忠公诗编注集成总案》卷二一：（元丰四年辛酉十一月二日）酒醒雪大作，和前词。

浣溪沙前韵

雪里餐毡例姓苏，使君载酒为回车。天寒酒色转头无。　　荐士已闻飞鹗表，报恩应不用蛇珠。醉中还许揽桓须。

浣溪沙再和前韵

半夜银山上积苏，朝来九陌带随车。涛江烟渚一时无。　　空腹有诗衣有结，湿薪如桂米如珠。冻吟谁伴捻髭须。

浣溪沙 前韵

万顷风涛不记苏，雪晴江上麦千车。但令人饱我愁无。　　翠袖倚风萦柳絮，绛唇得酒烂樱珠。尊前呵手镊霜须。

浣溪沙 九月九日二首

珠桧丝杉冷欲霜，山城歌舞助凄凉。且餐山色饮湖光。　　共挽朱辔留半日，强揉青蕊作重阳。不知明日为谁黄。

浣溪沙 和前韵

霜鬓真堪插拒霜，京弦危柱作伊凉。暂时流转为风光。　　未遣清尊空北海，莫因长笛赋山阳。金钗玉腕泻鹅黄。

浣溪沙<small>有感</small>

傅粉郎君又粉奴，莫教施粉与施朱。自然冰玉照香酥。　　有客能为《神女赋》，凭君送与雪儿书。梦魂东去觅桑榆。

浣溪沙<small>咏橘</small>

菊暗荷枯一夜霜，新苞绿叶照林光。竹篱茅舍出青黄。　　香雾噀人惊半破，清泉流齿怯初尝。吴姬三日手犹香。

浣溪沙

公守湖，辛未上元日，作会于伽蓝中。时长老法惠在坐。时有献剪伽花彩甚奇，谓有初春之兴。因作二首，寄袁公济。

雪颔霜髯不自惊，更将剪彩发春荣。羞颜未醉已先赪。　　莫唱黄鸡并白发，且呼张丈唤殷兄。有人归去欲卿卿。

王文诰《苏文忠公诗编注集成总案》卷三三：（元祐六年辛未）游伽蓝院，寄袁毂《浣溪沙》词。

浣溪沙前韵

料峭东风翠幕惊，云何不饮对公荣。水晶盘莹玉鳞赪。　　花影莫孤三夜月，朱颜未称五年兄。翰林子墨主人卿。

浣溪沙徐门石潭谢雨，道上作五首

照日深红暖见鱼，连溪绿暗晚藏乌。黄童白叟聚睢盱。　　麇鹿逢人虽未惯，猿猱闻鼓不须呼。归家说与采桑姑。

傅藻《东坡纪年录》：（元丰元年戊午）三月，（略）谢雨，道中作《浣溪沙》。

王文诰《苏文忠公诗编注集成总案》卷一六：（元丰元年戊午三月）时方春旱，（略）祷既应，赴潭谢雨，道中作《浣溪沙》词。

浣溪沙

　　旋抹红妆看使君，三三五五棘篱门。相挨踏破蒨罗裙。　　老幼扶携收麦社，乌鸢翔舞赛神村。道逢醉叟卧黄昏。

浣溪沙

　　麻叶层层苘叶光，谁家煮茧一村香。隔篱娇语络丝娘。　　垂白杖藜抬醉眼，捋青捣䴱软饥肠。问言豆叶几时黄。

浣溪沙

　　簌簌衣巾落枣花，村南村北响缫车。牛衣古柳卖黄瓜。　　酒困路长惟欲睡，日高人渴漫思茶。敲门试问野人家。

　　曾季貍《艇斋诗话》：东坡在徐州，作长短句云："半依古柳卖黄瓜。"今本作"牛衣古柳卖黄瓜"，非。予尝见东坡墨迹作"半依"，乃知"牛"字误也。

胡仔《苕溪渔隐丛话》前集卷五六引《高斋诗话》：东坡长短句云："村南村北卖黄瓜。"参寥诗云："隔村仿佛闻机杼，知有人家住翠微。"秦少游云："菰蒲深处疑无地，忽有人家笑语声。"三诗大同小异，皆奇句也。

王士禛《花草蒙拾·春晓亭子》"牛衣古柳卖黄瓜"，非坡仙无此胸次。

浣溪沙

软草平莎过雨新，轻沙走马路无尘。何时收拾耦耕身。　　日暖桑麻光似泼，风来蒿艾气如薰。使君元是此中人。

浣溪沙春情

道字娇讹苦未成，未应春阁梦多情。朝来何事绿鬟倾。　　彩索身轻长趁燕，红窗睡重不闻莺。困人天气近清明。

《草堂诗余》续集卷上天羽居士评：首句却生。

贺裳《皱水轩词筌·子瞻春闺词》：苏子瞻有铜琶铁板之讥，然其《浣溪沙（春闺）》曰："彩索身轻常趁燕，红窗睡重不闻莺。"如此风调，令十七八女郎歌之，岂在"晓风残月"之下。

沈雄《古今词话·词话》上卷《欧黄丽语》：弇州曰：永叔、

长公，极不能作丽语，而亦有之。永叔如"当路游丝萦醉客，隔花啼鸟唤行人"，长公如"彩索身轻长趁燕，红窗睡重不闻莺"，胜人百倍。

又《词品》上卷《句法》：人谓东坡惟唱"大江东去"，至如"彩索身轻"等语，使十七八女郎歌之，又岂在"晓风残月"之下。

浣溪沙菊节

缥缈危楼紫翠间，良辰乐事古难全。感时怀旧独凄然。　　璧月琼枝空夜夜，菊花人貌自年年。不知来岁与谁看。

浣溪沙春情

桃李溪边驻画轮，鹧鸪声里倒清尊。夕阳虽好近黄昏。　　香在衣裳妆在臂，水连芳草月连云。几时归去不销魂。

浣溪沙荷花

四面垂杨十里荷，问云何处最花多。画楼南畔夕阳和。　　天气乍凉人寂寞，光阴须得酒消磨。且来花里听笙歌。

浣溪沙赠闾丘朝议，时还徐州

一别姑苏已四年，秋风南浦送归船。画帘重见水中仙。　　霜鬓不须催我老，杏花依旧驻君颜。夜阑相对梦魂间。

王文诰《苏文忠公诗编注集成总案》卷一五：（熙宁十年丁巳八月）闾邱公显过彭城，作《浣溪沙》词。

浣溪沙有赠

惟见眉间一点黄，诏书催发羽书忙。从教娇泪洗红妆。　　上殿云霄生羽翼，论兵齿颊带风霜。归来衫袖有天香。

浣溪沙忆旧

长记鸣琴子贱堂，朱颜绿发映垂杨。如今秋鬓数茎霜。　　聚散交游如梦寐，升沉闲事莫思量。仲卿终不避桐乡。

浣溪沙 春情

风压轻云贴水飞，乍晴池馆燕争泥。沈郎多病不胜衣。　　沙上不闻鸿雁信，竹间时听鹧鸪啼。此情惟有落花知。

黄氏《蓼园词评·浣溪沙（风压轻云贴水飞）》：按此作其在被谪时乎？首尾自喻。"燕争泥"喻别人得意，"沈郎"自比。"未闻鸿雁"，无佳信息也。"鹧鸪啼"，声凄切也。通首婉恻。

浣溪沙

绍圣元年十月二十三日，与程乡令侯晋叔、归善簿谭汲同游大云寺。野饮松下，设松黄汤，作此阕。

罗袜空飞洛浦尘，锦袍不见谪仙人。携壶藉草亦天真。　　玉粉轻黄千岁药，雪花浮动万家春。醉归江路野梅新。

傅藻《东坡纪年录》：（绍圣元年甲戌十月）二十三日，与程乡令侯晋叔、归善簿谭汲游大云寺。野饮万家春于松下，设松黄汤，作《浣溪沙》。

王文诰《苏文忠公诗编注集成总案》卷三八：（绍圣元年甲戌十月）十三日（略）游大云寺，野饮松下，设松黄汤，作《浣溪沙》词。

浣溪沙<small>重九旧韵</small>

白雪清词出坐间，爱君才器两俱全。异乡风景却依然。　可恨相逢能几日，不知重会是何年。茱萸仔细更重看。

浣溪沙

元丰七年十二月二十四日，从泗州刘倩叔游南山。

细雨斜风作晓寒，淡烟疏柳媚晴滩。入淮清洛渐漫漫。　雪沫乳花浮午盏，蓼茸蒿笋试春盘。人间有味是清欢。

王文诰《苏文忠公诗编注集成总案》卷二四：（元丰七年甲子十二月）二十四日同刘倩叔游都梁山，作《浣溪沙》词。

浣溪沙 送梅庭老赴潞州学官

　　门外东风雪洒裾，山头回首望三吴。不应弹铗为无鱼。　　上党从来天下脊，先生元是古之儒。时平不用鲁连书。

浣溪沙 徐州藏春阁园中

　　惭愧今年二麦丰，千畦细浪舞晴空。化工余力染天红。　　归去山公应倒载，阑街拍手笑儿童。甚时名作锦薰笼。

　　王文诰《苏文忠公诗编注集成总案》卷一八：（元丰二年己未三月）登藏春阁，作《浣溪沙》词。

浣溪沙 同上

　　芍药樱桃两斗新，名园高会送芳辰。洛阳初夏广陵春。　　红玉半开菩萨面，丹砂浓点柳枝唇。尊前还有个中人。

王文诰《苏文忠公诗编注集成总案》卷三五：（元祐七年壬申四月）颍州西湖成，和赵令畤韵。赏芍药樱桃，作《浣溪沙》词。

浣溪沙 赠楚守田待制小鬟

学画鸦儿正妙年，阳城下蔡困嫣然。凭君莫唱短因缘。　　雾帐吹笙香嫋嫋，霜庭按舞月娟娟。曲终红袖落双缠。

《草堂诗余》续集卷上天羽居士评：风华。
叶申芗《本事词》卷上《苏轼赠妓词》：坡公喜于吟咏，词集中亦多歌席酬赠之作。其赠楚守田待制小鬟，则有《浣溪沙》两阕，一云："学画鸦儿正妙年（略）。"

浣溪沙 和前韵

一梦江湖费五年，归来风物故依然。相逢一醉是前缘。　　迁客不应常眊矂，使君为出小婵娟。翠鬟聊著小诗缠。

傅藻《东坡纪年录》：（元丰元年戊午）又藏春园赠田楚州小鬟，（略）作《浣溪沙》。
叶申芗《本事词》卷上《苏轼赠妓词》：坡公喜于吟咏，词集中亦多歌席酬赠之作。其赠楚守田待制小鬟，则有《浣溪沙》

两阕，（略）二云："一梦江湖费五年（略）。"

王文诰《苏文忠公诗编注集成总案》卷二四：（元丰七年甲子十一月）待问席上赠小鬟，作《浣溪沙》词。

浣溪沙 端午

轻汗微微透碧纨，明朝端午浴芳兰。流香涨腻满晴川。　　彩线轻缠红玉臂，小符斜挂绿云鬟。佳人相见一千年。

浣溪沙 感旧

徐邈能中酒圣贤，刘伶席地幕青天。潘郎白璧为谁连。　　无可奈何新白发，不如归去旧青山。恨无人借买山钱。

浣溪沙 自适

倾盖相逢胜白头，故山空复梦松楸。此心安处是菟裘。　　卖剑买牛吾欲老，乞浆得酒更何求。愿为辞社宴春秋。

浣溪沙 寓意

炙手无人傍屋头，萧萧晚雨脱梧楸。谁怜季子敝貂裘。　　顾我已无当世望，似君须向古人求。岁寒松柏肯惊秋。

浣溪沙 即事

画隼横江喜再游，老鱼跳槛识清讴。流年未肯付东流。　　黄菊篱边无怅望，白云乡里有温柔。挽回霜鬓莫教休。

浣溪沙 端午

入袂轻风不破尘，玉簪犀璧醉佳辰。一番红粉为谁新。　　团扇只堪题往事，新丝那解系行人。酒阑滋味似残春。

浣溪沙

几共查梨到雪霜，一经题品便生光。木奴何处避雌黄。　　北客有来初未识，南金无价喜新尝。含滋嚼句齿牙香。

浣溪沙

山色横侵蘸晕霞，湘川风静吐寒花。远林屋散尚啼鸦。　　梦到故园多少路，酒醒南望隔天涯。月明千里照平沙。

浣溪沙

缥缈红妆照浅溪，薄云疏雨不成泥。送君何处古台西。　　废沼夜来秋水满，茂林深处晚莺啼。行人肠断草凄迷。

傅藻《东坡纪年录》：（元丰元年戊午）送颜梁，作《浣溪沙》。

浣溪沙 送叶淳老

阳羡姑苏已买田，相逢谁信是前缘。莫教便唱水如天。　　我作洞霄君作守，白头相对故依然。西湖知有几同年。

浣溪沙 方响

花满银塘水漫流，犀槌玉板奏《凉州》。顺风环佩过秦楼。　　远汉碧云轻漠漠，今宵人在鹊桥头。一声敲彻绛河秋。

《草堂诗余》续集卷上天羽居士评：织女事，感慨歌者。

沈雄《古今词话·词品》上卷《用字》：方响，苏东坡有《浣溪沙》词，专咏方响者，"犀槌玉板奏《凉州》，（略）一声敲彻绛河秋"是也。按梁始为方响以代磬，用铁为之。廉郊弹琵琶，池内跃出方响一片，物类相感如此。

双荷叶

双溪月，清光偏照双荷叶。双荷叶，红心未偶，绿衣偷结。　　背风迎雨流珠滑，轻舟短棹先秋折。先秋折，烟鬟未上，玉杯微缺。

　　吴聿《观林诗话》：东坡名贾耘老之妾为双荷叶，初不晓所谓。他日，传赵德麟家所收泉南老人《杂记》，记此事云："两髻并前如双荷叶，故以名之。"如荷叶髻，见温飞卿词："裙拖安石榴，髻軃偏荷叶。"

　　傅藻《东坡纪年录》：（元丰元年己未）耘老小妓号双荷叶，作词。

皂罗特髻 采菱拾翠

　　采菱拾翠，算似此佳名，阿谁消得。采菱拾翠，称使君知客。千金买、采菱拾翠，更罗裙、满把珍珠结。采菱拾翠，正髻鬟初合。　　真个、采菱拾翠，但深怜轻拍。一双手、采菱拾翠，绣衾下、抱著俱香滑。采菱拾翠，待到京寻觅。

　　邹只谟《远志斋词衷·词体不可解》：宋人诸体亦有不可骤解者，如苏长公之《皂罗特髻》（中调）连用七"采菱拾翠"字。

　　沈雄《古今词话·词品》上卷《福唐体》：《艺苑卮言》曰：陶渊明《止酒》用二十"止"字，梁元帝《春日》用二十二"春"字，一时游戏，不足多尚。然如宋词，东坡之《皂罗特髻》，连用七"采菱拾翠"字，书舟之《四代好》，连用八"好"字，亦有不可解者，何独福唐体而疑之。

李佳《左庵词话》卷下《东坡戏作》：东坡《皂罗特髻》词，叠用"采菱拾翠"字，凡七句。或此调有此格，抑坡老游戏为之，无可考证。但此体只可偶作，究属无味。

焦循《雕菰楼词话·唐宋人词用韵》：毛大可称词本无韵，是也。偶检唐宋人词，如（略）苏轼《皂罗特髻》用得（职）、客（陌）、结（屑）、合（合）、滑（黠）、觅（锡）。

调笑令

渔父，渔父，江上微风细雨。青蓑黄箬裳衣，红酒白鱼暮归。归暮，归暮，长笛一声何处。

调笑令

归雁，归雁，饮啄江南南岸。将飞却下盘桓，塞外春来苦寒。寒苦，寒苦，藻荇欲生且住。

荷花媚 荷花

霞苞电荷碧，天然地，别是风流标格。重重青盖下，千娇照水，好红红白白。　　每恨望，明月清风夜，甚低迷不语，妖邪无力。终须放，船儿去，清香深处住，看伊颜色。

刘熙载《艺概》卷四：东坡《定风波》云："尚余孤瘦雪霜姿。"《荷华媚》云："天然地，别是风流标格。""雪霜姿""风流标格"，学坡词者，便可从此领取。

冯煦《蒿庵论词·论苏轼词》：兴化刘氏熙载，所著《艺概》，于词多洞微之言，而论东坡尤为深至。（略）《荷华媚》云"天然地，别是风流标格"，"雪霜姿""风流标格"，学东坡词者，便可从此领取。（略）观此可以得东坡矣。

李调元《雨村词话》卷一《夭邪》：东坡《荷花媚》词有句云："妖邪无力。"按：妖应作夭，音歪。出白乐天《长庆集》诗自注。今俱作妖，刻误也。

青玉案
和贺方回韵，送伯固归吴中故居

三年枕上吴中路，遣黄耳，随君去。若到松江呼小渡，莫惊鸥鹭。四桥尽是，老子经行处。　　辋川图上看春暮，常记高人右丞句。作个归期天已许。春衫犹是，小蛮针线，曾湿西湖雨。

胡仔《苕溪渔隐丛话》前集卷五九《长短句》：苕溪渔隐曰：又世传《江城子》《青玉案》二词，皆东坡所作。然《西清诗话》谓《江城子》乃叶少蕴作，《桐江诗话》谓《青玉案》乃姚进道作。

况周颐《蕙风词话》卷二《东坡青玉案》：东坡词《青玉案》，用贺方回韵，送伯固归吴中，歇拍云："作个归期天应许。

春衫犹是，小蛮针线，曾湿西湖雨。"上三句，未为甚艳。"曾湿西湖雨"是清语，非艳语。与上三句相连属，遂成奇艳、绝艳，令人爱不忍释。坡公天仙化人，此等词犹为非其至者，后学已未易摹仿其万一。

江城子

前瞻马耳九仙山，碧连天，晚云闲。城上高台，真个是超然。莫使匆匆云雨散，今夜里，月婵娟。　　小溪鸥鹭静联拳，去翩翩，点轻烟。人事凄凉，回首便他年。莫忘使君歌笑处，垂柳下，矮槐前。

傅藻《东坡纪年录》：（熙宁九年丙辰）十二月移知徐州，（略）作《江神子》。

王文诰《苏文忠公诗编注集成总案》卷一四：（熙宁九年丙辰十月）晚登超然台望月，作《江神子》词。

江城子

墨云拖雨过西楼，水东流，晚烟收。柳外残阳，回照动帘钩。今夜巫山真个好，花未落，酒新篘。　　美人微笑转星眸，月华羞，捧金瓯。歌扇萦风，吹散一春愁。试问江南诸伴侣，谁似我，醉扬州。

江城子

腻红匀脸衬檀唇，晚妆新，暗伤春。手捻花枝，谁会两眉颦。连理带头双□□，留待与，个中人。　淡烟笼月绣帘阴，画堂深，夜沉沉。谁道□□，□系得人心。一自绿窗偷见后，便憔悴，到如今。

一斛珠

洛城春晚，垂杨乱掩红楼半。小池轻浪纹如篆，烛下花前，曾醉离歌宴。　自惜风流云雨散，关山有限情无限，待君重见寻芳伴。为说相思，目断西楼燕。

杨慎《词品》卷一《填词用韵宜谐俗》：沈约之韵未必悉合声律，而今诗人守之如金科玉条。此无他，今之诗学李、杜，李、杜学六朝，往往用沈韵，故相袭不能革也。若作填词，自可通变。如朋字与蒸同押，打字与等同押。填字、画字，与怪、坏同押，乃是鸠舌之病，岂能以为法耶。元人周德清作《中原音韵》，一以中原之音为正，伟矣。然予观宋人填词，亦已有开先者。盖真见在人心目，有不约而同者。俗见之胶固，岂能眯豪杰之目哉。试举数词于右：东坡《一斛珠》云："洛城春晚（略）。"

陆蓥《问花楼词话·古今韵》：韵书非古也，汉魏以来，韵无专书，韵以通而甚宽。宋元以下，韵有成例，韵以繁而易舛。杨升庵谓沈韵为鸩舌之书，诚有激乎其言之也。（略）东坡《一斛珠》（略）用韵酌古准今，以正沈韵之失，学者所当隅反。

天仙子

走马探花花发未，人与化工俱不易。千回来绕百回看，蜂作婢，莺为使，谷雨清明空屈指。　　白发卢郎情未已，一夜剪刀收玉蕊。尊前还对断肠红，人有泪，花无意。明日酒醒应满地。

画堂春 寄子由

柳花飞处麦摇波，晚湖净鉴新磨。小舟飞棹去如梭，齐唱《采菱歌》。　　平野水云溶漾，小楼风日晴和。济南何在暮云多，归去奈愁何。

占春芳

红杏了，夭桃尽，独自占春芳。不比人间兰麝，自然透骨生香。　　对酒莫相忘，似佳人，兼合明光。只忧长笛吹花落，除是宁王。

何薳《春渚纪闻》卷六《东坡事实》：蒋子家藏先生于吴笺上手书一词，是为余杭通守时字，云："红杏了（略）。"既不知曲名，常以问先生门下士及伯达与仲虎、叔平诸孙，皆云未见之也。又不知"兼合明光"是何等事，或云荼蘼也。

浪淘沙

昨日出东城，试探春情。墙头红杏暗如倾。槛内群芳芽未吐，早已回春。　　绮陌敛香尘，雪霁前村，东君用意不辞辛。料想春光先到处，吹绽梅英。

王文诰《苏文忠公诗编注集成总案》卷七：熙宁五年壬子正月，城外探春，作《浪淘沙》词。

祝英台近

挂轻帆，飞急桨，还过钓台路。酒病无聊，鼓枕听鸣橹。断肠簇簇云山，重重烟树。回首望，孤城何处。

闲离阻，谁念萦损襄王，何曾梦云雨。旧恨前欢，心事两无据。要知欲见无由，痴心犹自，倩人道、一声传语。

渔父

　　渔父饮，谁家去，鱼蟹一时分付。酒无多少醉为期，彼此不论钱数。

渔父

　　渔父醉，蓑衣舞，醉里却寻归路。轻舟短棹任斜横，醒后不知何处。

渔父

　　渔父醒，春江午，梦断落花飞絮。酒醒还醉醉还醒，一笑人间今古。

渔父

　　渔父笑，轻鸥举，漠漠一江风雨。江边骑马是官人，借我孤舟南渡。

醉翁操

琅琊幽谷，山水奇丽，泉鸣空涧，若中音会。醉翁喜之，把酒临听，辄欣然忘归。既去十余年，而好奇之士沈遵闻之往游，以琴写其声，曰《醉翁操》，节奏疏宕，而音指华畅，知琴者以为绝伦。然有其声而无其辞。翁虽为作歌，而与琴声不合。又依楚词作《醉翁引》，好事者亦倚其辞以制曲。虽粗合韵度，而琴声为词所绳约，非天成也。后三十余年，翁既捐馆舍，遵亦没久矣。有庐山玉涧道人崔闲，特妙于琴。恨此曲之无词，乃谱其声，而请于东坡居士以补之云。

琅然，清圆，谁弹。响空山，无言，惟翁醉中知其天。月明风露娟娟，人未眠，荷蒉过山前，曰有心也哉此贤。　　醉翁啸咏，声和流泉。醉翁去后，空有朝吟夜怨。山有时而童巅，水有时而回川，思翁无岁年。翁今为飞仙，此意在人间，试听徽外三两弦。

曾巩《跋苏轼醉翁操后》：余与子瞻皆欧阳公门下士也，公作《醉翁引》，既获见之矣。公没后，子瞻复按谱成《醉翁操》，不徒词与琴协，即公之风流余韵，亦于此可想焉。后人展此，庶尚见公与子瞻之相契者深也。南丰曾巩记。

苏轼《书醉翁操后》（《苏轼文集》卷七一）：二水同器，有不相入。二琴同手，有不相应。沈君信手弹琴而与泉合，居士纵笔作词而与琴会，此必有真同者矣。本觉法真禅师，沈君之子

236

也，故书以寄之。愿师宴坐静室，自以为琴，而以学者为琴工。有能不谋而同三令无际者，愿师取之。元祐七年四月二十四日。

黄庭坚《跋子瞻醉翁操》（《山谷题跋》卷二）：人谓东坡作此文，因难以见巧，故极工。余则以为不然，彼其老于文章，故落笔皆超逸绝尘耳。黄庭坚题。

王辟之《渑水燕谈录》卷七《歌咏》：庆历中，欧阳文忠公谪守滁州，有琅玡幽谷，山川奇丽，鸣泉飞瀑，声若环佩，公临听忘归。僧智仙作亭其上，公刻石为记，以遗州人。既去十年，太常博士沈遵，好奇之士，闻而往游，其山水秀绝，以琴写其声为《醉翁吟》，盖宫声三叠。后会公河朔，遵援琴作之，公歌以遗遵，并为《醉翁引》以叙其事，然调不主声，为知琴者所惜。后三十余年，公薨，遵亦殁。其后庐山道人崔闲，遵客也，妙于琴理，常恨此曲无词，乃谱其声，请于东坡居士子瞻，以补其阙。然后声词皆备，遂为琴中绝妙，好事者争传。（略）方其补词，闲为弦其声，居士倚为词，顷刻而就，无所点窜。遵之子为比丘，号本觉真禅师。

《苏诗纪事》卷中：词亦娟娟可喜，果是天才，说得有妙理，使人一唱三叹。

沈雄《古今词话·词辨》下卷《醉翁操》：沈雄曰：按前解卒章曰"有心哉此贤"，作泛音，怨字叶平声。汪水云谓不若"朝禽夜猿"也，曾改之。但辛稼轩送范先之琴曲，抑又不同耳。

许宝善《自怡轩词选凡例》：一、宋贤能自制腔，如东坡之《醉翁操》，白石之《石湖仙》《暗香》《疏影》，梦窗之《霜花腴》《西子妆慢》之类，只宜照原词平仄填之，不可妄为出入。

吴衡照《莲子居词话》卷一：《醉翁操》本琴曲，今入词，传词亦止苏、辛两首。

王文诰《苏文忠公诗编注集成总案》卷二一：（元丰五年壬戌十二月）为崔闲作《醉翁操》。

刘体仁《七颂堂词绎》：隐括体不可作也，不独《醉翁操》

如嚼蜡，即子瞻改琴诗，琵琶字不见，毕竟是全首说梦。

郑文焯《大鹤山人词话》：读此词，髯苏之深于律可知。

张宗橚《纪林纪事·词谱》：此本琴曲，所以苏词不载。自辛稼轩编入词中，后遂沿为词调。在宋人中，亦只有辛词一首。

张德瀛《词徵》卷一《醉翁操》：《醉翁操》乃琴词泛声。欧阳文忠初作醉翁亭于滁州，既为之记，时太常博士沈遵游焉，为作《醉翁吟》三叠，写以琴。然有声无词，故文忠复为《醉翁述》以补之。或病其琴声为词所绳约，殆非天成。后三十余年，有庐山玉涧道人崔闲，工鼓琴，请于苏东坡为之词，律吕和协。辛稼轩"长松之风"一阕，其和章也。元明人无赋是调者，惟于本朝得三阕焉，其一为陈砥中作，见《松风阁琴谱》。其一为凌次冲作，见《梅边吹笛谱》。其一为女史吴苹香作，见《花帘词》。

奉安神宗皇帝御容赴景灵宫导引歌词

帝城父老，三岁望尧心。天远玉楼深。龙颜仿佛笙箫远，肠断属车音。离宫春色琐瑶林，云阙海沉沉。遗民犹唱当时曲，秋雁起汾阴。

王文诰《苏文忠公诗编注集成总案》卷二八：（元祐二年丁卯三月）赴景灵宫导引歌词。

迎奉神宗皇帝御容赴西京会
圣宫应天禅院奉安导引歌词

经文纬武，十有九年中。遗烈震羌戎。渭桥夹道千君长，犹是建元功。西瞻温洛与神嵩，莲宇照琼宫。人间俯仰成今古，流泽自无穷。

王文诰《苏文忠公诗编注集成总案》卷二九：（元祐二年丁卯十月）导引歌辞。

瑶池燕

飞花成阵，春心困。寸寸，别肠多少愁闷。无人问，偷啼自揾，残妆粉。　　抱瑶琴、寻出新韵。玉纤趁，南风来解幽愠。低云鬟，眉峰敛晕，娇和恨。

苏轼《杂书琴曲十二首·瑶池燕》（《苏轼文集》卷七一）：琴曲有《瑶池燕》，其词既不甚佳，而声亦怨咽。或改其词作《闺怨》云："飞花成阵（略）。"此曲奇妙，季常勿妄以与人。

赵令畤《侯鲭录》卷三：东坡云：琴曲有《瑶池燕》，其词不协，而声亦怨咽。变其词作《闺怨》，寄陈季常云：此曲奇妙，勿妄与人云。

丁绍仪《听秋声馆词话》卷四《苏易简越江吟》：苏易简《越江吟》云："非烟非雾瑶池宴（略）。"与东坡、方回词，句读如一，惟起句少押一韵而已。《词律》脱"谁见"二字，致分句参差，失注二韵。并误"春云"为"青云"，遂谓无可查考。而另以东坡词为《瑶池宴》，且易"宴"为"燕"。按贺词云："琼钩褰幔（略）。"东坡词云："飞花成阵（略）。"三词本一调，《瑶池宴》三字，即因易简词首句为名，红友分而二之，失考矣。词仅五十一字，而叶十二韵，繁音促节，最不易填。易简不以工词名，不谓仓卒应制之作，精稳乃尔。

焦循《雕菰楼词话·唐宋人词用韵》：毛大可称词本无韵，是也。（略）苏轼《瑶池燕》用阵（震）、困（愿）、问（关）、粉（吻）。

张德瀛《词徵》卷五《瑶池燕》：东坡《瑶池燕》词，《侯鲭录》及《古今乐录》并载焉。曾端伯以为廖明略作者，误也。《瑶池燕》一调，与《越江吟》略同，其音则与《点绛唇》相叶。

踏青游

　　□火初晴，绿遍禁池芳草。斗锦绣，火城驰道。踏青游，拾翠惜，袜罗弓小。莲步袅，腰支佩兰轻妙，行过上林春好。　　今困天涯，何限旧情相恼。念摇落，玉京寒早。任刘郎，目断蓬山难到。仙梦杳，良宵又过了，楼台万家清晓。

踏莎行

　　山秀芙蓉，溪明罨画，真游洞穴沧波下。临风慨想斩蛟灵，长桥千载犹横跨。　　解珮投簪，求田问舍，黄鸡白酒渔樵社。元龙非复少时豪，耳根洗尽功名话。

踏莎行

　　这个秃奴，修行忒煞，云山顶上空持戒。一从迷恋玉楼人，鹑衣百结浑无奈。　　毒手伤人，花容粉碎，空空色色今何在。臂间刺道苦相思，这回还了相思债。

　　《事林广记》癸集卷一三：灵隐寺有僧名了然，不遵戒行，常宿娼妓李秀奴家，往来日久，衣钵为之一空。秀奴绝之，僧迷恋不已，乘醉往秀奴家，不纳，因击，秀奴随手而毙。县官得实，具申州司，时内翰苏子瞻治郡，一见大骂曰："秃奴，有此横为，送狱院推勘。"则见僧臂上刺字云"但愿同生极乐国，免教今世苦相思"之句。及见款状招伏，即行结断，举笔判成一词，名《踏莎行》(略)。判讫，押赴市曹处斩。

清平调引

　　陌上花开蝴蝶飞，江山犹是昔人非。遗民几度垂垂老，游女还歌缓缓归。

清平调引

　　陌上山花无数开，路人争看翠屏来。若为留得堂堂去，且更从教缓缓回。

　　陈旅《跋东坡帖》（《安雅堂集》卷一三）：先生平生风节与夫出处欣戚之概，可以见于翰墨之间矣。海会寺所写及《陌上花》，皆熙宁六年八月廿日作。《陌上花》无镌削之迹，亦以见当时人心有不可夺者。《南华斋僧书》，读之令人流涕。使先生至于如此者，真无人心者也。

　　沈雄《古今词话·词辨》上卷《清平调》：吴越王妃每岁归临安，王以书遗之云："陌上花开，可缓缓归矣。"吴人用其语为《缓缓歌》，苏东坡为易其词歌之："陌上山花无数开，路人争看翠屏来。"即名《阳关曲》，是古《清平调》也。

　　又：楚词有《清调》《平调》《清平相和曲》。《教坊记》作《阳关曲》，即王维《送元二使安西》"渭城朝雨浥清尘"也。寇莱公、苏长公俱有是曲，又作《缓缓歌》。

清平调引

生前富贵草头露，身后风流陌上花。已作迟迟君去鲁，更歌缓缓妾回家。

附

录

附录一　苏词总评

刘攽《见苏子瞻所作小诗因寄》：千里相思无见期，喜闻乐府短长诗。灵均此秘未曾睹，郢客探高空自奇。不怪少年为狡狯，定应师法授微词。吴娃齐女声如玉，遥想明眸啭黛时。

彭乘《墨客挥犀》：子瞻尝自言平生有三不如人，谓着棋、吃酒、唱曲也。然三者亦何用如人？子瞻之词虽工而多不入腔，正以不能唱曲耳。

《后山诗话》：退之以文为诗，子瞻以诗为词，如教坊雷大使之舞，虽极天下之工，要非本色。今代词手，唯秦七黄九尔，唐诸人不逮也。

胡仔《苕溪渔隐丛话》前集卷四二引《王直方诗话》：东坡尝以所作小词示无咎、文潜，曰："何如少游？"二人皆对云："少游诗似小词，先生小词似诗。"

又引《吕氏童蒙训》：老杜歌行，最见次第，出入本末。而东坡长短句，波澜浩大，变化不测，如作杂剧，打猛诨入，却打猛诨出也。

又后集卷三三：《复斋漫录》云：无咎评本朝乐章，不见诸集，今录于此云：世言柳耆卿曲俗，非也。如《八声甘州》云"渐霜风凄惨，关河冷落，残照当楼"，此唐人语不减高处矣。欧阳永叔《浣溪沙》云"堤上游人逐画船，拍堤春水四垂天，绿杨楼外出秋千"。要皆绝妙，然只出一字，自是后人道不到处。东坡词，人谓多不谐音律，然居士词横放杰出，自是曲中缚不住者。鲁直间作小词，固高妙，然不是当家语，自是着腔子唱好诗。晏元献不蹈袭人语，而风调闲雅。如"舞低杨柳楼心月，歌尽桃花扇底风”，知此人不住三家村也。张子野与柳耆卿齐名，而时以子野不及耆卿。然子野韵高，是耆卿所乏处。近世以来，作者皆不及秦少游，如“斜阳外，寒鸦万点，流水绕孤村”，虽不识字，亦知是天生好言语。

王灼《碧鸡漫志》卷二：东坡先生以文章余事作诗，溢而作词曲，高处出神入天，平处尚临镜笑春，不顾侪辈。或曰：“长短句中诗也。”为此论者，乃是遭柳永野狐之毒。诗与乐府同出，岂当分异？若从柳氏家法，正自不分异耳。晁无咎、黄鲁直皆学东坡韵制，得七八。黄晚年闲放于狭邪，故有少疏荡处。后来学东坡者，叶少蕴、蒲大受亦得六七，其才力比晁、黄差劣。苏在庭、石耆翁入东坡之门矣，短气跼步，不能进也。赵德麟、李方叔皆东坡客，其气味殊不近，赵婉而李俊，各有所长。晚年皆荒醉汝颍京洛间，时时出滑稽语。

又：长短句虽至本朝盛，而前人自立，与真情衰矣。东坡先生非心醉于音律者，偶尔作歌，指出向上一路，新天下耳目，弄笔者始知自振。今少年妄谓东坡移诗律作长短句，十有八九，不学柳耆卿，则学曹元宠。虽可笑，亦勿用笑也。

李清照《词论》：至晏元献、欧阳永叔、苏子瞻，学际天人，作为小歌词，直如酌蠡水于大海，然皆句读不葺之诗尔，又往往不谐音律者，何耶？

胡寅《题酒边词》：词曲者，古乐府之末造也；古乐府者，诗之傍行也。诗出于《离骚》《楚词》，而《离骚》者，变《风》变《雅》之怨而迫、哀而伤者也。其发乎情则同，而止乎礼义则异，名其曰“曲”，以其曲尽人情耳。方之曲艺，犹不逮焉，其去曲礼则犹远矣。然文章豪放之士鲜不寄意于此者，随亦自扫其迹，曰“谑浪游戏而已”也。唐人为之最工者。柳耆卿后出，掩众制而尽其妙，好之者以为不可复加。及眉山苏氏一洗绮罗香泽之态，摆脱绸缪宛转之度，使人登高望远，举首高歌，而逸怀浩气超然乎尘垢之外，于是《花间》为皂隶，而柳氏为台舆矣。芗林居士，步趋苏堂而唀其蕆者也。

曾慥《东坡词拾遗跋》：东坡先生长短句既镂板，复得张宾老所编并载于蜀本者悉收之。江山秀丽之句，樽俎戏剧之词，搜罗几尽矣。传之无穷，想像豪放风流之不可及也。绍兴辛未孟冬，至游居士曾慥题。

《御选历代诗醇》卷一一五引陆游语：世言东坡不能歌，故所作乐府多不协律。晁以道谓绍圣初与东坡别于汴上，东坡酒酣，自歌《阳关曲》。则公非不能歌，但豪放不喜裁以就声律耳。试取东坡诸词歌之，曲终，觉天风海雨逼人。

陈应行《于湖先生雅词序》：苏明允不工于诗，欧阳永叔不工于赋，曾子固短于韵语，黄鲁直短于散语，苏子瞻词如诗，秦少游诗如词，才之难全也，岂前辈犹不免耶！

汪莘《方壶诗余自序》：唐宋以来词人多矣，其词主乎淫，谓不淫非词也。余谓词何必淫？顾所寓何如尔。余于词所爱喜者三人焉，盖至东坡而一变，其豪妙之气，隐隐然流出言外，天然绝世，不假振作；二变而为朱希真，多尘外之想，虽杂以微尘，而其清气自不可没；三变而为辛稼轩，乃写其胸中事，尤好称渊明，此词之三变也。

柴望《凉州鼓吹自序》：词起于唐而盛于宋，宋作尤莫盛于宣、靖间，美成、伯可，名自堂奥，俱号称作者。近世姜白石一洗而更之，《暗香》《疏影》等作，当别家数也。大抵词以隽永委婉为尚，组织涂泽次之，呼号叫啸末也。

俞德邻《奥屯提刑乐府序》：乐府，古诗之流也。丽者易失之淫，雅者易邻于拙，其丽以则者鲜矣。自《花间集》后迄宋之世，作者殆数百家，雕镂组织，牢笼万态，恩怨尔汝，于于喁喁，佳趣正自不乏，然才有余德不足，识者病之。独东坡大老以命世之才，游戏乐府，其所作者皆雄浑奇伟，不专为目珠睫钩之泥，以故昌大嚣庶，如协八音，听者忘疲。渡江以来，稼轩辛公，其殆庶几者，下是折杨皇荂，诲淫荡志，不过使人溗然一笑而已。疆土既同，乃得见遗山元氏之作，为之起敬。

孙竞《竹坡老人词序》：昔□□先生蔡伯评近世之词，谓苏东坡辞胜乎情，柳耆卿情胜乎辞，辞情兼称者，惟秦少游而已。世以为善评。

刘辰翁《辛稼轩词序》：词至东坡，倾荡磊落，如诗如文，如天地奇观，岂与群儿雌声学语较工拙；然犹未至用经用史，牵《雅》《颂》入郑、卫也。

茹天成《重刻绝妙词选引》：自汉武立乐府官采诗，以四方之声，合八音之调，而乐府之名所由始。历世以来，作者不乏。上追三代，下逮六朝，凡歌词可以被之管弦者，通谓之乐府。至唐人作长短句词，乃古乐府之滥觞也。太白倡之，仲初、乐天继之。及宋之名流，益以词为尚。如东坡、少游辈，才情俊逸，籍籍人口，往往象题措语，不失乐府之遗意。然多散在各家之集，求其汇而传之者，惟玉林黄叔旸所选为备。自盛唐迄宋宣和间为十卷，自宋中兴以后，又为十卷。凡七百余年，得人二百三十，词千三百五十。词家之精英，可谓尽富尽美矣。

费衮《梁溪漫志》卷四：东坡词源如长江大河，汹涌奔放，瞬息千里，可骇可愕。而于用事对偶，精妙切当，人不可及。

曾丰《知稼翁词集序》：本朝太平二百年，乐章名家纷如也。文忠苏公文章妙天下，长短句特绪余耳，犹有与道德合者。（略）黄太史相多，大以为非口食烟火人语；余恐不食烟火之人口所出，仅尘外语，于礼义遑计欤。

沈义父《乐府指迷》：近世作词者，不晓音律，乃故为豪放不羁之语，遂借东坡、稼轩诸贤自诿。诸贤之词，固豪放矣，不豪放处，未尝不协律也。

汤衡《张紫微雅词序》：昔东坡见少游《上巳游金明池诗》有"帘幕千家锦绣垂"之句，曰："学士又入《小石调》矣。"世人不察，便谓其诗似词，不知坡之此言，盖有深意。夫镂玉雕琼，裁花剪叶，唐末词人非不美也，然粉泽之工，反累正气。东坡虑其不幸而溺乎彼，故援而止之，惟恐不及。其后元祐诸公，嬉弄乐府，寓以诗人句法，无一毫浮靡之气，实自东坡发之也。

傅共《注坡词序》：东坡□□□□天下，其为长短句数百章，世以其名尚□□□□闺窗妇弱，亦知爱玩。然其寄意幽渺，指事深远，片词只字，皆有根柢。是以世之玩者，未易识其佳处。譬犹瑰奇珍怪之宝，来于异域，光彩照耀，入人骇瞩，而能辨质其名物者盖寡矣。展玩虽□□□□□，兹可慨焉。

元好问《新轩乐府序》：唐歌词多宫体，又皆极力为之。自东坡一出，情性之外不知有文字，真有一洗万古凡马空气象。虽时作宫体，亦岂可以宫体概之？人有言，乐府本不难作，从东坡放笔后便难作。此殆以工拙论，非知坡者。所以然者，《诗》三百所载小夫贱妇幽忧无聊赖之语，时猝为外物感触，满心而发，肆口而成者尔。其初果欲被管弦，谐金石，经圣人手，以与六经并传乎？小夫贱妇且然，而谓东坡翰墨游戏，乃求与前人角胜负，误矣。自今观之，东坡圣处，非有意于文字之为工，不得不然之为工也。坡以来，山谷、晁无咎、陈去非、辛幼安诸公，俱以歌词取称，吟咏性情，留连光景，清壮顿挫，能起人妙思。亦有语意拙直，不自缘饰，因病成妍者，皆自坡发之。

朱弁《风月堂诗话》卷上：东坡以词曲为诗之苗裔，其言良是。然今之长短句比之古乐府歌词，虽云同出于诗，而祖风已扫地矣。晁无咎晚年，因评小晏并黄鲁直、秦少游词曲，尝曰："吾欲托兴于此，时作一首以自遣，正使流行，亦复何害？譬如鸡子中元无骨头也。"

赵师岊《圣求词序》：世谓少游诗似曲，子瞻曲似诗，其然乎？至荆公《桂枝香》词，子瞻称之："此老真野狐精也！"诗词各一家，惟荆公备众作，艳体虽乐府柔丽之语，亦必工致，真一代奇材。后数十年，当宣和末，有吕圣求者，以诗名，讽咏中率寓爱君忧国意，不但弄笔墨清新俊逸而已。

王若虚《滹南诗话》卷二○：晁无咎云："眉山公之词短于

情，盖不更此境耳。"陈后山曰："宋玉不识巫山神女，而能赋之，岂待更而后知？"是直以公为不及于情也。呜呼，风韵如东坡，而谓不及于情，可乎？彼高人逸士，正当如是。其溢为小词，而间及于脂粉之间，所谓"滑稽玩戏，聊复尔尔"者也。若乃纤艳淫媟，人人骨髓，如田中行、柳耆卿辈，岂公之雅趣也哉？公雄文大手，乐府乃其游戏，顾岂与流俗争胜哉？盖其天资不凡，辞气迈往，故落笔皆绝尘耳。

俞彦《爰园词话·宋词非愈变愈下》：唐诗三变愈下，宋词殊不然。欧、苏、秦、黄，足当高、岑、王、李。南渡以后，矫矫陡健，即不得称中宋、晚宋也。惟辛稼轩自度梁肉不胜前哲，特出奇险为珍错供，与刘后村辈俱曹洞旁出。学者正可钦佩，不必反唇并捧心也。

又《柳词之所本》：子瞻词无一语着人间烟火，自比大罗天上一种，不必与少游、易安辈较体裁耳。

何良俊《草堂诗余序》：作者既多，中间不无昧于音节，如苏长公者，人犹以"铁绰板唱大江东去"讥之，他复何言耶！

沈际飞《草堂诗余序》：以参差不齐之句，写郁勃难状之情，则尤至也。彼琼玉高寒，量移有地；花钿残醉，释褐自天；甚而桂子荷香，流播金人，动念投鞭，一时治忽因之。

尤侗《词苑丛谈序》：词之系宋，犹诗之系唐也。唐诗有初盛中晚，宋词亦有之。唐之诗由六朝乐府而变，宋之词由五代长短句而变。约而次之，小山、安陆，其词之初乎；淮海、清真，其词之盛乎；石帚、梦窗，似得其中；碧山、玉田，风斯晚矣。唐诗以李、杜为宗，而宋词，苏、陆、辛、刘有太白之风；秦、黄、周、柳得少陵之体，此又划疆而理，联骑而驰者也。

王士禛，《倚声集序》：诗余者，古诗之苗裔也。语其正则南唐二主为之祖，至漱玉、淮海而极盛，高、史其嗣响也；语其变则眉山导其源，至稼轩、放翁而尽变，陈、刘其余波也。有诗人之词，唐蜀五代诸人是也；有文人之词，晏、欧、秦、李诸君子是也；有词人之词，柳永、周美成、康与之之属是也；有英雄之词，苏、陆、辛、刘是也。至是声音之道乃臻极致，而诗之为功，虽百变而不穷。

王士禛《花草蒙拾·坡词豪放》：名家当行，固有二派。苏公自云："吾醉后作书，觉酒气拂拂，从十指间出。"黄鲁直亦云："东坡书挟海上风涛之气。"读坡词当做如是观。琐琐与柳七较锱铢，无乃为髯公所笑。

邹祗谟《梅村词序》：词者，诗之余也，乃诗人与词人，有不相兼者。如李、杜，皆诗人也，然太白《菩萨蛮》《忆秦娥》为词开山，而子美无之也。温、李皆诗人也，然飞卿《玉楼春》《更漏子》，为词擅场，而义山无之也。欧、苏以文章大手，降体为词，东坡《大江东去》，卓绝千古，而六一婉丽，实妙于苏。介甫偶然涉笔，而子固无之。眉山一家，老泉、子由无之。以辛幼安之豪气，而人谓其不当以诗名而以词名。岂诗与词若有分量，不可得而逾者乎？

又《衍波词序》：盖闻之弇州曰："《花间》者，《世说》之靡也；《草堂》者，《文选》之变也。"而余以为不然。《花间》句雕字琢，调或未谐，句无不致，是昌谷之靡也。《草堂》音协调流，句或未妍，体无不秀，是西昆之变也。至所云字必色飞，语必魂绝，则美出自然，诚非缘借矣。尝试论前代诸家：文成之于元献，犹兰亭之似梓泽也；新都之于庐陵，犹弘治之似伯玉也；琅玡之于眉山，犹小令之似大令也；公谨之于稼轩，犹宣武之似司空也。逮黄门舍人之于屯田待制，直如曹、刘之于苏、李，遂觉后来益工。然未有如吾阮亭者也。

江春《乾隆刊本白石诗词序》：荀卿子有言：艺之至者，不能两而工。王良、韩哀善御而不能为车，奚仲，天下之善为车者也；甘蝇、养由基善射而不能为弓，倕，天下之善为弓者也。是故工于诗者不必兼于词，工于词者或不能长于诗，比比然矣。然吾观唐之李太白、白乐天、温飞卿，宋之欧阳永叔、苏子瞻，皆诗词兼工者，古或有其人焉。其在南渡，则白石道人实起而继之。其诗初学江西，已而自出机杼，清婉拔俗，其绝句则骎骎乎半山矣。其词则一屏靡曼之习，清空精妙，复绝前后。以禅宗论，白石为曹溪六祖能，竹屋、梦窗、梅溪、玉田之流，则江西让、南岳思之分支也。盖自唐、五代、北宋之南渡，而白石始得其宗，截断众流，独标新旨，可谓长短句之至工者矣。南渡诗家向数尤、萧、范、陆，白石为萧氏弟子；今《石湖》《剑南集》布海内，延之《梁溪集》传世寥寥，千岩虽赖入室传衣有人，后世推其绍述所自，然遗诗放佚殆尽。乃知古人之集，其得存于后，亦有幸有不幸焉，可为太息者也。

汪琬《姚氏长短句序》：李太白，诗人之正宗也，而工于词。欧阳永叔、苏子瞻，数百年以来所推文章大家也，而工于词。至于黄鲁直、秦少游、周美成之属，亦无不诗词兼擅者。古之名公巨卿，下讫骚人墨士，既以其远且大者舒而见之于诗矣，顾又出其余力组织纤艳之文，流连闺房之境，倚声而发之，用以侑杯酌、佐笙箫，号为"诗余"。未有能诗而不能其余者也。

毛奇龄《中州吴孙庵词集序》：古有诗无词，唐有诗亦有词，然如无词者，宋则有词而无诗。（略）若夫宋人以词传，若张先，若秦观，若周若柳，若晏同叔，皆不善他体。欧阳永叔、苏子瞻即善他体矣，欧词不减张，而小逊于秦、苏，则遂有起而诮之者。

先著、程洪《词洁辑评·词洁发凡》：若苏长公《赤壁怀古》，是《念奴娇》调，其云"千古风流人物"，"人道是，三国周郎赤壁"，"卷作千堆雪"，"雄姿英发"，"一樽还酹江月"；鲜于伯玑亦有是词云"双剑千年初合"，"放出群龙头角"，"极目春潮阔"，"年年多病如削"；张于湖是调有云"更无一点风色"，"着我扁舟一叶"，"妙处难与君说"，"稳泛沧浪空阔"，"万象为宾客"，"不知今夕何夕"，则是既通物、月与屑与锡，又通觉、药与曷与合，而又合通陌、职与曷与屑与叶与缉。是一入声，而一十七韵展转杂通，无有定纪。

夏树芳《刻宋名家词序》：夫词至宋人，而词始霸。曼衍繁昌，至宋而词之名始大备。其人韶令秀世，其词复鲜艳殢人，有新脱而无因陈，有圆倩而无沾滞，有纤丽而无冗长，有峭拔而无钩棘。一时之以赓和名家，而鼓吹中原，不啻肩摩于世云。（略）余得而下上之，辘轳酣畅，若同叔之玄超，小山之流媚，柳屯田之翻空广调，六一居士之清远多风，几最按拍。加以坡翁之卓绝，山谷之萧疏，淮海之搴芳，东堂之振藻，亟为引商。

贺贻孙《诗筏》：李易安云："王介甫、曾子固文章似西汉，若作一小歌词，则人必绝倒，不可读。而欧阳永叔、苏子瞻词，乃句读不葺之诗耳。"又尝记宋人有云："昌黎以文为诗，东坡以诗为词。"甚矣词家之难也！余谓易安所讥介甫、子固、永叔三人甚当，但东坡词气豪迈，自是别调，差不如秦七、黄九之到家耳。东坡自言平日不喜唱曲，故不中音律，是亦一短。以诗为词，难为东坡解嘲，若以为"句读不葺之诗"，抑又甚矣。（略）大率宋人以词自负，故所言类此。然遂欲以此评诗，不免隔靴搔痒。

樊增祥《微云榭词选自叙》：他若子瞻天才，敻绝一世；稼轩嗣响，号曰苏辛。第纵笔一往，无复纤曲之致，要眇之音，其胜者珠剑同光，而失者泥沙并下。

《填词杂说·学周柳苏辛当以离处为合》：学周、柳，不得见其用情处。学苏、辛，不得见其用气处。当以离处为合。

张惠言《词选序》：宋之词家，号为极盛，然张先、苏轼、秦观、周邦彦、辛弃疾、姜夔、王沂孙、张炎，渊渊乎文有其质焉。其荡而不反，傲而不理，枝而不物，柳永、黄庭坚、刘过、吴文英之伦，亦各引一端，以取重于当世。

田同之《西圃词说·曹学士论词》：魏塘曹学士云："词之为体如美人，而诗则壮士也。如春华，而诗则秋实也。如夭桃繁杏，而诗则劲松贞柏也。"罕譬最为明快。然词中亦有壮士，苏、辛也。亦有秋实，黄、陆也。亦有劲松贞柏，岳鹏举、文文山也。选词者兼收并采，斯为大观。若专尚柔媚，岂劲松贞柏反不如夭桃繁杏乎？

又《陈眉公论张柳苏辛词各有优劣》：陈眉公曰："幽思曲想，张、柳之词工矣，然其失则俗而腻也。伤时吊古，苏、辛之词工矣，然其失则莽而俚也。两家各有其美，亦各有其病。"斯为词论之至公。

又《宋徵璧论宋词七家》：华亭宋尚木徵璧曰："吾于宋词得七人焉，曰永叔秀逸，子瞻放诞，少游清华，子野娟洁，方回鲜清，小山聪俊，易安妍婉。"

又《邹只谟论隐括体与回文体》：词有隐括体，有回文体。回文之就句回者，自东坡、晦庵始也。其通体回者，自义仍始也。

又《王元美论正宗与变体》：李氏、晏氏父子、耆卿、子野、美成、少游、易安，至矣，词之正宗也，温、韦艳而促，黄九精而刻，长公丽而壮，幼安辨而奇，又其次也，词之变体也。

俞樾《王可庵词存序》：余于词非所长，而遇好词辄喜诵之。尝谓吴梦窗之七宝楼台，照人眼目；苏学士之天风海雨，逼人而来。虽各极其妙，而词之正宗则贵清空，不贵饾饤；贵微婉，不贵豪放。《花间》《尊前》，其规矱固如是也。

陈其年《词选序》：东坡、稼轩诸长调，又骎骎乎如杜甫之歌行，西京之乐府也。盖天之生才不尽，文章之体格亦不尽。

许玉瑑《苏辛词合刻叙》：且词之为学，赋情各殊，按律有定。苏、辛以忠爱之旨，写忧乐之怀，固与姜、张诸家刻画宫徵，判然异轨。然邓林之荫甚美，弗取其疏；楚畹之兰竞芬，宜汰其似。缺者补之，违者正之。证法界于华严，听秋声于江上，此一幸也。玉瑑未跻唐述，罔识虞初。窃念是书，来自里门。龙威丈人之藏，鸡次渡江之典，沿流讨源，实所珍异。且铜琶余韵，青兕前身，尤足鼓濠梁之化机，荡郑卫之细响。

周济《宋四家词选序论》：苏、辛并称，东坡天趣独到处，殆成绝诣。而苦不经意，完璧甚少。稼轩则沉着痛快，有辙可循。南宋诸公无不传其衣钵，固未可同年而语也。

又《介存斋论词杂著·应歌应社词》：北宋有无谓之词以应歌，南宋有无谓之词以应社。然美成《兰陵王》，东坡《贺新凉》，当筵命笔，冠绝一时。

又《东坡韶秀》：人赏东坡粗豪，吾赏东坡韶秀。韶秀是东坡佳处，粗豪则病也。

又《苏轼每事俱不用力》：东坡每事俱不十分用力，古文书画皆尔，词亦尔。

又《苏辛并称》：世以苏、辛并称，苏之自在处，辛偶能到；辛之当行处，苏必不能到。二公之词，不可同日语也。

《清真先生遗事尚论三·清真为词中老杜》：（周清真）先生于诗文无所不工，然尚未尽脱古人蹊径。平生著述，自以乐府为第一。词人甲乙，宋人早有定论，惟张叔夏病其意趣不高远。然北宋人如欧、苏、秦、黄，高则高矣，至精工博大，殊不逮先生。故以宋词比唐诗，则东坡似太白，欧、秦似摩诘，耆卿似乐天，方回、叔原，则大历十子之流。南宋惟一稼轩可比昌黎。而词中老杜，则非先生不可。昔人以耆卿比少陵，犹为未当也。

况周颐《蕙风词话》卷一《明以后词纤庸少骨》：东坡、稼轩其秀在骨，其厚在神。初学看之，但得其粗率而已。其实二公不经意处，是真率，非粗率也。余至今未敢学苏、辛也。

又卷二《秦少游卓然名家》：有宋熙、丰间，词学称极盛。苏长公提倡风雅，为一代山斗。黄山谷、秦少游、晁无咎皆长公客也。山谷、无咎皆工倚声，体格于长公为近。唯少游自辟蹊径，卓然名家。

又卷三《元遗山鹧鸪天》：遗山之词，亦浑雅，亦博大，有骨干，有气象。以比坡公，得其厚矣，而雄不逮焉者。豪而后能雄，遗山所处，不能豪，尤不忍豪。牟端明《金缕曲》云："扑面胡尘浑未扫，强欢颜，还有轩昂否。"知此可与论遗山矣。设遗山虽坎坷，犹得与坡公同，则其词之所造，容或尚不止此。其《水调歌头》赋三门津"黄河九天上"云云，何尝不奇崛排奡。坡公之所不可及者，尤能于此等处不露筋骨耳。

又《耶律文正鹧鸪天》：耶律文正《鹧鸪天》歇拍云："不知何限人间梦，并独沉思到酒边。"高浑之至，淡而近于穆矣。庶几合苏之清、辛之健而一之。

又《刘文靖词朴厚》：文忠词，以才情博大胜。

《渌水亭杂识》：词虽苏、辛并称，而辛实胜苏。苏诗伤学，词伤才。

况周颐《蕙风词话》附录引夏敬观评：稼轩学东坡者，东坡乃真能不率，稼轩则不无稍率者。

又："梦窗与苏、辛二公，实殊流而同源。其见为不同，则梦窗致密其外耳。"夏敬观评：梦窗与东坡、稼轩实不同源，东坡以诗为词者也。稼轩学东坡，梦窗学清真，东坡、清真不同源也。以二派相互调剂则可，谓之同源则不可。

蒋兆兰《词说·词家两派》：宋代词家，源出于唐五代，皆以婉约为宗。自东坡以浩瀚之气行之，遂开豪迈一派。南宋辛稼轩，运深沉之思于雄杰之中，遂以苏、辛并称。他如龙洲、放翁、后村诸公，皆嗣响稼轩，卓卓可传者也。嗣兹以降，词家显分两派，学苏、辛者所在皆是。至清初陈迦陵，纳雄奇万变于令慢之中，而才力雄富，气概卓荦。苏、辛派至此可谓竭尽才人能事。后之人无可措手，不容作，亦不必作也。

又《清季词人》：清初诸公，犹不免守《花间》《草堂》之陋。小令竞趋侧艳，慢词多效苏、辛。

宋翔凤《乐府余论·词曲一事》：《能改斋漫录》载徐师川云："张志和渔父词，东坡以为语清丽，恨其曲度不传，加数语以《浣溪沙》歌之。"则古人之词，必有曲度也。人谓苏词多不谐音律，则以声调高逸，骤难上口，非无曲度也。

又《词曲一事》：宋元之间，词与曲一也。以文写之则为词，以声度之则为曲。晁无咎评东坡词，谓"曲子中缚不住"，则词皆曲也。

冯金伯《词苑萃编》卷一《隐括体与回文体》引俞少卿云：词有隐括体，有回文体。回文之就句回者，自东坡、晦庵始也。

又卷九《子瞻词多不入腔》引《皇甫牧玉匣记》云：子瞻常自言生平有三不如人，谓着棋、吃酒、唱曲也。然三者亦何用如人。子瞻之词虽工，而多不入腔，盖以不能唱曲故耳。

《词学集成》卷五《宋词各造其极》：蔡小石（宗茂）《拜石词序》云："词胜于宋，自姜、张以格胜，苏、辛以气胜，秦、柳以情胜，而其派乃分。然幽深眇，语巧则纤；跌宕纵横，语粗则浅。异曲同工，要在各造其极。"诒案：此以苏、辛、秦、柳与姜、张并论，究之格胜者，气与情不能逮。

又《词非至南宋而敝》：华亭宋尚木（徵璧）曰："吾于宋词得七人焉：曰永叔，其词秀逸。曰子瞻，其词放诞。曰少游，其词清华。曰子野，其词娟洁。曰方回，其词新鲜。曰小山，其词聪俊。曰易安，其词妍婉。"

又《常州派专尊美成》：汪稚松云："茗苛《词选》，张皋文先生意在尊美成，而薄姜、张。至苏、辛仅为小家，朱、厉又其次者。其词贵能有气，以气承接，通首如歌行然。又要有转无竭，全用缩笔包举时事，诚是难臻之诣。"（诒）案：常州派近为词家正宗，然专尊美成。今取美成词读之，未能造斯境也。

又《词有诗文不能造之境》：郭频伽云："词家者流，源出于国风，其本滥于齐梁。自太白以至五季，非儿女之情不道也。宋之乐用于庆赏饮宴，于是周、秦以绮靡为宗，史、柳以华缛相尚，而体一变。苏、辛以高世之才，横绝一时，而愤末广厉之音作。姜、张祖骚人之遗，尽洗秾艳，而清空婉约之旨深。自是以后，虽有作者，欲别见其道而无由。然写其心之所欲出，而取其性所近，千曲万折，以赴声律，则体虽异，而其所以为词者无不同也。"

又卷七《曹珸玉壶买春词序》：吴县曹稼山珸《玉壶买春词序》：（略）海以大之有苏，渊以沈之有张，涛以雄之有稼轩，平以远之有竹屋，縠纹屧气以绮之有梦窗，缠绵菀结以赴之有石帚。

郭麐《灵芬馆词话》卷一《词有四派》：东坡以横绝一代之才，凌厉一世之气，间亦倚声，竟若不屑。雄词高唱，别为一宗。辛、刘则粗豪太甚。

沈祥龙《论词随笔》：唐人词，风气初开，已分两派：太白一派，传为东坡，诸家以气格胜，于诗近江西；飞卿一派，传为屯田诸家，以才华胜，于诗近西昆。后虽迭变，总不越此二者。

吴衡照《莲子居词话》卷一《濠南论坡词》：王从之若虚，自号慵夫，藁城人。金承安二年进士。博学好持论，多为名流所推服。生平论诗，大抵本其舅周德卿昂之说，不喜涪翁而尊坡公，尝言："坡公，孟子之流，涪翁则扬子《法言》而已。"著有《濠南诗话》，间及诗余，亦往往中肯。云陈后山谓坡公以诗为词，大是妄论。盖词与诗只一理，自世之末作，习为纤艳柔脆，以投流俗人之好。高人胜士，或亦以是相矜，日趋一动不动萎靡，遂谓其体当然，而不知其弊至于此也。顾或谓先生虑其不幸而溺焉，故援而止之，特寓以诗之法。斯又不然。公以文章余事作诗，又溢而作词，其挥霍游戏所及，何矜心作意于其间哉。要其天资高，落笔自超凡耳。此条论坡公词极透彻。髯翁乐府之妙，得濠南而论定也。

又卷四《朱彝尊论南宋词》：词至南宋，始极其工。秀水创此论，为明季人孟浪言词者救病刀圭，意非不足。夫北宋也，苏之大，张之秀，柳之艳，秦之韵，周之圆融，南宋诸老，何以尚兹。

又《苏辛并称》：苏、辛并称，辛之于苏，亦犹诗中山谷之视东坡也。东坡之大与白石之高，殆不可以学而至。

陆鉴《问花楼词话·苏辛周柳》：词家言苏、辛、周、陆、柳，犹诗歌称李、杜，骈体举庾、徐，以为标帜云尔。无论三唐五季，佳词林立。即论两宋，庐陵翠树，元献清商，秦少游山抹微云，张子野楼头画角，竹屋之幽蒨，花影之生新，其见于《草堂》《花间》，不下数百家。虽藻采孤骞，而源流攸别。安得有综博之士，权舆三李，断代南渡，为唐宋词派图？爰黜淫哇，以崇雅制，词学其日昌矣乎。

李佳《左庵词话》卷上：词以意趣为主，意趣不高不雅，虽字句工颖，无足尚也。意能迥不犹人最佳。东坡词最有新意，白石词最有雅意。

谢章铤《双邻词钞序》：词也者，意内而言外也。言胜意，翦彩之花也；意胜言，道情之曲也。顾与其言胜，无宁意胜，意胜而情深。"梧桐树，三更雨，不道离情正苦。一叶叶，一声声，空阶滴到明。"羌无故实，其感人有甚于"手里鹦鹉，胸前凤凰"者矣。"何处合成愁，离人心上秋"、"便芭蕉不雨也萧萧"，都无点缀，其移情更有甚于檀栾金碧，娜婀蓬莱者矣。是故词贵清空，嫌质实。然而五石之瓠，非不彭然也，清空则清空矣，一往而尽焉。东坡词诗，稼轩词论，其流弊又有不厌众口者矣。盖言之不易称也如是。

又《赌棋山庄词话》卷二：咏物词虽不作可也，别有寄托如东坡之咏雁，独写哀怨如白石之咏蟋蟀，斯最善矣。至如史邦卿之咏燕，刘龙洲之咏指足，纵工摹绘，已落言诠。

又卷三《姜夔传》：论曰：（略）洎乎天水徵祥，斯学不坠。元祐、庆历，代不乏人。晏元献之辞致婉约，苏长公之风情爽朗。豫章、淮海，掉鞅于词坛；子野、美成，联镳于艺苑。幽索如屈、宋，悲壮如苏、李，固已同祖风骚，力求正始。君子正其文，瞽师调其器，厥功所存，良可嘉叹。然而畛域犹存，涯度未远。争价一句之奇，俪采百字之偶，大成之集，遗以来哲。若夫学士微云，郎中三影，尚书红杏之篇，处士春草之什。柳屯田晓风残月，文洁而体清；李易安落日暮云，虑周而藻密。综述性灵，敷写器象，盖骎骎乎《大雅》之林矣。南宋以还，玄风益著，虽周、柳之纤丽，辛、刘之雄放，风气所竞，不可相强。而求红牙之哲匠，问绮袖之专门，几于家习偷声，户精协律，有房中之妙奏，非风雅之罪人。贺方回肠断于东山，康伯可风柔于应制，花庵既光价于东南，东浦亦腾辉于河朔，词流之变，于斯极焉。既而白石归吴，移情丝竹，经正者纬成，理足者词畅。清真滥觞于其前，梦窗推波于其后，学者宗尚，要非溢美。其后竹屋、玉田、梅溪、碧山之俦，递相祖习，转益多师，洗《草堂》之纤秾，演黄初之耶论，后有作者，可以止矣。

又卷九《竹垞论词》：竹垞曰："世人言词，必称北宋，然词至南宋始极其工，至宋季而始极其变。"此为当时孟浪言词者发，其实北宋如晏、柳、苏、秦，可谓之不工乎？且竹垞之与李十九论词也，亦曰慢词宜师南宋，而小令宜师北宋矣。

又《苏辛藩篱独辟》：晏、秦之妙丽，源于李太白、温飞卿。姜、史之清真，源于张志和、白香山。惟苏、辛在词中，则藩篱独辟矣。读苏、辛词，知词中有人，词中有品，不敢自为菲薄，然辛以毕生精力注之，比苏尤为横出。吴子律曰："辛之于苏，犹诗中山谷之视东坡也，东坡之大，殆不可以学而至。"此论或不尽然。苏风格自高，而性情颇歉，辛却缠绵恻悱。且辛之造语俊于苏。若仅以大论也，则室之大不如堂，而以堂为室，可乎？

又卷一一《宋人尚艳词》：定远曰：长短句肇于唐季，脂粉轻薄，端人雅士盖所不尚。又曰：鲁公作相，有曲子相公之言，一时以为耻。坡公谓秦太虚乃学柳七作曲子，秦愕然以为不至是，是艳词非宋人所尚也。（其说俱详《钝吟文稿》）夫词始于太白，盛于飞卿，何尝不是唐季。宋人亦何尝不尚艳词，功业如范文正，文章如欧阳文忠，检其集，艳词不少。盖曼衍绮靡，词之正宗，安能尽以铁板铜琶相律？惟其艳而淫、而浇、而俗、而秽，则力绝之。至耆卿亦有高处，如"渐霜风凄紧，关河冷落，残照当楼"，此亦何减古人？定远徒见元人之杂曲，明人之昆腔，即讲求南北宋亦涉猎《草堂》污下选本，目未睹前辈典型，故有此卮言也。亦知词固有兴、观、群、怨，事父事君，而与《雅》《颂》同文者乎？

又卷一二《两宋词评》：北宋多工短调，南宋多工长调。北宋多工软语，南宋多工硬语。然二者偏至，终非全才。欧阳、晏、秦，北宋之正宗也。柳耆卿失之滥，黄鲁直失之伧。白石、高、史，南宋之正宗也。吴梦窗失之涩，蒋竹山失之流。若苏、辛自立一宗，不当跻于诸家派别之中。

刘熙载《艺概》卷四《词曲概》：词品喻诸诗，东坡、稼轩，李、杜也；耆卿，香山也；梦窗，义山也；白石、玉田，大历十子也。其有似韦苏州者，张子野当之。

又：东坡词颇似老杜诗，以其无意不可入，无事不可言也。若其豪放之致，则时与太白为近。

又：太白《忆秦娥》，声情悲壮，晚唐、五代，惟趋婉丽，至东坡始能复古。后世论词者，或转以东坡为变调，不知晚唐、五代乃变调也。

又：东坡《与鲜于子骏书》云："近却颇作小词，虽无柳七郎风味，亦自成一家。"一似欲为耆卿之词而不能者。然坡尝讥秦少游《满庭芳》词学柳七句法，则意可知矣。

又：东坡词具神仙出世之姿，方外白玉蟾诸家，惜未诣此。

又：东坡词在当时少与同调，不独秦七、黄九，别成两派也。晁无咎坦易之怀，磊落之气，差堪骖靳，然悬崖撒手处，无咎莫能追蹑矣。

又：苏、辛皆至情至性人，故其词潇洒卓荦，悉出于温柔敦厚，世或以粗犷讥苏、辛，固宜视苏、辛为别调者哉。

又：王敬美论诗云："河下舆隶须驱遣，另换正身。"胡明仲称眉山苏氏词"一洗绮罗香泽之态，摆脱绸缪宛转之度，使人登高望远，举首高歌，而逸怀浩气，超乎尘埃之表"。此殆所谓正身者耶？

冯煦《蒿庵论词》：兴化刘氏熙载所著《艺概》，于词多洞微之言，而论东坡尤为深至。如云："东坡词颇似老杜诗，以其无意不可入，无事不可言也。若其豪放之致，则时与太白为近。"又云："东坡《定风波》云'尚余孤瘦雪霜姿'，《荷华媚》云'天然地别是风流标格'，雪霜姿、风流标格，学东坡词者，便可从此领取。"又云："词以不犯本位为高，东坡《满庭芳》'老去君恩未报，空回首，弹铗悲歌'，语诚慷慨，然不若《水调歌头》'我欲乘风归去，又恐琼楼玉宇，高处不胜寒'，尤觉空灵蕴藉。"观此可以得东坡矣。

顾起纶《花庵词选跋》：唐人作长短词，乃古乐府之滥觞也。李太白首倡《忆秦娥》，凄婉流丽，颇臻其妙，为千载词家之祖。至王仲初《古调笑》，融情会景，犹不失题旨。白乐天始调换头，去题渐远，揆之本来，词体稍变矣。骚、雅名流，隽语竞爽，苏长公辈，才情各擅所长。其风流余蕴，籍籍人口。厥后，元季乐府之盛，慨又不出史邦卿蹊径耳。于时家握灵蛇，非蛟伯巨臂，俦能探其含邪？

汪懋麟《东坡词一卷》：词自晚唐五代以来，以清切婉丽为宗。至柳永而一变，如诗家之有白居易；至轼而又一变，如诗家之有韩愈，遂开南宋辛弃疾等一派。寻源溯流，不能不谓之别格，然谓之不工则不可。故至今日，尚与花间一派并行而不能偏废。

谭献《箧中词序》：至于填词，仆少学焉。（略）李白、温岐，文士为之；升元、靖康，君王为之；将相大臣，范仲淹、辛弃疾为之；文学侍从，苏轼、周邦彦为之；南士遗民，王沂孙、唐珏之徒，皆作者也。昔人之论赋曰"惩一而劝百"，又曰"曲终而奏雅"。丽淫丽则，辨于用心；无小非大，皆曰立言，惟词亦有然矣。

《词坛丛话·贺周词胜诸家》：昔人谓东坡词胜于情，耆卿情胜于词，秦少游兼而有之。然较之方回、美成，恐亦瞠乎其后。

陈廷焯《白雨斋词话》卷一《宋词不尽沉郁》：唐五代词，不可及处，正在沉郁。宋词不尽沉郁，然如子野、少游、美成、白石、碧山、梅溪诸家，未有不沉郁者。即东坡、方回、稼轩、梦窗、玉田等，似不必尽以沉郁胜，然其佳处，亦未有不沉郁者。词中所贵，尚未可以知耶。

又《苏辛不相似》：苏、辛并称，然两人绝不相似。魄力之大，苏不如辛。气体之高，辛不逮苏远矣。东坡词寓意高远，运笔空灵，措语忠厚，其独至处，美成、白石亦不能到。昔人谓东坡词非正声，此特拘于音律言之，而不究本原之所在。眼光如豆，不足与之辩也。

又《东坡词人不易学》：太白之诗，东坡之词，皆是异样出色。只是人不能学，乌得议其非正声。

又《蔡伯世论词极陋》：蔡伯世云："子瞻辞胜乎情，耆卿情胜乎辞，辞情相称者，惟少游而已。"此论陋极。东坡之词，纯以情胜，情之至者，词亦至。只是情得其正，不似耆卿之喁喁儿女私情耳。论古人词，不辨是非，不别邪正，妄为褒贬，吾不谓然。

又《东坡少游皆情余于词》：东坡、少游，皆是情余于词，耆卿乃辞余于情，解人自辨之。

又《少游满庭芳诸阕》：少游《满庭芳》诸阕，大半被放后作，恋恋故国，不胜热中，其用心不逮东坡之忠厚。而寄情之远，措语之工，则各有千古。

又《张绖论苏词似是而非》：张绖云："少游多婉约，子瞻多豪放，当以婉约为主。"此亦似是而非，不关痛痒语也。诚能本诸忠厚，而出以沉郁，豪放亦可，婉约亦可，否则豪放嫌其粗鲁，婉约又病其纤弱矣。

又《彭骏卿论史邦卿不当其实》：如东坡、少游，岂梅溪所能压倒？

又《张惠言不知梦窗》：张皋文《词选》，独不收梦窗词，以苏、辛为正声，却有巨识。

又卷三《北宋南宋不可偏废》：国初多宗北宋，竹垞独取南宋，分虎、符曾佐之，而风气一变。然北宋、南宋，不可偏废。南宋白石、梅溪、梦窗、碧山、玉田辈，固是高绝，北宋如东坡、少游、方回、美成诸公，亦岂易及耶？况周、秦两家，实为南宋导其先路。数典忘祖，其谓之何。

又卷五《彭骏孙词藻所论多左》：彭骏孙《词藻》四卷，品论古人得失，欲使苏、辛、周、柳两派同归。不知苏、辛与周、秦，流派各分，本原则一。若柳则傲而不理，荡而忘返，与苏、辛固不能强合，视美成尤属歧途。

又《莲子居词话论北宋词家浅陋》：《莲子居词话》云："苏之大，张之秀，柳之艳，秦之韵，周之圆融，何以尚兹。"此论殊属浅陋。谓北宋不让南宋则可，而以秀艳等字尊北宋则不可。如徒曰秀艳圆融而已，则北宋岂但不及南宋，并不及金元矣。至以耆卿与苏、张、周、秦并称，而不数方回，亦为无识。又以秀字目子野，韵字目少游，圆融字目美成，皆属不切。即以大字目东坡，艳字目耆卿，亦不甚确。大抵北宋之词，周、秦两家皆极顿挫沉郁之妙。而少游托兴尤深，美成规模较大，此周、秦之异同也。子野词于古隽中见深厚，东坡词则超然物外，别有天地。而江南贺老，寄兴无端，变化莫测，亦岂出诸人下哉？此北宋之隽，南宋不能过也。若耆卿词，不过长于言情，语多凄秀，尚不及晏小山，更何能超越方回，而与周、秦、苏、张并峙千古也？

又《别调集序》：猛起奋末，诚苏、辛之罪人。尽态逞妍，亦周、姜之变调。

又卷六《乔笙巢评少游词》：乔笙巢云："少游词寄慨身世，闲雅有情思。酒边花下，一往而深，而怨诽不乱，悄乎得《小雅》之遗。"又云："他人之词，词才也。少游，词心也。得之于内，不可以传。虽子瞻之明俊，耆卿之幽秀，犹若有瞠乎后者，况其下耶。"此与庄中白之言颇相合。淮海何幸，有此知己。

又《两宋词家各有独至处》：两宋词家各有独至处，流派虽分，本原则一。惟方外之葛长庚，闺中之李易安，别于周、秦、姜、史、苏、辛外，独树一帜，而亦无害其为佳，可谓难矣。然毕竟不及诸贤之深厚，终是托根浅也。

又《苏辛两家不同》：东坡心地光明磊落，忠爱根于性生，故词极超旷，而意必和平。稼轩有吞吐八荒之概，而机会不来，正则可以为郭、李，为岳、韩，变则即桓温之流亚。故词极豪雄，而意极悲郁。苏、辛两家，各自不同。后人无东坡胸襟，又无稼轩气概，漫为规模，适形粗鄙耳。

又《学苏辛不可不慎》：学周、秦、姜、史不成，尚无害为雅正。学苏、辛不成，则入于魔道矣。发轫之始，不可不慎。

又卷七《词宜熟读》：熟读温、韦词，则意境自厚。熟读周、秦词，则韵味自深。熟读苏、辛词，则才气自旺。熟读姜、张词，则格调自高。熟读碧山词，则本源自正，规模自远。本是以求风雅，何必遽让古人。

卷八《东坡词全是王道》：东坡词全是王道，稼轩则兼有霸气，然犹不悖于王也。

又《少游为词心》：东坡、稼轩、白石、玉田高者易见。少游、美成、梅溪、碧山高者难见。而少游、美成尤难见。美成意余言外，而痕迹消融，人苦不能领略。少游则义蕴言中，韵流弦外。

又《著作不以多为贵》：声名之显晦，身分之高低，家数之大小，只问其精与不精，不系乎著作之多寡也。子建、渊明之诗，所传不满百首。然较之苏、黄、白、陆之数千百首者，相越何止万里。词中如飞卿、端己、正中、子野、东坡、少游、白石、梅溪诸家，脍炙人口之词，多不过二三十阕，少则十余阕或数阕，自足雄恃千古，无与为敌。

《词宜穷正始》：白石仙品也。东坡神品也，亦仙品也。梦窗逸品也。玉田隽品也。稼轩豪品也。然皆不离于正。故与温、韦、周、秦、梅溪、碧山同一大雅，而无傲而不理之诮。后人徒恃聪明，不穷正始，终非至诣。

又《东坡派无人能继》：东坡一派，无人能继。稼轩同时，则有张、陆、刘、蒋辈，后起则有遗山、迦陵、板桥、心余辈。然愈学稼轩，去稼轩愈远，稼轩自有真耳。不得其本，徒逐其末，以狂呼叫嚣为稼轩，亦诬稼轩甚矣。

又《唐宋名家流派不同》：唐、宋名家，流派不同，本原则一。论其派别，大约温飞卿为一体（皇甫子奇、南唐二主附之），韦端己为一体（朱松卿附之），冯正中为一体（唐五代诸词人以暨北宋晏、欧、小山等附之），张子野为一体，秦淮海为一体（柳词高者附之），苏东坡为一体，贺方回为一体（毛泽民、晁具茨高者附之），周美成为一体（竹屋、草窗附之），辛稼轩为一体（张、陆、刘、蒋、陈、杜合者附之），姜白石为一体，史梅溪为一体，吴梦窗为一体，王碧山为一体（黄公度、陈西麓附之），张玉田为一体。其间惟飞卿、端己、正中、淮海、美成、梅溪、碧山七家，殊途同归。余则各树一帜，而皆不失其正。东坡、白石尤为矫矫。

又《皋文蒿庵为风雅正宗》：温、韦创古者也，晏、欧继温、韦之后，面目未改，神理全非，异乎温、韦者也。苏、辛、周、秦之于温、韦，貌变而神不变，声色大开，本原则一。南宋诸名家，大旨亦不悖于温、韦，而各立门户，别有千古。元、明庸庸碌碌，无所短长。

又《知稼翁词合东坡碧山为一手》：黄公度《知稼翁词》，气格高远，语意浑厚，直合东坡、碧山为一手。所传不多，卓乎不可企及。

又《东坡白石具有天授》：稼轩求胜于东坡，豪壮或过之，而逊其清超，逊其忠厚。玉田追踪于白石，格调亦近之，而逊其空灵，逊其浑雅。故知东坡、白石具有天授，非人力所可到。

东坡、稼轩，同而不同者也。白石、碧山，不同而同者也。

又《诗词皆有境》：诗有诗境，词有词境，诗词一理也。（略）太白之诗，东坡词可以敌之。子昂高古，摩诘名贵，则子野、碧山，正不多让。退之生凿，柳州幽峭，则稼轩、玉田，时或过之。至谓白石似渊明，大晟似子美，则吾尚不谓然。然则词中未造之境，以待后贤者尚多也。

谭献《复堂词话》：稼轩心胸，发其才气，改之而下则犷。（略）大踏步出来，与眉山同工异曲。然东坡是衣冠伟人，稼轩则弓刀游侠。

张德瀛《词徵》卷一《词之六至》：释皎然《诗式》谓诗有六至：至险而不僻，至奇而不差，至丽而自然，至苦而无迹，至近而意远，至放而不迂。以词衡之，至险而不僻者，美成也；至奇而不差者，稼轩也；至丽而自然者，少游也；至苦而无迹者，碧山也。至近而意远者，玉田也；至放而不迂者，子瞻也。

又卷五《北宋五子》：同叔之词温润，东坡之词轩骁，美成之词精邃，少游之词幽艳，无咎之词雄邈，北宋唯五子可称大家。若柳耆卿、张子野，则又当时所翕然叹服者也。

又《苏辛词》：苏、辛二家，昔人名之曰词诗词论。愚以古词衡之曰，不用之时全体在，用即拈来，万象周沙界。

又《陈翼论苏词》：宋牧仲谓宋诗多沈僿，近少陵；元诗多轻扬，近太白。然词之沈僿，无过子瞻。长乐陈翼论其词云："歌赤壁之词使人抵掌激昂，而有击楫中流之心。歌《哨遍》之词，使人甘心淡泊，而有种菊东篱之兴。"可谓知言。

又卷六《清初三派》：汪蛟门谓宋词有三派，欧、晏正其始，秦、黄、周、柳、姜、史之徒极其盛，东坡、稼轩放乎其言之矣。

陈锐《襃碧斋词话》：宋以后无词，犹之唐以后无诗，词故诗之余也。晏、范、欧、苏、后山、山谷、放翁，皆极一时之盛。

胡薇元《岁寒居词话·评辛弃疾词》：（辛弃疾）于倚声家为雄豪一派，世称苏、辛，然坡翁奋笔直写。

沈祥龙《论词随笔·唐词分二派》：唐人词，风气初开，已分二派。太白一派，传为东坡，诸家以气格胜，于诗近江西。飞卿一派，传为屯田，诸家以才华胜，于诗近西昆。后虽迭变，总不越此二者。

又《词有婉约有豪放》：词有婉约，有豪放，二者不可偏废，在施之各当耳。房中之奏，出以豪放，则情致绝少缠绵。塞下之曲，行以婉约，则气象何能恢拓？苏、辛与秦、柳，贵集其长也。

又《不能以绳尺律东坡》：东坡词独树一帜，妙绝古今，虽非正声，然自是曲子内缚不住者。不独耆卿、少游不及，即求之美成、白石，亦难以绳尺律之也。后人以绳尺律之，吾不知海上三山，彼亦能以丈尺计之否耶？

又《东坡词别有天地》：东坡词，一片去国流离之思，哀而不伤，怨而不怒，寄慨无端，别有天地。

鲁超《今词初集题辞》：吾友梁汾常云：诗之体至唐而始尽，然不得以五七言律绝句为古诗之余也；乐府之变，得宋词而始尽，然不得以长短句之小令、中调、长调为古乐府之余也。词且不附庸于乐府，而谓肯寄闰于诗耶？（略）余惟诗以苏、李为宗，自曹、刘迄鲍、谢，盛极而衰，至隋时，风格一变，此有唐之正始所自开也。词以温、韦为则，自欧、秦迄姜、史，亦盛极而衰，至明末，才情复畅，此昭代之大雅所由振也。

《海绡说词·通论·源流正变》：宋词既昌，唐音斯畅。二晏济美，六一专家。爰逮崇宁，大晟立府，制作之事，用集美成。此犹治道之隆于成康，礼乐之备于公旦，监殷监夏，无间然矣。东坡独崇气格，箴规柳、秦，词体之尊，自东坡始。

许赓飏《四印斋合刊双白词序》：自群雅音沦，《花间》实倚声之祖；大晟论定，《片玉》以协律为工。建炎而还，作者尤盛，竹斋、竹屋，梅溪、梅津，公谨以"渔笛"按腔，君特以"梦窗"名集。花庵有选，苹云竞歌。然好为纤纤者，不出乎秦、柳；力矫靡曼者，自比于苏、辛。求其并有中原，后先特立，尧章、叔夏，实为正宗。此仇氏山村、郑氏所南所由，扬彼前旌，推为极轨也。

蔡宗茂《拜石山房词钞序》：词盛于宋代，自姜、张以格胜，苏、辛以气胜，秦、柳以情胜，而其派乃分。然幽深窅眇，语巧则纤；跌宕纵横，语粗则浅。异曲同工，要在各造其极而已。（略）凡姜、张清隽，苏、辛豪宕，秦、柳妍丽，固已提袂而合唱，无俟改弦而更张已。

樊志厚《人间词甲稿序》：夫自南宋以后，斯道之不振久矣。元明及国初诸老，非无警句也，然不免乎局促者，气困于雕琢也。嘉、道以后之词，非不谐美也，然无救于浅薄者，意竭于摹拟也。君之于词，于五代喜李后主、冯正中。于北宋喜永叔、子瞻、少游、美成。于南宋除稼轩、白石外，所嗜盖鲜矣。尤痛诋梦窗、玉田。谓梦窗砌字，玉田垒句，一雕琢，一敷衍，其病不同，而同归于浅薄，六百年来词之不振，实自此始。

沈曾植《菌阁琐谈》："东坡以诗为词，如雷大使之舞，虽极天下之工，要非本色，"此《后山谈丛》语也。然考蔡絛《铁围山丛谈》，称上皇在位，时属升平，手艺之人有称者，棋则有刘仲甫、晋士明，琴则有僧梵如、僧全雅，教坊琵琶则有刘继安，舞则雷中庆，世皆呼之为雷大使，笛则孟水清，此数人者，视前代之技皆过之。然则雷大使乃教坊绝技，谓非本色，将外方乐乃为本色乎？

赵执信《坡仙词》：五日登州守，千秋《海市》诗。蛟龙留胜迹，雨雪满荒祠。才觉乾坤尽，名将日月垂。丹青余想像，漂泊识须眉。岛翠堆虚牖，樯丝胃断碑。仙灵几延伫，山鬼强攀追。黯淡苍苔敢，凋残碧树枝。寿陵归国步，邻舍捧心姿。遍选丹崖字，谁为黄绢词。寒山公独在，坐卧我于斯。酒酹沧波远，吟耽夕照迟。方平有灵驾，贵负执鞭期。

张宗橚《词林纪事》卷五引胡元任评：东坡词皆绝去笔墨畦径间，直造古今不到处，真可使人一唱而三叹。

又引张叔夏评：东坡词清丽舒徐处，高出人表，周、秦诸人所不能到。

又引楼敬思评：东坡老人，故自灵气仙才，所作小词冲口而出，无穷清新，不独寓以诗人句法，能一洗绮罗香泽之态也。

又引许嵩庐评：子瞻自评其文云："如万斛泉源，不择地皆可出。"唯词亦然。

张其锦《梅边吹笛谱序》：词者，诗之余也。昉于唐，沿于五代，具于北宋，盛于南宋，衰于元，亡于明。以诗譬之，慢词如七言，小令如五言。慢词北宋为初唐，秦、柳、苏、黄如沈、宋，体格虽具，风骨未遒。

《海日楼丛钞》引《笔记·宋词三家》：汪叔耕（莘）《方壶诗余自叙》云："唐宋以来词人多矣，其词主于淫，谓不淫非词也。余谓词何必淫，亦顾寓意何如尔。余于词，所喜爱三人焉。盖至东坡而一变，其豪妙之气，隐隐然流出言外，天然绝世，不假振作。二变而为朱希真，多尘外之想，虽杂以微尘，而清气自不可没。三变而为辛稼轩，乃写其胸中事，尤好称渊明。此词之三变也"云云。

王国维《人间词话·词中少陶诗薛赋气象》：昭明太子称陶渊明诗"跌宕昭彰，独超众类，抑扬爽朗，莫之与京"。王无功称薛收赋"韵趣高奇，词义晦远，嵯峨萧瑟，真不可言"。词中惜少此二种气象，前者唯东坡，后者唯白石，略得一二耳。

又《东坡之词旷稼轩之词豪》：东坡之词旷，稼轩之词豪，无二人之胸襟而学其词，犹东施之效捧心也。

又《苏辛词中之狂》：苏、辛词中之狂，白石犹不失为狷，若梦窗、梅溪、玉田、草窗、西麓辈，面目不同，同归于乡愿而已。

又《周柳苏辛最工长调》：长调自以周、柳、苏、辛为最工。美成《浪淘沙慢》二词，精壮顿挫，已开北曲之先声。若屯田之《八声甘州》，东坡之《水调歌头》，则仁兴之作，格高千古，不能以常调论也。

又《有篇有句词家》：唐五代之词，有句而无篇。南宋名家之词，有篇而无句。有篇有句，唯李后主降宋后之作，及永叔、子瞻、少游、美成、稼轩数人而已。

又《白石可鄙》：东坡之旷在神，白石之旷在貌。白石如王衍，口不言阿堵物，而暗中为营三窟之计，此其所以可鄙也。

又《清真先生遗事尚论三·清真为词中老杜》：（周清真）先生于诗文无所不工，然尚未尽脱古人蹊径。平生著述，自以乐府为第一。词人甲乙，宋人早有定论，惟张叔夏病其意趣不高远。然北宋人如欧、苏、秦、黄，高则高矣，至精工博大，殊不逮先生。故以宋词比唐诗，则东坡似太白，欧、秦似摩诘，耆卿似乐天，方回、叔原，则大历十子之流。南宋惟一稼轩可比昌黎。而词中老杜，则非先生不可。昔人以耆卿比少陵，犹为未当也。

又《介存论词多独到语》：予于词，五代喜李后主、冯正中，而不喜《花间》。宋喜同叔、永叔、子瞻、少游，而不喜美成。南宋只爱稼轩一人，而最恶梦窗、玉田。

蔡嵩云《柯亭词论·自然与人工各占地位》：宋初慢词，犹接近自然时代，往往有佳句而乏佳章。自屯田出而词法立，清真出而词法密，词风为之丕变。如东坡之纯任自然者，殆不多见矣。

又《东坡词笔无点尘》：东坡词，胸有万卷，笔无点尘。其阔大处，不在能作豪放语，而在其襟怀有涵盖一切气象。若徒袭外貌，何异东施效颦？东坡小令，清丽纤徐，雅人深致，另辟一境。设非胸襟高旷，焉能有此吐属！

又《稼轩词不尽豪放》：稼轩词，豪放师东坡，然不尽豪放也。其集中，有沉郁顿挫之作，有缠绵悱恻之作，殆皆有为而发。其修词亦种种不同，焉得概以"豪放"二字目之？

又《彊村词融合苏吴之长》：彊村慢词，融合东坡、梦窗之长，而运以精思果力。学东坡，取其雄而去其放；学梦窗，取其密而去其晦。遂面目一变，自成一种风格，真善学古人者。

王鹏运《半塘手稿》：北宋人词，如潘逍遥之超逸，宋子京之华贵，欧阳文忠之骚雅，柳屯田之广博，晏小山之疏俊，秦太虚之婉约，张子野之流丽，黄文节之隽上，贺方回之醇肆，皆可模拟，得其仿佛。唯苏文忠公之清雄夐乎逸尘绝迹，令人无从步趋。盖霄壤相悬，宁止才华而已？其性情，其学问，其襟抱，举非恒流所能梦见。词家苏、辛并称，其实辛犹人境也，苏其殆仙乎！

胡徽元《天云楼词序》：诗余者，古诗苗裔也。语其正，则南唐二主为之祖；语其变，则眉山导其源。

陈菲石《声执·行文两要素》：行文有两要素，曰气曰笔。气载笔而行，笔因文而变。（略）苏、辛集中，固有被称为摧刚为柔者。（略）东坡、稼轩音响虽殊，本原则一。

又《周济词辨》：其（周济）退苏进辛，而目东坡为韶秀，亦非真知东坡者。

又《宋词举》：苏轼寓意高远，运笔空灵，非粗非豪，别有天地。秦观为苏门四子之一，而其为词，则不与晁、黄同赓苏调。

吴梅《鄮峰真隐大曲跋》：宋代作者如六一、东坡往往仅作勾放乐语，而不制歌词；郑仅、董颖之徒则又只有歌词，而无乐语，二者鲜有兼备焉。《鄮峰大曲》二卷，有歌词，有乐语，且诸曲之下各载歌演之状，尤为欧、苏、郑、董诸子所未及。宋人大曲之详，无有过于此者矣。

叶恭绰《东坡乐府笺序》：宋代词家多矣，卓然名世者，无虑数十，扢捈规模，笼罩至今。自元迄今，仿晏、张、秦、柳、周、贺、姜、辛、吴、王，以至《花间》《阳春》、南唐二主者，盖靡所不有。独未闻有真能学苏者，岂超绝古今，直不容人学步欤？盖东坡之词，纯表其胸襟见识，情感兴趣者也。规矩准绳，乃其余事。故论者至以为本色而不能以学，所谓天仙化人，殆亦此意。为词者不究其胸襟见识，情感兴趣，而徒规矩准绳是务，宜其于苏门无从问津也。张皋闻、周保绪颇知此意，故所作间涉藩篱。近日王幼遐、文道希益畅其说，缘是词之体益尊而境益广，斯实词学兴衰一大关键，论学者不可不察也。

张祥麟《半箧秋词叙录》：辛、刘之雄放，意在变风气。（略）东坡不耐此苦，随意为之，其所自立者多，故不拘拘于词中求生活。

王易《词曲史》：坡词高亮处，得诗中渊明之清、太白之逸、老杜之浑，其《念奴娇》之赤壁怀古，《水调歌头》之中秋，固已脍炙人口矣，至其平生襟怀之淡宕，实与渊明默契。

附录二　东坡论词

苏轼《与鲜于子骏书》（《苏文忠公全集》卷五三）：所惠诗文，皆萧然有远古风味。然此风之亡也久矣，欲以求合世俗之耳目则疏矣。但时独于闲处开看，未尝以示人，盖知爱之者绝少也。所索拙诗，岂敢措手，然不可不作，特未暇耳。近却颇作小词，虽无柳七郎风味，亦自是一家，呵呵！数日前猎郊外，所获颇多，作得一阕，令东州壮士抵掌顿足而歌之，吹笛击鼓以为节，颇壮观也。

又《与陈季常书》（《苏文忠公全集》卷五三）：又惠新词，句句警拔，诗人之雄，非小词也。但豪放太过，恐造物不容人如此快活。一枕无碍睡，辄亦得之耳。

又《与蔡景繁》（《苏文忠公全集》卷五五）：颁示新词，此古人长短句诗也。得之惊喜，试勉继之，晚即面呈。

又《与朱康叔书书》（《苏文忠公全集》卷五九）：董义夫相聚多日，甚欢，未尝一日不谈公美也。旧好诵陶渊明《归去来》，常患其不入音律，近辄微加增损，作《般涉调·哨遍》，虽微改其词，而不改其意，请以《文选》及本传考之，方知字字皆非创入也。谨作小楷一本寄上，亦请录本与郭元弼，为病倦，不及别书也。

又《题张子野诗集后》（《苏文忠公全集》卷六八）：张子野诗笔老妙，歌词乃其余技耳。《湖州西溪》云："浮萍破处见山影，小艇归时闻草声。"与余和诗云："愁似鳏鱼知夜永，懒同蝴蝶为春忙。"若此之类，皆可以追配古人。而世俗但称其歌词。昔周昉画人物，皆入神品，而世俗但知有周昉士女，皆所谓未见好德如好色者欤？元祐五年四月二十一日。

又《跋黔安居士渔父词》（《苏文忠公全集》卷六八）：鲁直作此词，清新婉丽。问其得意处。自言以水光山色，替却玉肌花貌。此乃真得渔父家风也。然才出新妇矶，又入女儿浦，此渔父无乃大浪澜乎？

杨湜《古今词话》：《金陵怀古》，诸公寄词于《桂枝香》，凡三十余首，独介甫最为绝唱。东坡见之，不觉叹曰："此老乃野狐精也。"

王灼《碧鸡漫志》卷二：吾友黄载万歌词，号《乐府广变风》，学富才赡，意深思远，直与唐名辈相角逐，又辅以高明之韵，未易求也。吾每对之叹息，诵东坡先生语曰："彼尝从事于此，然后知其难，不知者以为苟然而已。"

吴曾《能改斋漫录》卷一《明月逐人来词》：乐府有《明月逐人来词》，李太师撰谱，李持正制词云："星河明淡，春来深浅，红莲正、满城开遍。禁街行乐，暗尘香拂面，皓月随人近远。　　天半鳌山，光动凤楼两观。东风静、珠帘不卷。玉辇待归，云外闻弦管，认得宫花影转。"东坡曰："好个'皓月随人近远'。"

又《东坡责后主》：东坡云："李后主词云：'三十余年家国（略）'后主既为樊若水所卖，举国与人，故当恸哭于九庙之外，谢其民而后行，顾乃挥泪宫娥，听教坊离曲哉。"

又《李婴词》：元丰间，都人李婴调蕲水县令，作《满江红》一曲，往黄州上东坡，东坡甚喜之，其词云："荆楚风烟，寂寞近、中秋时候。露下冷，兰英将谢，苇花初秀。归燕殷勤辞巷陌，鸣蛩凄楚来窗牖。又谁念江边有神仙，飘零久。　　横琴膝，携笻手，旷望眼，闲吟口。任纷纷万事，到头何有。君不见凌烟冠剑客，何人气貌长依旧。归去来，一曲为君吟，为君寿。"

又卷二《秦少游唱和千秋岁词》：秦少游所作《千秋岁》词，予尝见诸公倡和亲笔，乃知在衡阳作也。少游云，至衡阳呈孔毅甫使君，其词云云，今更不载。毅甫本云次韵少游见赠，其词云

（略）。其后东坡在儋耳，姪孙苏元老因赵秀才还自京师，以少游、毅甫赠者寄之，东坡乃次韵，录示元老，且云："便见其超然自得，不改其度之意。"

又《东坡言如梦令本庄宗制》：苕溪渔隐曰：东坡言，《如梦令》曲名，本唐庄宗制。嫌其不雅，改云《如梦》。庄宗作此词，卒章云："如梦如梦，和泪出门相送。"取之以为名。《古今词话》云："后唐庄宗修内苑，掘得断碑，中有字三十二，曰：'曾宴桃园深洞，一曲舞鸾歌凤。长记欲别时，残月落花烟重。如梦如梦，和泪出门相送。'庄宗使乐工入律歌之，名曰古记。"但词话所记，多是臆说，初无所据，故不可信，当以坡言为正。

《魏庆之词话·秦少游》：少游到郴州作长短句云："雾失楼台（略）。"东坡绝爱其尾两句，自书于扇曰："少游已矣，虽万人何赎。"

沈雄《古今词话·词辨》上卷《踏莎行》：《古今词话》曰：春旅词云："雾失楼台（略）。"少游《踏莎行》也。东坡独爱其尾两句，及闻其死，东坡曰："少游已矣，虽万人何赎。"黄山谷曰："绝似刘宾客楚蜀间语。"

王士禛《花草蒙拾·坡公书房扇词》："郴江幸自绕郴山，为谁流下潇湘去"，千古绝唱。秦殁后，坡公尝书此于扇云："少游已矣，虽万人何赎。"高山流水之悲，千载而下，令人腹痛。

冯金伯《词苑萃编》卷一二《纪事·山抹微云君》引《艺苑雌黄》：程公辟守会稽，少游客焉，馆之蓬莱阁。一日席上有所悦，自尔眷眷，不能忘情，因赋长短句，所谓"多少蓬莱旧事，空回首、烟霭纷纷"句。其词极为东坡所称道也，取其首句，呼之为"山抹微云君"。

叶申芗《本事词》卷上《毛滂惜分飞》：子瞻守杭时，毛泽民为法曹，公以众人遇之。泽民与营妓琼芳善，届秩满去官，作《惜分飞》以志别云："泪湿阑干花着露，愁到眉峰碧聚。此恨平分取，更无言语空相觑。　　断雨零云无意绪，寂寞朝朝暮暮。

今夜山深处，断魂分付潮归去。"适子瞻宴客，琼芳辄歌此词。子瞻询为谁作，以泽民对。子瞻叹曰："郡僚中有词人而不知，是吾过也。"折简追回，款洽数月。

又《秦观赠妓词》：秦少游在蔡州，眷营妓陶心儿，别时为赋《南歌子》云："玉漏迢迢尽，银潢淡淡横。梦回宿酒未全醒，已被邻鸡催起，怕天明。　臂上妆犹在，襟间泪尚盈。水边灯火渐人行，天外一钩残月，带三星。"末句盖暗藏"心"字。东坡见此词，笑曰："此恐他姬斯赖耳。"

又《毛滂顾曲赠词》：毛泽民颇工乐府，《惜分飞》一阕，为东坡所赏，声采遂著。

又《琴操改词》：琴操者，钱塘营妓也，慧而知书。尝侍宴湖上，郡倅有误歌少游"山抹微云"词，作"画角声断斜阳"者。琴操云："'谯门'，非'斜阳'也。"倅戏谓曰："汝能改作阳韵否？"琴操略不思索，即歌曰："山抹微云，天粘衰草，画角声断斜阳。暂停征辔，聊共引离觞。多少蓬莱旧事，空回首，烟霭茫茫。孤村里，寒鸦万点，流水绕红墙。　魂伤，当此际，轻分罗带，暗解香囊。漫赢得青楼，薄倖名狂。此去何时见也，襟袖上、空有余香。伤心处，高城望断，灯火已昏黄。"东坡闻而赏之，操后竟削发为尼云。

徐釚《词苑丛谈》卷三：东坡夜登燕子楼，梦盼盼，因作《永遇乐》词云（略）。后秦少游自会稽入京，见东坡。坡云："久别当做文甚胜。都下盛唱公'山抹微云'之词。"秦逊谢，坡遽云："不意别后，公却学柳七。"秦答曰："某虽无识，亦不至是。先生之言无乃过乎？"坡云："'销魂当此际'，非柳七词句法乎？"秦惭服。又问别作何词，秦举"小桥连苑横空，下窥绣毂雕鞍骤"。坡云："十三个字，只说得一个人骑马楼前过。"秦问先生近著，坡云："亦有一词，说楼上事。"乃举"燕子楼空，佳人何在，空锁楼中燕"。晁无咎在座，云："三句说尽张建封燕子楼一段事，奇哉。"